DETTE DE SANG

Ce livre a été traduit avec l'aide du gouvernement australien à travers le Conseil Australien pour les Arts et son organisme de financement et de conseil.

Casterman
Cantersteen 47
1000 Bruxelles

www.casterman.com

Publié en Australie par Allen & Unwinn, sous le titre : *The Debt - Book 1: CatchThe Zolt*.

ISBN : 9782203090040
N° d'édition : L.10EJDN001388.C003
Achevé d'imprimer en avril 2016, en Espagne.
Dépôt légal : février 2015 ; D.2015/0053/165

Déposé au ministère de la Justice, Paris (loi n°49.956 du 16 juillet 1949 sur les publications destinées à la jeunesse).

PHILLIP GWYNNE

CONTRAT

#1

DETTE DE SANG

Traduit de l'anglais
par Antoine Pinchot

01. ACCIDENT DE TERRAIN

Le jour de mes quinze ans, à 5 h 30 du matin, mon iPhone cracha à plein volume les premières notes de *Who Let the Dogs Out*, l'une des pires daubes musicales de tous les temps. Je repoussai les draps, me dressai d'un bond, titubai jusqu'à l'angle opposé de la pièce puis frôlai l'écran tactile afin de mettre fin au supplice. Les abominables Baha Men avaient rempli leur office : ils m'avaient tiré du lit à l'heure prévue, et leurs braillements avaient relâché dans mon organisme un flot d'adrénaline propice à une longue séance d'entraînement matinal.

La veille, ma mère avait pourtant insisté pour que je m'accorde un peu de repos le jour de mon anniversaire.

– Dom, tu peux bien faire une exception, pour cette fois.

Ma mère. Cent pour cent américaine. Cent pour cent californienne, pour être plus précis. Elle vivait en Australie depuis vingt ans, mais n'était jamais parvenue à se débarrasser de son accent et des quelques mots incongrus qui émaillaient son vocabulaire.

Gus, mon entraîneur et grand-père paternel, exigeait que je m'entraîne quotidiennement. Selon lui, je ne pouvais tout simplement pas me permettre le moindre relâchement à moins d'un mois des championnats du Queensland. De toute façon, il n'était jamais d'accord avec ma mère. Ces deux-là passaient leur temps à se chercher des poux dans la tête.

J'enfilai un short, un T-shirt sans manches et une paire de chaussettes puis, mes chaussures à la main, traversai le couloir sur la pointe des pieds afin de ne pas réveiller le reste de la famille. Dès que je me fus engagé dans l'escalier en spirale, j'entendis une voix provenant du rez-de-chaussée.

– Nous interrompons ce programme pour diffuser un flash spécial : nous apprenons à l'instant l'arrestation d'Otto Zolton-Bander, le célèbre activiste du réseau Facebook, ce garçon de seize ans que ses partisans considèrent comme le Robin des Bois des temps modernes.

Oh. Quelqu'un a dû laisser la télé allumée.

Je trouvai mon père en pyjama, télécommande en main, planté devant l'immense écran plasma.

– Papa ? m'étonnai-je. Qu'est-ce que tu fais debout à une heure pareille ?

Il tourna la tête dans ma direction et se lança dans une pathétique imitation de Luciano Pavarotti.

– Joyeux anniversaire ! entonna-t-il d'une voix grave, en abusant du vibrato. Joyeux anniversaire ! Joyeux anniversaire, Dominic ! Joyeux anniversaire !

– C'était génial, papa. Mais il faut que je te dise... Si j'étais toi, j'y réfléchirais à deux fois avant de lâcher mon *boulot* pour me lancer dans une carrière de ténor.

À dire vrai, j'ignorais en quoi consistait exactement ce *boulot*. Ma mère disait souvent qu'il aurait fait un excellent présentateur de télé-achat. Son regard pénétrant et son sourire Colgate, sans doute. Il avait quelque chose de lisse, un aspect propret et une attitude directe qui devaient inspirer confiance aux plus méfiants.

– J'aimerais qu'on se voie entre hommes de la famille, ce soir, dit-il. Chez ton grand-père, après le dîner.

Ma mère et moi avions décidé qu'il n'y aurait pas de grande fête cette année, et que nous organiserions des festivités dignes de ce nom pour mes seize ans.

– Une réunion secrète ? dis-je en souriant.

– C'est ça, une réunion secrète, répéta mon père, l'air vaguement conspirateur.

– Parfait, dis-je. Tu peux compter sur moi.

Il m'adressa un sourire d'une blancheur éclatante avant de se tourner vers l'écran.

Je franchis la porte principale de la villa et m'assis sur le perron. J'enfilai mes chaussures de course, les laçai fermement puis sanglai le cardiofréquencemètre autour de mon torse. Je déclenchai le chronomètre et m'élançai.

Les conditions météorologiques étaient typiques de Gold Coast[1], et notamment d'Halcyon Grove, le domaine pour millionnaires où nous vivions : pas un nuage à l'horizon. Selon la direction du club-house, le golf était le plus ensoleillé d'Australie, mais mes parents n'avaient guère le temps de le fréquenter : mon père était occupé à amasser des dollars, ma mère à les dépenser. Je crois que le simple fait d'être autorisé à fréquenter ce parcours réservé à l'élite suffisait à faire leur bonheur.

Passé le mur d'enceinte d'Halcyon Grove, on ne trouvait ni clôtures ni grillages. Les villas évoquaient des paquebots d'une blancheur éclatante flottant sur un océan de gazon parfaitement entretenu. En cette heure matinale, on ne croisait sur les trottoirs que des nurses, des jardiniers et des étudiants embauchés pour promener les chiens des riches résidents. Conformément aux conseils de leurs employeurs, ils se faisaient le plus discrets possible, marchant la tête

---

1. Gold Coast est une ville australienne de l'État du Queensland. Cette mégalopole, haut lieu du tourisme, s'étend sur une cinquantaine de kilomètres, le long de la côte nord-est. *(NdT)*

basse et évitant soigneusement de croiser mon regard. Comme chaque jour, je passai à hauteur de la propriété des Havilland, levai les yeux vers le deuxième étage et aperçus le visage d'Imogen, portrait vivant encadré par la fenêtre de sa chambre.

Quelques mois plus tôt, alors que nous traînions au centre commercial du quartier de Robina, un inconnu portant un costume de lin étriqué était venu à sa rencontre et avait assuré pouvoir faire d'elle un top model international. J'avais d'abord cru qu'il s'agissait d'un maniaque – nous avions déjà croisé pas mal de vieux tordus dans les parages –, ou qu'il se payait sa poire. Imogen, un top model ? Sans blague. Mais non, l'homme était parfaitement sérieux. Il lui avait remis une carte de visite imprimée sur papier glacé, lui avait demandé d'étudier la proposition avec ses parents puis de le contacter dès qu'ils auraient pris une décision.

Je continuai à courir sans détacher les yeux de la fenêtre. J'essayais d'imaginer Imogen roulant des fesses sur un podium de Paris ou de Milan. Mais rien à faire. Je ne voyais que la fille à la tenue débraillée que je connaissais depuis ma petite enfance.

Elle plaqua contre la vitre une feuille A4 sur laquelle était imprimé « Joyeux anniversaire, crétin ». Je constatai qu'elle avait rédigé cette insulte en gotham, sa police de caractères préférée, et me sentis presque honoré.

Soudain, la pointe de mon pied entra en contact avec la roue avant d'un vélo abandonné au milieu du trottoir, à l'angle de la villa des Jazy. Je basculai en avant, zigzaguai sur quelques mètres, penché en avant, en effectuant des moulinets avec les bras, puis retrouvai l'équilibre *in extremis*.

– Espèce de connard ! jurai-je, conscient qu'une simple élongation aurait pu réduire à néant des mois d'entraînement.

La bicyclette appartenait au petit frère de Tristan Jazy, mais je soupçonnai ce dernier de l'avoir placée intentionnellement sur le parcours que j'empruntais quotidiennement. Je considérai la maison, certain qu'il était en train de m'observer, un sourire malveillant aux lèvres, mais tous les volets étaient clos.

J'atteignis le portail d'Halcyon Grove après cinq minutes trente-deux secondes de course.

– Vous feriez mieux de courir à l'intérieur du domaine, Mr Silvagni, lança Samsoni, l'agent de sécurité originaire des îles Tonga.

Cette manie de me donner du *mister* et de m'appeler par mon nom de famille me mettait très mal à l'aise. « Dom », « mon garçon » ou même « gamin » m'auraient parfaitement convenu, mais le règlement intérieur était formel : *En toute occasion, les employés doivent s'adresser aux résidents par leur patronyme, leur qualité et tout titre honorifique dont ils pourraient se prévaloir.*

– Halcyon Grove est plat comme une crêpe, répondis-je, sans ralentir l'allure. J'ai besoin d'accidents de terrain.

Après avoir franchi la guérite, je longeai le mur d'enceinte du domaine puis m'engageai dans Byron Street, une rue étroite en faux plat qui constituait la première difficulté de mon parcours et me permettait d'observer l'accélération progressive de mon rythme cardiaque.

Byron Street n'était pas très fréquentée. Alerté par un discret grondement dans mon dos, je tournai légèrement la tête et vis du coin de l'œil un monospace blanc aborder la côte puis rouler au pas dans ma direction. N'éprouvant aucun intérêt pour les bagnoles, je fus incapable d'en reconnaître la marque et le modèle. Cependant, j'étais pratiquement certain de n'avoir jamais vu un tel véhicule. Sa carrosserie d'aspect futuriste était profilée, son moteur presque silencieux. Je ne pus distinguer le visage du chauffeur derrière le pare-brise fortement teinté.

Le monospace se cala trois mètres derrière moi. Je ralentis puis accélérai, et constatai qu'il adaptait sa vitesse. L'avertissement de Samsoni, maintes fois répété, me revint en mémoire : *Vous feriez mieux de courir à l'intérieur du domaine, Mr Silvagni.*

Je pensai à cet élève du collège Jason Walker, kidnappé deux années plus tôt. Ses ravisseurs lui avaient tranché l'oreille gauche, et ses parents avaient versé un million de dollars pour retrouver leur fils. Ou ce qu'il en restait. J'avais toujours pensé que ce gosse de riche un peu lent à la détente constituait une cible facile, et qu'il s'était laissé avoir comme un débutant. Un truc pareil ne pouvait pas m'arriver. J'étais trop rapide, et sans doute beaucoup plus malin. Et pourtant, je me trouvais là, dans une rue déserte, pris en chasse par un mystérieux véhicule. Peut-être y avait-il une explication logique à sa présence, mais les pires hypothèses se bousculaient dans mon esprit.

Lorsque le van accéléra, mon cerveau se mit à tourner à plein régime, comme un disque dur avalant un paquet de données dépassant sa capacité.

Puis ce fut le trou noir. Comme le jour où l'anesthésiste s'était occupé de mon cas, avant qu'on m'opère de l'appendicite.

Lorsque je repris mes esprits, j'étais étendu sur le trottoir.

Je pris appui sur un coude et vis le monospace s'engager dans une rue adjacente et disparaître de mon champ de vision.

Un rapide inventaire me convainquit que je n'avais rien de cassé. Pas une ecchymose, pas une égratignure.

Je me redressai péniblement et constatai que je tenais debout sans difficulté. Parfait. Je n'avais pas été renversé. Mais dans ce cas, qu'avait-il bien pu se passer ?

Une attaque de panique sans doute. Oui, j'avais brièvement perdu connaissance sous l'effet de la trouille. Il n'y avait pas d'autre explication.

Je remarquai alors un point rouge légèrement enflé à l'intérieur de mon poignet droit. Une piqûre d'insecte, sans doute... Soudain, mon imagination se remit à galoper. Non, il ne pouvait pas s'agir d'une coïncidence. On m'avait planté une seringue dans le bras et injecté une saloperie... Merde, je devais prévenir la police au plus vite.

Je sortis mon iPhone de son brassard et composai le triple zéro[2]. Mon pouce resta en suspens au-dessus de l'icone représentant un téléphone blanc sur fond vert. Non, je me faisais des idées. J'évoluais dans le monde réel, pas dans un film d'espionnage. Qu'allais-je raconter aux flics ? Leur débiter un délire parano et passer en revue les hypothèses sans fondement qui venaient de me traverser l'esprit ?

---

2. Numéro d'appel d'urgence en Australie. *(NdT)*

Je rangeai l'appareil. Nichés dans les arbres de Byron Street, les oiseaux chantaient à tue-tête. Le ciel était splendide. Quant à moi, je ne ressentais pas la moindre sensation de vertige. Je venais d'avoir quinze ans, et je n'allais pas laisser un incident sans conséquence, aussi bizarre fût-il, gâcher cette journée.

Aussi fis-je ce pour quoi j'étais le plus doué : je me remis à courir, me concentrant sur la qualité et la fréquence de mes appuis, et n'eus bientôt plus d'autre préoccupation.

J'empruntai le pont qui enjambait le canal et entrai dans Chevron, le quartier qui jouxtait Halcyon Grove. Il régnait dans la rue principale une vive animation. Les commerçants déchargeaient leurs camionnettes de livraison. Des employés formaient un attroupement à l'arrêt de bus. Des peintres en bâtiment donnaient la dernière touche à la devanture d'une agence de prêts immobiliers, l'une de ces sociétés qui, depuis quelques années, se multipliaient sur tout le territoire de Gold Coast.

Alors que j'approchais de la pizzeria Big Pete, j'aperçus la silhouette de Seb, qui patientait en courant sur place. Il accusait une tête et plusieurs kilos de moins que moi. À dire vrai, c'était un véritable avorton. Il aurait été incapable de réaliser un dunk au basket et n'aurait pas survécu à un tacle de football, mais ses caractéristiques physiques convenaient parfaitement à la pratique du demi-fond. Les trois derniers détenteurs du record mondial du 1 500 mètres – Saïd Aouita, Noureddine Morceli, Hicham El Guerrouj – ne brillaient ni par leur taille ni par leur masse musculaire.

Moi, au cours de l'année écoulée, j'avais connu une forte poussée de croissance, et j'avais pas mal forci. Si je restais le meilleur du collège sur 800 et 1 500 mètres, ces changements commençaient sérieusement à m'inquiéter.

Avec ses longs cheveux bruns coiffés en queue de cheval, son short de basket tombant jusqu'aux genoux et son T-shirt sans manches, Seb ressemblait davantage à un skater qu'à un coureur, mais il cavalait comme un dératé. Au cours de nos entraînements individuels respectifs, nos chemins s'étaient croisés – littéralement. Au début, nous nous étions contentés de signes de tête amicaux, puis nous avions fini par échanger quelques banalités. Au fil des jours, nous nous étions apprivoisés et avions décidé de courir ensemble.

– Tu es en retard, dit-il.

– Mais pas du tout, répliquai-je. Qu'est-ce que tu racontes ?

Je jetai un œil à ma montre. 6 h 12. Seb avait raison. J'avais très exactement quatre minutes de retard sur mon temps habituel, conséquence logique de l'incident survenu lors de l'ascension de Byron Street.

Parvenu au pied de la côte la plus raide de notre parcours, une variation topographique que nous avions baptisée le « Tord-boyaux », je me remémorai les recommandations de Gus : je me préparais pour une course importante ; je devais *garder le frein à main serré* ; ne pas me laisser embarquer ; ne pas puiser dans mes réserves. Seb, qui n'était engagé dans aucune compétition officielle, était libre de courir aussi vite qu'il le souhaitait.

Garder le frein à main serré.

Seb se porta en tête et prit aussitôt deux mètres d'avance.

Ne pas puiser dans mes réserves.

Seb creusa un écart de cinq mètres.

Tu vas vraiment laisser ce minus arriver au sommet le premier ?

Alors je lâchai le frein à main et lançai mon *rush*, comme disait Gus. Je m'élançai à l'assaut de la colline et dépassai mon adversaire juste avant d'atteindre la ligne de crête.

Passé la joie que me causait cette victoire, je regrettai d'avoir cédé aux provocations de Seb. Mon rythme cardiaque dépassait largement la limite fixée par Gus. Dès qu'il téléchargerait les données enregistrées sur mon cardiofréquencemètre, il découvrirait que j'avais une fois de plus enfreint ses consignes et me passerait un savon. Pour éviter de tels débordements, il m'avait formellement interdit de courir en compagnie d'un partenaire, si bien que je ne lui avais jamais parlé de Seb.

Nous dévalâmes la colline dans le soleil levant, la brume marine fouettant nos visages, puis nous longeâmes la réserve naturelle Ibbotson. C'était un vaste territoire constitué de forêt tropicale, de mangrove et d'étendues sablonneuses. On y trouvait plusieurs rivières, un large lac au lit de vase et un aérodrome désaffecté. Nous l'avions rebaptisée « Forêt du prêcheur », en référence à l'illuminé qui l'arpentait jour et nuit en braillant des prophéties et des menaces à caractère religieux.

Sur les chaînes de télévision locale, la réserve faisait l'objet d'une interminable polémique. Plusieurs fois par semaine, des promoteurs et des élus locaux assuraient que l'avenir de Gold Coast dépendait du développement d'Ibbotson. Leur discours achevé, ils cédaient leur siège à des défenseurs de l'environnement qui affirmaient haut et fort que l'essor de la région était conditionné à la préservation de cet écosystème. Le débat avait depuis longtemps tourné au dialogue de sourds.

La voix du prêcheur parvint à nos oreilles.

– Ô Babylone, tu es condamnée à la destruction ! Heureux celui qui te rendra ce que tu nous as fait !

Nous échangeâmes un regard amusé.

– Quel grand malade ! m'exclamai-je.

– Condamnée à la destruction... gloussa Seb.

Trente-deux minutes plus tard, nous bouclions notre parcours devant la pizzeria de Big Pete.

– À la prochaine, lança Seb avant de s'engager dans une rue adjacente.

Je n'étais jamais allé chez Seb. Je n'avais jamais rencontré sa famille. Je ne savais pas quel établissement scolaire il fréquentait. Je ne savais même pas s'il était encore scolarisé. Le moins que l'on puisse dire, c'est qu'il n'était pas très causant. Un jour, j'avais tapé sur Google le nom sous lequel il s'était présenté : Sebastian Baresi. J'étais tombé sur des pages consacrées au bassiste d'un groupe de death metal italien baptisé Del Diavolo Testicoli. En fait, je ne savais qu'une chose au sujet de Seb : il adorait courir.

À l'entrée du pont, Elliott le kelpie[3] m'emboîta le pas en aboyant et en agitant la queue. J'ignorais à qui il appartenait. Je l'avais baptisé ainsi en hommage à Herb Elliott, l'athlète australien des années 1950. Chaque matin, nous faisions un bout de chemin ensemble.

3. Le kelpie est un chien de berger autralien. (NdT)

– Bon chien, Elliott ! m'exclamai-je en lui grattant affectueusement la tête.

Comme d'habitude, nos chemins se séparèrent à l'entrée de Byron Street.

– Salut, Elliott ! lançai-je.

Comme tous les jours, il jappa joyeusement avant de faire demi-tour.

Tout semblait avoir repris sa place. Oublié, le malaise qui m'avait saisi lorsque je m'étais senti menacé par le monospace à la ligne profilée.

J'avais quinze ans, j'avais une patate d'enfer et je n'avais d'autre projet que de passer une agréable fin de soirée en compagnie de mon père et de mon grand-père.

02. RÉUNION SECRÈTE

À l'exception du halo de lumière diffusé par la lampe posée sur la table basse, le bureau de Gus était plongé dans la pénombre. Je ne distinguais ni la grande bibliothèque où étaient alignés des milliers d'ouvrages traitant exclusivement de la course à pied, ni les clichés, les affiches et les coupures de presse consacrés qui ornaient les murs : Roger Bannister passant sous la barre des quatre minutes dans l'épreuve du mile ; John Landy s'emparant du record du monde sur 1 500 mètres en 1954 ; Hicham El Guerrouj fixant le record actuel à trois minutes et vingt-six secondes.

Gus et mon père étaient assis côte à côte sur l'un des deux canapés club que nous avions sauvés de la décharge lors d'une énième campagne de rénovation menée par ma mère. Certes, le cuir était craquelé ; certes, les coussins s'affaissaient dangereusement, mais nous aimions nous y vautrer pour dévorer la dernière édition du magazine *Running World*. J'occupais le second sofa, placé en face du premier.

Gus portait un maillot de corps élimé qui mettait en valeur ses muscles noueux et un bermuda dont la jambe gauche dissimulait un membre coupé à hauteur du genou. Lorsqu'il s'était installé à Halcyon Grove, j'avais été terrifié par ce moignon. Au fil du temps, j'avais fini par m'y habituer, puis par m'amuser de cette petite tête ridée à l'air grognon évoquant un extraterrestre sans yeux tiré d'un film de série Z. Lorsque nous sortions en ville, j'exigeais qu'il mette sa prothèse. Il répondait invariablement qu'il avait porté un appareillage depuis l'âge de quinze ans et ne comptait plus s'infliger cette torture.

Gus et mon père sirotaient du whisky. Je m'étais servi un Coca. Le vent s'était levé. De temps à autre, une branche d'arbre battait contre une fenêtre du premier étage.

Ils échangeaient des regards embarrassés, se raclaient régulièrement la gorge, comme s'ils ne savaient pas par quel bout entamer la conversation. Conscient de leur trouble, je décidai de briser la glace.

– Si vous êtes ici pour m'apprendre les mystères de la sexualité, ne vous fatiguez pas. Tout ça n'a plus de secret pour moi.

– Pardon ? s'étonna mon père.

– Oui, le trimestre dernier, avec Mrs Prefontaine.

– Avec Mrs Prefontaine ?

– Oui, elle nous a donné plusieurs heures de cours à ce sujet.

Mon père lâcha un discret soupir de soulagement.

– Non, Dom, nous ne sommes pas ici pour évoquer les roses et les choux.

– Les roses et les choux ?

– Il veut parler de sexe, dit Gus.

– Nous sommes réunis pour aborder un sujet bien plus sérieux, poursuivit mon père.

– Il me semblait que la sexualité était un sujet sérieux, fis-je observer. En tout cas, il préoccupe beaucoup Mrs Prefontaine.

Gus prit la parole, adoptant le ton autoritaire qu'il réservait à l'exercice de ses fonctions d'entraîneur.

– Tu sais ce qu'est une dette, n'est-ce pas ?

Quelle question débile. Je me débrouille pas mal en sport, mais je ne suis pas un demeuré pour autant.

– Oui, je vois l'idée.

Gus jeta un coup d'œil à son fils puis déclara :

– Eh bien, notre famille a contracté une dette.

– Une énorme dette, précisa mon père.

– Vous voulez dire qu'on doit de l'argent à quelqu'un ? demandai-je.

Je pensai à la villa de mes parents ; à la maison où nous nous trouvions, qu'ils avaient offerte à Gus ; à notre résidence secondaire de Byron Bay ; aux bijoux de ma mère.

– Non, il n'est pas question d'argent. Il s'agit d'une autre sorte de dette.

Mon cerveau se mit à tourner à plein régime, et j'essayai en vain d'imaginer une dette qui ne soit pas financière. Soudain, je les soupçonnai de me faire une blague, de me soumettre à une sorte de bizutage, un truc que tous les Silvagni mâles devaient subir le jour de leur quinzième anniversaire, par tradition familiale. Je cherchai une caméra du regard puis me rendis à l'évidence : ni Gus ni mon père ne brillaient par leur sens de l'humour.

Gus se leva, se déplaça jusqu'au bureau puis ouvrit le tiroir inférieur droit. Je m'étais toujours demandé pourquoi ce dernier demeurait verrouillé en toutes circonstances. Quel secret mon grand-père y cachait-il ?

Il en sortit un classeur de cuir rouge d'aspect très ancien, revint s'asseoir sur le canapé puis avala une gorgée de whisky. Il tourna la couverture, en sortit une photo sépia puis se pencha en avant pour me la présenter.

– Tu sais de qui il s'agit, n'est-ce pas ?

– Bien sûr, répondis-je en considérant le cliché familier d'un homme barbu portant cape et chapeau. J'ai été baptisé en son honneur. C'est Dominic, mon arrière-arrière-arrière-arrière-grand-père.

– Exact, sourit Gus. Et mon arrière-arrière-grand-père. Dis-moi, que sais-tu de lui ?

– Voyons voir... Qu'il a touché le gros lot en émigrant en Australie ?

OK, ce n'était sans doute pas la blague du siècle, mais elle aurait mérité une petite réaction, au moins un sourire. Pourtant Gus et mon père restèrent de marbre.

En vérité, j'en savais long sur Dominic Silvagni. L'année passée, lorsque chaque élève avait dû réaliser un exposé sur l'un de ses ancêtres, c'est lui que j'avais choisi. Sans doute parce que c'était le seul dont j'avais déniché un cliché. Selon Gus, la plupart de nos photos de famille étaient parties en fumée dans l'incendie de son ancienne maison.

– Il est né en 1822 à San Luca, un petit village de Calabre, dans l'extrême sud de l'Italie, récitai-je. En 1851, il a épousé Maria Barassi. Ils ont émigré en Australie durant la ruée vers l'or de 1852. Il a été tué deux ans plus tard lors de la révolte des mineurs de Ballarat qui protestaient contre les taxes imposées par le gouvernement victorien. Un mois après sa mort, sa femme donnait naissance à mon arrière-arrière-arrière-grand-père.

Je me souvins de la fierté que j'avais éprouvée en évoquant l'histoire de mon ancêtre devant mes camarades. À la fin de l'exposé, le prof avait qualifié de héros ceux qui, comme lui, avaient perdu la vie lors de la prise de la redoute d'Eureka, clamé qu'ils s'étaient battus pour leurs droits et qu'ils avaient contribué à l'instauration d'un régime démocratique en Australie.

– C'est très bien, dit Gus. Mais il y a autre chose que tu dois savoir.

Il s'envoya une nouvelle rasade de whisky, ouvrit la bouche, mais fut incapable de prononcer un mot de plus.

– La famille de Dominic Silvagni appartenait à la 'Ndrangheta, lâcha mon père.

– À quoi ? demandai-je.

Il se tourna vers Gus.

– Apporte-moi de quoi écrire, s'il te plaît.

Mon grand-père boita vers le bureau puis tendit à mon père un stylo et un bloc-notes. Ce dernier choisit une feuille vierge et inscrivit en lettres capitales : *'NDRANGHETA*.

– Ah oui, ça me dit quelque chose, déclarai-je. C'est une sorte de mafia, c'est ça ?

– Une sorte de mafia, en effet, confirma mon père. En moins indulgente.

J'éclatai de rire. Il resta impassible. À l'évidence, il ne plaisantait pas le moins du monde.

Retrouvant l'usage de la parole, Gus entreprit de m'expliquer les origines de la 'Ndrangheta. Selon lui, elle avait été formée au XIXe siècle par des paysans en lutte contre les riches propriétaires terriens, mais s'était progressivement transformée en organisation criminelle.

– Donc, Dominic était un membre de la 'Ndrang… 'Ndrangheta, dis-je en butant sur ce mot qui m'était jusqu'alors étranger. Pourquoi a-t-il déménagé en Australie ?

À nouveau, Gus et mon père échangèrent un regard anxieux.

– Parce qu'il voulait en finir avec tout ça, répondit ce dernier.

– Avec la 'Ndrangheta ?

Mon père hocha la tête.

– Il est difficile de quitter l'organisation. Toute personne née dans une famille liée à la 'Ndrangheta reste un *Ndranghetiste* jusqu'à son dernier souffle. Pour gagner sa liberté, Dominic a dû verser une certaine somme d'argent.

– Combien ?

– L'équivalent actuel de deux millions de dollars.

Je lâchai un sifflement.

– Et comment s'est-il procuré cette fortune ?

– Il n'a jamais possédé autant d'argent, répondit mon père en affichant une moue méprisante.

– Mais il serait devenu riche, s'il n'avait pas sacrifié sa vie pour la liberté, fit observer Gus.

– Sacrifié sa vie ? Laisse-moi rire. Il est mort comme un chien pour une cause qui n'était pas la sienne.

J'avais comme l'impression qu'il s'agissait là d'une vieille querelle, d'arguments ressassés jusqu'à l'écœurement.

– Dominic, ton arrière-arrière-arrière-arrière-grand-père est venu en Australie pour trouver de l'or, faire fortune et rembourser sa dette, poursuivit mon père. Mais il s'est fait tuer.

– Pour des idéaux auxquels il croyait, l'interrompit Gus.

– Arrête avec ce conte de fées, papa. Montre-lui plutôt le document.

Gus détacha du classeur une chemise en plastique transparent contenant une feuille de papier jaunie.

– La 'Ndrangheta n'était pas disposée à laisser Dominic fuir à l'autre bout de la planète sans prendre quelques précautions, expliqua mon père. C'est pourquoi ils lui ont fait signer cet acte.

– Fais très attention, dit Gus en me le tendant. Il est très fragile.

En en-tête figuraient les mots *Pagherò Cambiaro*.

– C'est écrit en italien, constatai-je.

– C'est une reconnaissance de dette, expliqua mon père. La clause la plus importante stipule qu'en cas de défaut de paiement, tous les héritiers mâles de la lignée Silvagni, à l'âge de quinze ans, devront régler six traites.

– Des traites ? Tu veux dire que je vais devoir verser de l'argent ?

– Non. Il s'agit d'accomplir six tâches au service de la 'Ndrangheta. Six *contrats*, comme ils disent.

Ce que je venais d'entendre dépassait l'entendement. Je fermai les yeux et respirai profondément. 'Ndrangheta, défaut de paiement, traites, contrats, tâches : tout cela n'avait absolument aucun sens. Je comptai jusqu'à quatre, certain que lorsque je soulèverais les paupières je trouverais Gus et mon père hilares, ravis du tour qu'ils m'avaient joué.

Mais non. Ils faisaient une tête d'enterrement. J'eus alors la certitude qu'il ne s'agissait pas d'une farce.

– Quel genre de tâche ? demandai-je.

– Ça, ce sera à eux de te le dire, répondit mon père.

– Eux ? Tu veux parler de la 'Ndrangheta ?

– Maintenant que tu sais de quoi il est question, il vaut mieux éviter d'employer ce mot. Entre nous, nous parlons simplement de La Dette.

Soudain, je me souvins du monospace futuriste, à la carrosserie blanche et profilée, aux quatre minutes qui manquaient à ma journée.

– Ils t'ont déjà contacté, je me trompe ? demanda mon père en me dévisageant avec insistance.

– Je crois, dis-je.

Je décrivis ma mésaventure sans omettre aucun détail.

– Ainsi, tu n'as pas été blessé, conclut Gus.

– Non, enfin... lorsque je me suis réveillé, j'avais cette petite trace de piqûre au poignet droit, expliquai-je en tendant le bras.

– Nous ne voulons rien savoir de plus, Dom. Nous n'en avons pas le droit. Désormais, c'est entre toi et La Dette. Tu comprends ?

Gus affichait une mine résignée. Malgré lui, il était contraint de se ranger aux arguments de son fils.

– Et si je refuse d'accomplir ces contrats ? Qu'est-ce qui arrivera ?

Pour toute réponse, Gus lut une clause figurant sur le document.

– *In caso di mancato pagamento, il creditore può riclamare una libbra della carne del debitore.*

– Ce qui veut dire ?

– « En cas de défaut de paiement, le créancier pourra prélever une livre de chair sur son débiteur. »

– Une livre de chair ?

– C'est exact, confirma mon père.

La formulation de cette clause m'était familière. Elle était tirée d'une pièce de Shakespeare étudiée en cours de littérature[4]. Mais que pouvait-elle bien signifier dans ce contexte ?

Je me tournai vers Gus puis considérai sa jambe amputée.

Non, c'est impossible.

– Ta jambe ? bredouillai-je.

Gus hocha la tête.

– Alors ce n'était pas à cause d'un cancer ? ajoutai-je.

– Je n'ai jamais eu de cancer.

– Tu n'as pas rempli les contrats que La Dette t'a confiés, c'est ça ?

– Non, je n'ai pas pu.

– Et ce sont eux qui t'ont fait ça ?

– Oui, ils m'ont prélevé une livre de chair.

Cette réponse me coupa littéralement le souffle. Saisi de vertiges, je m'affaissai sur le canapé. Pendant quelques secondes, les murs tournèrent autour de moi, puis une idée glaçante me ramena à la réalité. Je regardai mon père droit dans les yeux.

---

4. *Le Marchand de Venise* de William Shakespeare met en scène un usurier dont les débiteurs défaillants doivent, par contrat, se laisser prélever une livre de chair. *(NdT)*

– Et toi, papa, as-tu accompli ce que La Dette t'a ordonné ?

– J'ai fait ce que j'avais à faire, répondit-il avant de fusiller Gus du regard. Et j'ai sorti notre famille du caniveau.

Je savais que mon père n'était pas né avec une cuillère en argent dans la bouche, mais je ne l'avais jamais entendu décrire son enfance en des termes aussi sombres.

– Bon Dieu, comment notre aïeul a-t-il pu signer un tel accord ? soupirai-je.

– C'était il y a si longtemps, répondit Gus, à une époque plutôt... obscure. La loi de la jungle, Dom. Et il jouissait sans doute d'un naturel optimiste. Il était certain de pouvoir réaliser ses rêves, d'arracher à la terre de quoi gagner sa liberté.

– Cet homme était un imbécile, lâcha mon père.

Je vis les phalanges de Gus blanchir autour de son verre à whisky. Son bras trembla imperceptiblement, si bien qu'on entendit tinter les glaçons.

– Un imbécile qui a donné naissance à une lignée d'imbéciles, continua mon père sur un ton méprisant que je ne l'avais jamais entendu employer. Pour parler en termes scientifiques, le gène de l'imbécillité a longtemps pesé sur l'histoire de notre famille. Mais nous faisons tout notre possible pour nous en débarrasser, n'est-ce pas Dom ?

À nouveau, une branche heurta la fenêtre, à l'étage supérieur. C'était comme si un être ténébreux frappait à la porte de la maison, s'apprêtant à s'abattre sur mon existence. Mon père vida le fond de la bouteille de whisky dans son verre.

– Encore une chose, dit-il.

– Pour l'amour de Dieu, David ! s'exclama Gus.

Mon père lui lança un regard noir, posa l'index sur le document et gronda :

– C'est La Dette qui l'ordonne !

Profondément accablé, Gus demeura longuement immobile, la tête penchée sur le côté, puis il se leva, se traîna jusqu'au bureau et saisit quelque chose dans le tiroir. Lorsqu'il se rassit, je découvris entre ses mains un objet disposant d'un manche de bois et d'une extrémité en métal repoussé. S'agissait-il d'une sorte de tampon ?

– Très bien, dit mon père à l'adresse de Gus. Finissons-en au plus vite.

À mon grand étonnement, tous deux détachèrent leur ceinture et baissèrent leur bermuda. Mon père désigna l'intérieur de sa cuisse droite. J'y lus un mot inscrit dans un rectangle : *PAGATO*. Je crus d'abord qu'il s'agissait d'un tatouage, puis je compris que chaque lettre était une cicatrice rosâtre, un stigmate infligé au fer rouge.

Comment cette marque avait-elle pu m'échapper jusqu'à ce jour ? À bien y réfléchir, mon père s'était toujours montré très pudique, pas le genre à se balader à poil devant ses enfants. Lorsque nous nous baignions, il portait un long short de bain.

Je me tournai vers Gus et constatai qu'il portait la même marque, au même endroit.

Enfin... la même marque, vraiment ?

Ses contours étaient moins nets, les lettres plus difficiles à déchiffrer. Elle me semblait incomplète.

– La marque du débiteur, dit mon père.

– Non ! hurlai-je en me dressant d'un bond, déterminé à prendre mes jambes à mon cou.

Gus saisit fermement mon poignet. C'était un geste étrange, à la fois brutal et protecteur, dont je saisis immédiatement la teneur.

Tu ne peux pas t'échapper, Dom, mais je suis là pour veiller sur toi.

Je plongeai mes yeux dans les siens et réalisai qu'il était l'être en qui j'avais le plus confiance au monde.

Je me laissai tomber sur le canapé.

Mon père sortit du tiroir un vieux briquet Zippo.

– Un vieux modèle. On n'en fait plus des comme ça.

D'un geste du pouce, il en fit jaillir une haute flamme puis commença à chauffer le fer.

– Papa ! m'étranglai-je.

– Bois ça, ordonna Gus en me tendant son verre de whisky.

Je le vidai d'un trait. Le liquide déferla dans ma gorge puis mit le feu à mon ventre.

– Papa ! répétai-je.

– Tu es prêt ? demanda mon père.

Bien sûr que non ! Qu'est-ce que tu t'imagines ? Je crève de trouille. Je nage en plein cauchemar.

Conscient qu'il n'y avait pas d'échappatoire, je décidai de remettre mon sort entre leurs mains.

Je baissai mon pantalon et exposai l'intérieur de ma cuisse droite. Mon père approcha l'extrémité du fer. Sentant la chaleur qui en irradiait, je retirai brusquement ma jambe.

– Veux-tu que Gus t'immobilise ? demanda-t-il.

– Non ! aboyai-je.

Je me contentai de saisir la main de mon grand-père.

– Je t'aime, Dom, soupira mon père.

– Moi aussi, papa.

Il posa fermement le fer rougeoyant sur ma cuisse et le maintint en place pendant d'interminables secondes. La douleur était indescriptible, sans comparaison avec ce que j'avais pu endurer jusqu'à ce jour. Je serrai les phalanges de Gus de toutes mes forces, lui arrachant un gémissement discret. Une écœurante odeur de chair brûlée emplit la pièce.

– C'est terminé, Dom, dit enfin mon père.

En dépit de la souffrance et de la puanteur, une pensée positive me vint à l'esprit.

Nous avons tous les trois la même marque, à présent.

En examinant ma cuisse, je découvris un rectangle de chair écarlate et boursouflée, mais je cherchai en vain l'inscription *PAGATO*.

– Non ! hurlai-je, comprenant aussitôt de quoi il retournait.

Ce n'était qu'un cadre vide où, à l'issue de chaque contrat accompli au service de La Dette, une lettre du mot *PAGATO* serait imprimée au fer rouge. Ainsi, j'étais condamné à subir de nouveau ce supplice. Voilà pourquoi la marque de mon père était complète, parfaitement lisible, contrairement à celle de Gus.

À six reprises, quels que soient mes efforts et mes sacrifices, je devrais affronter cette douleur atroce.

– Non ! répétai-je en me précipitant poings brandis sur mon père.

Comment avait-il pu laisser une telle horreur se produire ? Je crevais de rage. Je voulais le rouer de coups et lui briser tous les os.

Mais il esquiva habilement la charge puis me serra contre son torse à me faire mal.

– Non, non, non ! hurlai-je, les joues baignées de larmes, en me débattant comme un animal pris au piège.

Incapable de me soustraire à son étreinte, je finis par abandonner toute résistance et me laissai aller entre ses bras.

– Dom, quoi qu'il arrive, n'essaie jamais de jouer au plus fin avec La Dette.

Je restai muet.

– Tu m'as bien entendu, Dom ? insista-t-il en me saisissant par les épaules.

– Oui, papa, j'ai bien entendu.

Dimanche

03. SIXIÈME SENS

Le lendemain matin, à 5 h 30, les Baha Men s'époumonèrent pour rien : torturé par ma brûlure et bombardé d'idées noires, je n'avais pas fermé l'œil de la nuit.

Ruisselant de sueur, je quittai le lit aux draps froissés, bien décidé à ne rien changer à mon rituel quotidien. Lorsque j'eus lacé mes chaussures, assis sur les marches du perron, je sentis un grand calme m'envahir. Je me mis à courir, et constatai que chaque foulée réveillait la douleur causée par la marque qui me liait à La Dette.

J'esquissai un sourire en apercevant Imogen derrière la fenêtre de sa chambre. Dans ma vie bouleversée par les événements affreux de la veille, elle seule semblait égale à elle-même. Elle plaqua contre la vitre un message rédigé au marqueur.

Tu as fini ton devoir de maths ?

Je secouai la tête.

Tu as besoin d'aide ? griffonna-t-elle.

Je levai les pouces et remuai les lèvres afin de former les mots : *Oui, ce serait génial.*

Les oiseaux de Byron Street saluaient bruyamment les premiers rayons du soleil. Je trouvai Seb devant la pizzeria, trottinant sur place, sa queue-de-cheval se balançant d'une épaule à l'autre. Lorsque nous atteignîmes le sommet du Tord-boyaux, une voiture de patrouille nous dépassa, toutes sirènes hurlantes.

La nuit précédente, Gus et mon père avaient été catégoriques : pas un mot à la police. Nous devions respecter la loi du silence, l'*omertà*, comme ils l'appelaient. Ce problème ne concernait que nous. Plongé dans l'atmosphère étouffante et conspiratrice du bureau, je n'avais pu qu'accepter le sort qui pesait sur les hommes de ma lignée. Mais en ce matin ensoleillé, alors que la brise marine fouettait mon visage, je pris conscience du caractère profondément macabre et détestable de ce secret de famille. Comment pouvait-on menacer un garçon de quinze ans de l'amputer d'un membre ? C'était moralement et légalement inadmissible. La Dette était le mal à l'état pur.

Je vais prévenir les flics. Je vais mettre fin à ce cauchemar.

– Tu as fêté ton anniversaire, hier ? lança Seb lorsque, notre parcours bouclé, nous nous retrouvâmes devant la pizzeria.

– Comment es-tu au courant ? m'étonnai-je, certain de n'avoir jamais évoqué ma date de naissance en sa présence.

– Ben, c'était sur Internet. On ne peut plus rien cacher de sa vie privée, aujourd'hui.

Sur Internet ? Cette information était sans doute disponible sur Facebook, mais je ne me rappelais pas avoir ajouté Seb à ma liste d'amis.

– Ça te fait quinze ans, c'est ça ? demanda-t-il.

Je hochai la tête.

– Alors tu n'as que trois jours de plus que moi.

– Ah ? Tu fêtes ton anniversaire mardi ?

– Ouaip.

– Mais tu es toujours partant pour la course, n'est-ce pas ?

J'avais eu les pires difficultés à convaincre la direction de mon établissement scolaire, une vénérable institution baptisée Coast Grammar, de permettre à Seb de réaliser un essai dans notre équipe d'athlétisme. Oh, bien sûr, si j'avais attiré l'attention sur un garçon particulièrement doué pour le football, une délégation se serait immédiatement portée à son domicile afin de lui proposer une bourse assurant ses frais de scolarité jusqu'à l'entrée à l'université. Mais la course de demi-fond, contrairement au football, au cricket et au surf, n'intéressait pas grand monde.

Ni dans mon école, ni dans le Queensland, ni dans l'ensemble du territoire australien.

C'est une vidéo tournée avec mon iPhone qui avait convaincu Mrs Sheeds, notre entraîneuse, de donner une chance à Seb.

– C'est une simple course de qualification pour les championnats, non ? demanda ce dernier.

– Oui, répondis-je. Sauf qu'il n'y aura aucun enjeu pour toi, puisque tu ne pourras courir officiellement sous nos couleurs que si tu obtiens une bourse. Mais c'est aussi une chance de montrer à Sheeds ce que tu as sous la semelle.

– Très bien. Tu peux compter sur moi.

Sur ces mots, comme tous les jours, il s'engagea dans la rue latérale et disparut de mon champ de vision.

Maintenant. Il faut que je le fasse.

Je rebroussai chemin, tournai à droite à hauteur de l'agence de prêts immobiliers. Je longeai mon ancienne école primaire, gravis les marches du poste de police puis me figeai devant la porte vitrée. J'eus le sentiment irrationnel qu'on m'espionnait, qu'on surveillait mes moindres faits et gestes.

Je dois le faire. Ça ne peut plus durer comme ça.

Je poussai la porte et pénétrai dans le hall d'accueil.

Le policier de permanence assis derrière le comptoir me lança un bref coup d'œil avant de se replonger dans sa paperasse.

Je m'éclaircis la gorge.

– Je vous prie de m'excuser...

– C'est pour quoi ? maugréa l'agent.

À cet instant, je réalisai que j'avais agi avec précipitation. Comment allais-je présenter l'affaire ? Devais-je déclarer que mon père m'avait mutilé avec un fer chauffé à blanc ? Qu'une organisation secrète menaçait de me couper une jambe ?

– En quoi puis-je t'aider, mon garçon ? insista le policier. Dépêche-toi, s'il te plaît. Je n'ai pas que ça à faire.

– Je... je dois encore réfléchir, bredouillai-je, pris de court, avant de tourner les talons et de quitter le poste de police.

Je devais trouver une façon claire et crédible de présenter la situation. Je reviendrais plus tard, lorsque ma déposition serait prête.

Je quittai Chevron puis traversai le pont. Quelques secondes plus tard, Elliott s'élança dans mon sillage.

– Cours, cours, bon chien ! m'exclamai-je. Je suis drôlement content de te revoir.

Après des années de pratique du demi-fond, j'avais développé une sorte de sixième sens qui me permettait d'apprécier instinctivement la circulation. Il me suffisait d'un son lointain, d'un effluve de carburant, d'une vibration du bitume pour savoir qu'un véhicule se dirigeait vers moi.

À l'approche d'un carrefour, me sentant à l'abri de tout danger, je ne coupai pas mon effort, sautai du trottoir et m'engageai sur la route. Je me trouvai au milieu de la chaussée lorsque je vis une moto noire chevauchée par un pilote gainé de cuir foncer dans ma direction. Mû par un réflexe de survie, je bondis en avant et me plaçai *in extremis* hors de sa trajectoire. Le bolide percuta Elliott de plein fouet, le précipitant à plusieurs dizaines de mètres du point d'impact.

Je le vis tournoyer sur lui-même en battant des pattes, tache floue, fauve et noire se détachant sur le ciel d'azur, puis s'écraser lourdement sur la route.

– Elliott ! hurlai-je en me ruant vers lui.

Je m'agenouillai à ses côtés. Je cherchai vainement à croiser son regard, mais ses yeux vitreux fixaient le vide. Il lâcha un couinement puis cessa de respirer.

– Un problème, mon garçon ? fit une voix dans mon dos.

En tournant la tête, je découvris un quadragénaire portant short, maillot et chaussures de course.

– C'est ton chien ? demanda-t-il. Est-ce que je peux faire quelque chose ? Veux-tu que je prévienne la police ?

– Non, il n'est pas à moi, répliquai-je en me redressant d'un bond. Je l'ai trouvé comme ça.

Sur ces mots, je pris mes jambes à mon cou. Ma douleur à la cuisse se fit plus vive que jamais.

Tandis que je sprintais en direction d'Halcyon Grove, je sus que je ne me présenterais pas au poste de police, ni dans l'après-midi, ni dans les jours à venir, ni jamais.

Après la tentative d'assassinat dont je venais de faire l'objet, il n'était plus question de dénoncer la menace qui pesait sur moi.

À compter de cet instant, je n'étais plus qu'un pion entre les mains de La Dette.

Mardi

04. COMME UNE HUÎTRE

Deux jours plus tard, à l'issue de ma course d'entraînement, je rendis visite à Gus.

– Comment vas-tu, champion ? demanda-t-il en me dévisageant d'un œil inquiet.

Je ne suis pas un champion et je ne me suis jamais senti aussi mal de toute ma vie.

– Ouais, ça va, répondis-je.

En vérité, je ne cessais de penser à Elliott, fracassé sur le bitume. À ce cadavre qui, à une fraction de seconde près, aurait pu être le mien.

Tandis que j'avalais le petit déjeuner qu'il m'avait préparé, Gus transféra sur son iMac les informations enregistrées par mon cardiofréquencemètre. Sans qu'on puisse le qualifier de geek, il était plutôt compétent en informatique pour une personne de son âge. Et lorsqu'un détail lui échappait, il ne craignait pas de questionner ma sœur Miranda, l'experte de la famille.

Je plongeai ma cuillère dans mon bol d'*ugali* fumant, cette substance blanchâtre pratiquement dépourvue de goût qui forme la base de l'alimentation des populations d'Afrique de l'Est. Mon grand-père avait établi un rapport entre ce régime et le succès des athlètes kényans, et il m'avait forcé à l'adopter.

C'était une théorie parfaitement idiote et non vérifiée, mais je ne discutais jamais ses consignes. Il était mon entraîneur, et je lui étais reconnaissant de m'avoir pris sous son aile.

Dom, arrête de courir !

Combien de fois mes parents m'avaient-ils ordonné de me tenir tranquille ?

Dom, tu ne pourrais pas marcher, pour une fois ?

Mais c'était plus fort que moi. Pourquoi marcher lorsqu'on peut courir ?

Dès mon entrée à l'école, mes profs avaient pris le relais.

Silvagni, arrêtez de courir !

Pressés par le directeur, mes parents m'avaient emmené consulter un médecin spécialisé. Il m'avait prescrit des pilules qui s'étaient révélées très efficaces.

Dès les premiers jours de traitement, je cessai bel et bien de courir. Et de réfléchir. Et d'éprouver le moindre sentiment. Je me contentais d'observer le monde extérieur, comme un poisson rouge prisonnier de son bocal.

Puis Gus avait débarqué à Halcyon Grove, avec sa bibliothèque, sa collection de magazines et ses photos de John Landy, de Roger Bannister et d'Hicham El Guerrouj.

– Moi aussi, je cours vite, lui avais-je confié peu après son installation.

Il m'avait jaugé de la tête aux pieds, avait considéré mon regard vide et ma démarche hésitante, puis il avait lâché un bref éclat de rire.

Profondément vexé, j'avais pris la décision de jeter mes médicaments aux toilettes. Trois jours plus tard, j'étais allé trouver Gus et l'avais supplié de me regarder cavaler autour de sa maison. Il m'avait ordonné d'interrompre définitivement mon traitement, était devenu mon entraîneur et avait fait de moi un authentique coureur de demi-fond. À partir de ce moment, au grand soulagement de mes parents et de mes enseignants, je n'avais plus ressenti le besoin de courir dans les endroits clos.

– Il était costaud, Coe ? demandai-je en avalant une cuillerée d'*ugali*.

J'étais plongé dans la lecture d'une édition de *Running World* consacrée au duel acharné que s'étaient livré Sebastian Coe et Steve Ovett durant les années 1980.

– Un mètre soixante-dix, cinquante-quatre kilos, répondit Gus, confirmant une nouvelle fois l'étendue de ses connaissances.

– Et Steve Ovett ?

– Lui, il était plus solide. Un mètre quatre-vingt-trois pour soixante-dix kilos.

Je décidai aussitôt de me ranger parmi les supporters de Steve Ovett, en qui je me reconnaissais davantage, et enrageai rétrospectivement en pensant à la victoire de Coe en finale du 1 500 mètres aux Jeux olympiques de Moscou.

– Ça va bientôt être l'heure du point météo, dit Gus.

Il alluma la télévision et sélectionna une chaîne locale d'informations en continu.

L'arrestation d'Otto Zolton-Bander continuait à faire les gros titres.

Même si la plupart des habitants de la côte – et en particulier ceux de ma génération – connaissaient déjà tout du Zolt, les médias répétaient son histoire en boucle. Au cours des deux dernières années, il avait cambriolé d'innombrables résidences sur Reverie Island. Son butin n'avait pas été communiqué, mais il était estimé à plusieurs dizaines de milliers de dollars.

Otto Zolton-Bander avait également volé des voitures, des bateaux et quatre petits avions de tourisme qu'il était parvenu à poser sans avoir jamais pris la moindre leçon de pilotage. Les témoins avaient décrit des atterrissages d'urgence plutôt brutaux, mais il s'en était toujours miraculeusement sorti indemne.

Ses supporters le présentaient comme un héros au grand cœur. Le directeur d'un refuge animalier affirmait avoir reçu une importante somme d'argent en espèces de la part d'un donateur se faisant appeler « Le Zolt ».

Un enquêteur privé répondant au nom de Hound de Villiers avait traqué Otto Zolton et procédé à son arrestation en vertu de l'article premier du code pénal de 1899, qui prévoyait que tout citoyen du Queensland était autorisé à capturer un criminel sans mandat, pourvu qu'il estime disposer de preuves suffisantes.

Une photo prise par Hound de Villiers sur son téléphone mobile apparut à l'écran : le Zolt assis dans l'herbe, menotté à un arbre, adressait à l'objectif un sourire idiot. Je ne pouvais m'empêcher d'admirer ce type, et l'attitude détendue qu'il affichait en ces circonstances dramatiques. Le journaliste acheva son sujet en déclarant qu'Otto Zolton-Bander serait remis aux autorités le lendemain dans l'après-midi.

Le flash météo annonça un temps chaud et sec pour les deux semaines à venir.

– Excellent, lâcha Gus avant d'éteindre la télévision.

Les températures élevées jouaient en ma faveur. J'avais fixé mon record personnel par trente-quatre degrés. Gus pensait qu'il s'agissait d'un effet de l'*ugali* qu'il me forçait à avaler. Selon lui, j'étais blanc à l'extérieur, noir à l'intérieur. Un vrai petit Kényan insensible à la canicule.

– Comment les types de La Dette s'y sont-ils pris ? demandai-je.

Gus comprit aussitôt où je voulais en venir. Ses traits se figèrent.

– Nous devons rester concentrés sur la course, Dom.

– Dis-moi comment ils ont fait, insistai-je en repoussant mon bol d'*ugali*.

Gus baissa les yeux puis se laissa tomber sur un tabouret. Je vis son moignon saillir de son bermuda, comme un suricate dressant la tête hors de son terrier.

– Si je réponds à ta question, est-ce que tu promets de t'en tenir là et de te consacrer entièrement à ta préparation ?

Je hochai la tête.

Gus lâcha un soupir puis me confia le souvenir qui le hantait depuis ses quinze ans.

– C'était le matin, après ma course d'entraînement. Comme tous les jours, je faisais trempette dans l'océan. Je t'ai déjà dit que l'eau de mer avait des vertus isotoniques ?

Je levai les yeux au ciel. Je le soupçonnais d'user de cette digression afin de détourner le fil de la conversation.

– Qu'est-ce qui s'est passé ? insistai-je.

– C'était l'hiver. La plage était déserte, la mer parfaitement calme. Je marchais parallèlement à la côte, de l'eau jusqu'au nombril. Ce genre d'exercice basé sur la résistance favorise…

Je lui lançai un regard noir qui le remit aussitôt sur les rails.

– Je longeais le rivage, disais-je… puis je me suis réveillé à l'hôpital.

– Est-ce que tu vas te décider à me dire ce qui s'est passé, à la fin ?

– Ça, je n'en ai pas la moindre idée. Je pataugeais dans la mer, et la seconde suivante, je me suis réveillé sur un lit d'hôpital, devant une armée de types en blouse blanche. La panique totale. J'ai essayé de me lever, mais j'étais complètement dans le cirage. Le médecin chef m'a assuré que j'allais bien, que j'avais eu de la chance et que je serais bientôt de retour chez moi. Plus tard, j'ai appris qu'il s'agissait du professeur Eisinger, l'un des meilleurs chirurgiens du pays. J'ai fini par me calmer. Finalement, je n'avais mal nulle part. Après le départ des docteurs, les effets de l'anesthésie se sont entièrement dissipés, et je me suis demandé pourquoi mes parents ne se trouvaient pas à mon chevet. Une infirmière est entrée. Elle a dit qu'elle devait changer mon pansement. Mon pansement ? Quel pansement ? Elle a ôté mon drap, et j'ai découvert qu'il me manquait la moitié d'une jambe. Pendant quelques secondes, je suis resté pétrifié. Je n'arrivais pas à croire ce que je voyais. Je pouvais encore sentir mes orteils et les muscles de mon mollet.

Cinquante ans après le drame, la voix de Gus se mit à trembler, comme s'il revivait ce cauchemar, les yeux rivés sur le vide, là où aurait dû se trouver sa jambe. Il observa une longue pause avant de reprendre le fil de son récit.

– Je me suis mis à chialer comme un môme qui a perdu sa mère. L'infirmière m'a saisi par les épaules et m'a secoué comme un prunier. « Tu as de la chance d'être en vie ! a-t-elle dit, alors comporte-toi comme un homme et laisse-moi faire mon travail. » Le personnel hospitalier ne faisait pas dans la dentelle, à cette époque-là.

– Tu as peut-être été attaqué par un grand blanc, suggérai-je.

Gus me dévisagea longuement.

– C'était La Dette, Dom.

– Mais qu'avaient-ils exigé de toi ? En quoi consistait le contrat que tu n'as pas accompli ?

Gus secoua la tête.

– Tu sais bien que je ne peux rien te dire, grimaça-t-il.

– Je mérite des explications ! J'ai le droit de savoir ce qui va m'arriver !

Gus quitta son tabouret, se traîna jusqu'au plan de travail, alluma la radio et tourna le bouton de volume à fond. Le haut-parleur cracha une chanson de Led Zeppelin. Il s'approcha de moi puis chuchota à mon oreille.

– Il n'existe pas deux contrats identiques. Souvent, il s'agit de commettre un acte illégal, comme un vulgaire criminel. Mais parfois, La Dette te confie une mission absurde en apparence, comme si elle essayait d'éprouver ta force de caractère. Quoi qu'il arrive, ne prends pas ses ordres à la légère. Tu ne seras pas tiré d'affaire tant que tu n'auras pas réglé le sixième et dernier contrat.

– Le dernier contrat… répétai-je. Celui que tu n'as pas accompli, n'est-ce pas ? C'est pour ça qu'ils ont pris ta jambe. Quelle est cette tâche dont tu n'as pas pu t'acquitter ?

– Je ne dirai pas un mot de plus, conclut Gus avant de déposer mon bol vide dans le lave-vaisselle puis de baisser le volume de la radio.

Comprenant que je n'en apprendrais pas davantage, je retournai à la lecture de *Running World*, mais la rivalité Ovett-Coe m'était devenue parfaitement indifférente.

Les pensées les plus noires se bousculaient dans mon esprit, comme des bacilles mortels se reproduisant à l'infini. Si Gus n'avait pas été capable d'accomplir les épreuves imposées par La Dette, quelles étaient mes chances d'y parvenir ?

Mais mon père, lui, en avait triomphé.

Avaient-ils reçu des tâches comparables ? Le supplice de mon grand-père était-il à l'origine des relations tendues qu'il entretenait avec son fils ?

Mon cerveau était saturé de questions destinées à demeurer sans réponses. Un violent sentiment de panique m'envahit. Le rythme de mon cœur s'emballa puis je commençai à éprouver des difficultés à respirer.

Il fallait que je déguerpisse au plus vite. C'était une question de survie.

Je reculai brutalement ma chaise, bredouilla un « à plus tard », quittai la maison et remontai au pas de course l'allée menant à la villa de mes parents. Je croisai le jardinier en chef, assis sur un motoculteur. Cigarette roulée au coin de la bouche, il bavardait en italien dans son téléphone mobile.

– Bonjour, Mr Silvagni, lança-t-il.

– Bonjour, Roberto, haletai-je sans ralentir l'allure.

Je trouvai mon frère Toby, treize ans, et ma sœur Miranda, seize ans, assis à la table de la cuisine.

Cette dernière portait une chemise de nuit noire, des chaussons noirs, et quatre clés USB noires suspendues autour du cou.

Toby, lui, avait revêtu son uniforme scolaire – ou, du moins, une version très personnelle et débraillée de cette tenue réglementaire.

Je m'assis sur un tabouret puis respirai lentement, soucieux de ne rien laisser paraître de mon trouble.

– Toby a préparé des pancakes, gloussa Miranda. Ils sont absolument déments.

– Techniquement, ce sont des crêpes, précisa ce dernier.

– Je viens de m'envoyer un bol d'*ugali*, soupirai-je.

– Comment tu peux avaler ce truc ? grimaça Toby.

– Trente millions de Kényans se nourrissent de ce truc, comme tu dis.

– Et comme chacun sait, la gastronomie kényane est l'une des plus réputées au monde, ironisa mon frère. Tiens, au fait, tu ne connaîtrais pas l'adresse d'un restau kényan ? Ou le numéro d'un traiteur livrant de la bouffe kényane à domicile ?

Mais ni ma sœur ni moi ne prêtions plus attention aux provocations de Toby.

– Il paraît qu'ils ont arrêté le Zolt, dis-je.

Miranda lâcha un bref éclat de rire.

– Ils ne le retiendront pas longtemps, dit-elle.

Comme la plupart des adolescentes – à l'exception notable d'Imogen –, Miranda brûlait d'admiration pour le Zolt.

À cet instant, ma mère déboula dans la cuisine.

Ma mère, ex-future reine d'Hollywood.

À l'en croire, elle avait touché du doigt la célébrité à l'occasion d'une apparition dans l'épisode cinq de la deuxième saison de la série *Drôles de dames*. Celui où les héroïnes participent à un concours de beauté afin d'identifier le criminel qui terrorise les concurrentes. Lors d'une scène de défilé à Las Vegas, ma mère apparaît derrière Kelly et Sabrina en bikini rouge. Certes, on ne distingue pas très bien son visage, vu qu'elle tourne le dos à la caméra. Certes, elle figure au générique de fin sous un nom d'emprunt en raison d'une obscure embrouille avec le syndicat des comédiens. Mais c'est bien ma mère, je peux le certifier.

Avec ses cheveux permanentés, son accent californien et son grain de beauté sur la joue qui lui donnait des airs de Marilyn, elle était l'image même de l'actrice hollywoodienne des années 1970. De temps à autre, on lui demandait si elle n'avait pas joué dans *Dallas*, *Dynasty* ou *La croisière s'amuse*. Elle répondait systématiquement par la négative, au grand dam de ses interlocuteurs.

La dernière fois qu'un tel incident s'était produit, quelques semaines plus tôt, Toby lui avait recommandé de s'inventer un petit rôle dans *Dallas* afin de satisfaire son auditoire, assurant que personne n'irait vérifier. Sa réaction m'avait beaucoup intrigué.

– Mais bien sûr ! s'était-elle exclamée. Comme si nous avions besoin d'un mensonge de plus dans la famille !

Elle n'avait pas exercé son métier de comédienne depuis son mariage. Elle dirigeait une organisation caritative baptisée Angel Foundation qui siphonnait les comptes bancaires de mon père pour vernir en aide à des familles en galère.

– Toby, mon chéri, je viendrai te chercher à la sortie des cours pour t'emmener à l'audition, dit-elle.

– Quelle audition ? demandai-je.

– Ton frère a posé sa candidature à l'émission *À vos marques, prêts, cuisinez !*, dit-elle en adressant à Toby un regard ému.

Mon frère était dingue de ce concours culinaire télévisé qui garantissait au grand gagnant fortune et célébrité.

– Il n'est pas un peu jeune ? m'étonnai-je.

– Il s'agit de la version junior, expliqua ma mère.

Toby essuya la goutte de sirop d'érable qui dégoulinait sur son menton.

– Et toi, quand vas-tu ouvrir le reste de tes cadeaux ? demanda-t-il.

– Jamais. J'ai l'intention d'en faire don à la fondation de maman.

– Ils seront redistribués à des déshérités, ajouta ma mère avant de dégainer son BlackBerry et de se lancer dans une conversation tendue avec son assistante.

Toby pinça les lèvres.

– Tes amis ont passé des heures à chercher le cadeau idéal, et tu t'en débarrasses sans même y jeter un œil ?

– Ouais, exact. Ils sont à moi. J'en fais ce que je veux.

En vérité, j'avais mis de côté les cadeaux que m'avaient offerts mes copains. Ceux dont je comptais faire don à l'association venaient de relations de mes parents. La plupart me connaissaient à peine, et ils avaient sans doute chargé leur secrétaire de trouver quelque chose convenant à un garçon de mon âge.

– Même celui-là ? s'étonna Toby en désignant un paquet argenté abandonné sous la table. Je l'ai soupesé. Je crois que c'est un ordinateur portable.

– De qui vient-il ? demandai-je.

Toby s'empara de la boîte et l'étudia sous toutes les coutures.

– Aucune indication, dit-il.

– Maman, tu sais qui m'a offert ce truc ? demandai-je.

Elle décolla son BlackBerry de son oreille.

– Celui-là ? Attends voir... Je crois qu'il a été déposé par coursier le jour de ton anniversaire.

– Dans ce cas, il devait y avoir un bordereau ou quelque chose, dis-je, redoutant de bazarder un cadeau offert par l'un de mes copains.

– Il se trouve sûrement sur la console, près du téléphone.

Je trouvai le reçu du coursier à l'endroit indiqué. Mon nom et mon prénom figuraient dans la case *destinataire*. Dans la case *expéditeur* se trouvaient de simples initiales : *L. D.*

La Dette. Pouvait-il s'agir d'une coïncidence ?

Je fermai les yeux. Lorsque je les rouvris, les deux lettres s'y trouvaient toujours. Je suppose que mon esprit n'avait jamais cessé de douter de l'existence de La Dette. Tout cela était trop bizarre, trop macabre. Malgré la brûlure à l'intérieur de ma cuisse, malgré la mort d'Elliott, bref, en dépit des évidences, j'avais continué à espérer que ma vie reprendrait un cours normal. Une nouvelle preuve s'imposait à moi : eux, La Dette, la 'Ndrangheta, m'avaient envoyé un cadeau d'anniversaire.

Je chiffonnai le bordereau et le glissai dans ma poche.

– Très bien, voyons ce qu'il contient, dis-je.

Après m'être débarrassé du papier d'emballage, je trouvai une boîte en carton dépourvue d'inscription.

Je me servis d'un couteau à pain pour couper les lanières en plastique qui la maintenaient scellée.

– Je te l'avais bien dit ! s'exclama Toby lorsque j'en sortis un ordinateur portable à la coque noire et mate.

Je n'avais encore jamais observé un appareil de ce modèle.

– Il y a une marque ? demanda Miranda.

– Non, je ne crois pas, répondis-je.

– PC ou Mac ?

Ne sachant quoi répondre, je lui tendis l'appareil. Elle le retourna entre ses mains, l'air circonspect.

– Il y a des ports USB mais ni Ethernet ni prise secteur. C'est super bizarre. En tout cas, je suppose qu'il ne fonctionne que sur WiFi. Mais comment fait-on pour l'ouvrir ?

Nous étudiâmes longuement sa coque. Pas de bouton, pas de fermoir, rien qui perturbât ses lignes épurées.

– Fermé comme une huître, dit Miranda. Peut-être s'active-t-il au son de la voix.

Elle posa l'ordinateur sur la table et dit :

– Ouvre-toi.

L'appareil demeura fermé.

– À moins qu'il ne s'agisse d'une coque tactile... Ce serait une première.

Elle fit courir ses doigts sur toute la surface de l'ordinateur, sans plus de résultat.

– Vous allez être en retard en cours, annonça ma mère en rangeant son BlackBerry.

J'emportai l'ordinateur dans ma chambre, le posai sur mon bureau, puis me changeai sans le quitter des yeux.

Je ne pouvais plus douter de l'existence de La Dette. Cet objet énigmatique en était la preuve palpable.

On frappa à ma porte, puis Miranda déboula dans ma chambre, clés USB cliquetant à son cou.

– Je voudrais jeter un dernier coup d'œil à cette machine, dit-elle avant de s'emparer de l'ordinateur.

– Repose ça immédiatement, grognai-je.

Miranda le serra contre sa poitrine, une expression de défi sur le visage.

– C'est *mon* cadeau. Rends-le-moi.

– Il faut qu'on y aille, les enfants ! lança ma mère depuis le rez-de-chaussée.

Miranda lâcha un soupir, reposa l'ordinateur sur le bureau puis s'engagea dans le couloir.

Mardi

05. UNE SIMPLE FORMALITÉ

Rassemblés dans un angle des vestiaires, les garçons qui composaient l'équipe de demi-fond de Coast Grammar se changeaient en lançant des plaisanteries. Seul Rashid, que je ne me rappelais pas avoir vu sourire, affichait un visage fermé. Pour son premier entraînement en notre compagnie, Seb semblait parfaitement détendu. Je regrettais qu'il ne puisse concourir officiellement à nos côtés lors des championnats fédéraux. Avec lui, la victoire n'aurait pu nous échapper.

L'épreuve du jour, une course de qualification pour le championnat fédéral, n'était qu'une simple formalité. Quatre coureurs – Rashid, Gabby, Charles et moi – dominaient largement les autres membres de l'équipe. Nous pouvions nous permettre de tomber ou de nous fouler la cheville, nous étions certains de boucler l'épreuve avant « le troupeau » constitué de nos camarades moins performants. Seul cet abruti de Bevan Milne pouvait, par un heureux concours de circonstances, jouer les trouble-fête et s'intercaler dans notre quatuor.

– Bonjour, les garçons, lança Mrs Sheeds en franchissant la porte des vestiaires.

Ceux qui n'avaient pas encore enfilé leur short masquèrent hâtivement leur intimité. Seul Charles prit tout son temps pour mettre son caleçon et son short.

– Je suis sûr qu'elle préfère les nanas, murmura-t-il à mon oreille. Nous voir à poil ne lui fait ni chaud ni froid.

Si Charles Bonthron affichait un look de surfeur – bronzage, cheveux blonds, tenue faussement débraillée –, il faisait partie de l'aristocratie du collège. Les membres de sa famille avaient fréquenté l'établissement depuis son inauguration, avant la ruée vers l'or du milieu du XIXe siècle. Notre piste d'athlétisme portait le nom de son arrière-grand-père, Bill Bonthron. L'un de ses oncles avait remporté la médaille de bronze lors de l'épreuve du mile aux jeux du Commonwealth de 1990. C'est à la dynastie Bonthron que nous devions l'existence de l'équipe de demi-fond et l'attribution de bourses à ses athlètes les plus méritants.

À la surprise générale, Tristan Jazy, sac de sport à l'épaule, entra à son tour dans le vestiaire et vint se planter aux côtés de notre coach.

Bon sang, mais qu'est-ce qu'il foutait là, celui-là ?

– Vous connaissez tous Tristan ? demanda Sheeds.

Bien entendu, tous les élèves de l'école avaient entendu parler des exploits de Tristan Jazy. Il était le plus jeune élève à avoir jamais joué avec l'équipe A de rugby. Il avait réalisé cent *runs* lors de la finale du championnat de cricket interscolaire. Et il participait à des compétitions de natation au niveau fédéral.

– Aujourd'hui, Tristan courra avec nous, annonça Sheeds.

– Mais il ne fait pas partie de l'équipe ! m'étranglai-je.

J'avais souvent entendu Tristan exprimer son point de vue sur notre discipline. À ses yeux, elle était réservée à des trouillards qui craignaient de se blesser en pratiquant un sport de contact. En conséquence, notre équipe n'était qu'une dépense inutile.

– Tristan est l'un de vos camarades, dit Sheeds. Il a exprimé le souhait de participer à cette course de qualification. C'est l'occasion pour lui de découvrir la pratique du demi-fond.

– Tu as peur de trouver plus fort que toi, Domino ? ricana Tristan.

Il déposa son sac sur un banc puis, tout sourires, me donna un coup de poing à l'épaule un peu trop appuyé à mon goût.

Lorsque Sheeds eut rejoint le couloir, un silence pesant s'abattit sur le vestiaire.

Tristan fit jouer ses biceps puis ôta son T-shirt, dévoilant des abdominaux parfaitement dessinés.

– Vous comprenez pourquoi les filles se bousculent pour sortir avec moi, gloussa-t-il.

Pardon ? Quelles filles ? Quelle bousculade ?

Seb me porta un discret coup de coude puis se pencha à mon oreille.

– Ce type est complètement mytho... chuchota-t-il.

Rashid se tourna vers Tristan.

– Silence, lança-t-il avec son fort accent afghan. C'est une course importante. Je voudrais pouvoir me concentrer.

Fils de réfugiés, Rashid bénéficiait d'une bourse, comme la newsletter mensuelle de l'école ne se lassait pas de le rappeler. La poursuite de sa scolarité dépendant entièrement de ses performances sportives, il était soumis à une pression permanente.

– Pardon ? lança Tristan en détachant exagérément chaque syllabe. Je n'ai pas compris un mot. Je suis désolé, Abdul, mais je ne parle que l'anglais.

Il plaça une main en coupe à hauteur de son oreille puis s'approcha du banc où Rashid était assis. Ce dernier se dressa courageusement et leva les yeux vers son adversaire, qui le dominait de plus d'une tête. Tristan était de très loin le plus grand d'entre nous. Il ne semblait pas à sa place à nos côtés. Sa silhouette évoquait un gratte-ciel planté au milieu d'une petite ville de province.

– Je fais ce que je veux, Abdul, grogna-t-il. Je suis né et j'ai grandi dans ce pays. Toi, tu es l'un de ces traîne-savates débarqués sur nos côtes en radeau.

Rashid se raidit puis fit un pas en direction de Tristan.

– À moins qu'on ne t'ait jeté par-dessus bord, conclut ce dernier.

– Ça suffit ! intervint Seb en se glissant entre les deux rivaux à l'instant où Rashid, décidé à laver l'affront, armait le bras droit.

Le coup de poing atteignit Seb en plein visage. Sa tête bascula en arrière, puis un jet de sang jaillit de ses narines.

– Regarde ce que tu as fait, Abdul, s'esclaffa Tristan.

– Je suis désolé, gémit Rashid, sincèrement mortifié.

– Essuie-toi en vitesse, dis-je en tendant ma serviette à Seb. Si Sheeds voit ça, les punitions risquent de pleuvoir.

– Merci, bredouilla-t-il en pressant le linge contre son visage.

– Tu devrais aller à l'infirmerie, suggéra Rashid. Ton nez est peut-être cassé.

– Non, je veux courir avec vous, dit Seb.

– Mais…

– Je veux courir, je te dis, gronda-t-il avant de s'isoler dans une cabine de toilette.

Bon. Il était inutile d'insister. Seb était déterminé à prouver ce dont il était capable devant Sheeds, et rien ne le ferait renoncer.

Lorsqu'il réapparut, je constatai que son nez avait gonflé de façon inquiétante. Il avait bouché l'une de ses narines à l'aide de papier hygiénique afin d'interrompre l'hémorragie.

– Arrange-toi pour que Sheeds ne voie pas ça, avertis-je, ou elle ne te laissera pas courir.

– Allez les garçons, lança Sheeds depuis le couloir. On se bouge les fesses.

Nous nous rassemblâmes près de la piste d'élan du saut en longueur pour écouter sa traditionnelle causerie. Comme à l'ordinaire, elle enchaîna des lieux communs et des encouragements qui semblaient directement inspirés de la chanson *Hakuna Matata*.

– Chaque matin, en Afrique, lorsqu'une gazelle se réveille, elle sait qu'elle doit être plus rapide que le lion qui la prendra en chasse, ou elle mourra dévorée. Chaque matin, en Afrique, lorsqu'un lion se réveille, il sait qu'il devra courir plus vite que la gazelle la plus lente de la harde, ou il mourra de faim.

Pendant qu'elle débitait son laïus, j'observai mes camarades. Tout comme moi, ils avaient entendu ce discours un millier de fois. Pourtant, ils semblaient boire ses paroles.

Évidemment, j'avais la tête ailleurs.

Je ne pensais qu'à cet ordinateur fermé comme une huître. Comment allais-je bien pouvoir l'ouvrir ? Et si je n'y parvenais pas ? Mon père avait accompli ses six contrats, Gus seulement cinq. Serais-je seulement capable de remplir une seule des tâches imposées par La Dette ?

J'essayai de me concentrer sur la leçon de Sheeds. J'étais déterminé à ne pas laisser La Dette briser mes rêves de médaille, me détourner de l'objectif pour lequel je suais sang et eau depuis des années.

L'entraîneuse acheva sa harangue par l'une de ses maximes favorites.

– La douleur est inévitable, la souffrance n'est qu'une option.

Enfin, elle me désigna du doigt.

– Champion, j'ai fixé ton objectif à quatre-six.

Quatre minutes et six secondes. Rien d'insurmontable.

– Règle tes tours sur soixante-deux secondes, et place ton rush dans le dernier quart, comme tu sais si bien le faire.

– Et Tristan ?

– Tristan ?

– Oui, quels sont ses objectifs ?

– Je ne lui ai pas fixé d'objectifs. Il est là pour se familiariser au demi-fond, rien de plus.

Cette explication me semblait un peu courte. Qu'avait-elle derrière la tête ? Je la soupçonnais de vouloir recruter Tristan, la star de l'école, une prise exceptionnelle qui permettrait à notre discipline trop souvent négligée de gagner en popularité auprès des autres élèves.

– Et n'oubliez pas les rumeurs concernant les Kényans. Si elles se révèlent exactes, vous devrez donner tout ce que vous avez pour espérer l'emporter.

Depuis quelques semaines, le bruit courait que l'école de Brisbane, notre ennemie ancestrale au niveau fédéral, avait accordé des bourses à des élèves kényans de façon à muscler leurs effectifs.

– À vos marques, lança le starter.

Lorsque nous prîmes position derrière la ligne de départ, je remarquai qu'un groupe de spectateurs s'était installé dans les tribunes. Pendant quelques instants, je laissai mon esprit vagabonder : le demi-fond était devenu une discipline aussi populaire que le rugby, aussi prestigieuse que le cricket, aussi sexy que le surf... puis je réalisai que tous ces garçons avaient à peu près le même âge et la même silhouette : c'était la classe de Mr Ryan, le seul qui ait jamais manifesté le moindre intérêt pour le 1 500 mètres.

– Prêt ! poursuivit le starter.

Au coup de pistolet, nous nous élançâmes.

Rashid prit la tête.

Charles se colla dans son sillage, suivi de Tristan.

Celui-ci me fit aussitôt forte impression. Il était un peu raide, comme tous les rugbymen. Sa musculature était taillée pour les plaquages et les mêlées, mais elle l'alourdissait et constituait un handicap pour la course d'endurance. Pourtant, sa foulée était simple, fluide, et il avalait la piste comme un mort de faim. Seb, Gabby et moi nous tenions en embuscade. Derrière nous, ce gros prétentieux de Bevan Milne menait le troupeau.

Comme prévu, nous bouclâmes le premier tour de piste en soixante-deux secondes. Charles, Rashid, Gabby et moi, le quatuor de choc, avions déjà une vingtaine de mètres d'avance.

Tout comme Seb.

Et tout comme Tristan.

Soudain, une pensée me traversa l'esprit : même s'il ne faisait pas officiellement partie de l'équipe, Tristan, en tant qu'élève de Coast Grammar, était éligible pour représenter l'école aux championnats fédéraux. La direction allait adorer ça : Tristan Jazy, champion de rugby, champion de cricket, champion de natation, nouveau champion de demi-fond. Je voyais déjà le titre en ouverture de la prochaine newsletter.

Si nous ne lâchions pas ce salaud, s'il franchissait la ligne d'arrivée dans les quatre premiers, l'un des membres du quatuor serait disqualifié. Nous avions travaillé ensemble toute la saison, enchaîné les tours de piste, participé à de laborieux exercices de préparation, couru dans la boue... Aucun de nous ne méritait d'être éliminé.

Je me calai dans la foulée de Rashid.

– Accélère, dis-je. Il faut qu'on distance ce connard.

Il m'adressa un regard entendu. Il aimait mettre la pression sur ses concurrents, les conduire au bord de l'asphyxie, et la perspective de dominer Tristan devait être particulièrement réjouissante. Il augmenta aussitôt la cadence. Nous achevâmes le deuxième tour en soixante secondes. Le troupeau était désormais nettement détaché.

Mais Tristan tenait bon.

Il semblait courir sans produire beaucoup d'efforts, la tête légèrement penchée sur le côté. Il respirait aisément, sans « boire la tasse », comme disait Gus. J'étais attentif à tous les signes et me préparai à lui coller le train dès que je le verrais produire son effort à l'approche de la ligne d'arrivée. Bref, je commençais à le prendre au sérieux. Mais pour qui se prenait cet abruti ?

Je jetai un coup d'œil à Gabby.

– Laisse-le s'envoler, dit-il. Il va se cramer.

– De toute façon, il ne fait pas partie de l'équipe, ajouta Charles.

Mais s'il ne se cramait pas ? Mais s'il était éligible ? Mais s'il remportait la course ou finissait dans les quatre premiers ?

Il ne montrait pas le moindre signe d'essoufflement. En vérité, il accélérait subtilement l'allure et prenait progressivement de l'avance. Si je demeurais sans réaction, il risquait bel et bien de nous décrocher. Je n'avais pas le choix. Je devais le prendre en chasse.

Je jetai un rapide coup d'œil par-dessus mon épaule et trouvai Seb calé dans mon sillage.

– Allons chercher le roi des cons, dit-il.

Il avait perdu le tampon de papier toilette qui obstruait sa narine. Le sang s'était remis à couler sur sa bouche, son menton et sa poitrine.

Nous courions à la manière des Kényans, en nous relayant. Lorsque nous franchîmes la ligne pour la troisième fois, nous avions refait notre retard sur Tristan.

Mais désormais, je buvais sérieusement la tasse. Je me portai à sa hauteur.

– Qu'est-ce que tu fous ? demandai-je. Tu ne sais pas gérer ton effort. Tu vas t'asphyxier avant l'arrivée.

– Je suis en train de vous apprendre la vie, répliqua-t-il en me fusillant du regard.

Encore deux cents mètres à avaler. Il était trop tôt pour lancer le sprint final. Pourtant, je n'avais pas le choix. Je devais pousser Tristan dans ses dernières limites, jusqu'à ce qu'il cale, et ainsi permettre aux autres de le rattraper. Je passai la vitesse supérieure et lançai la gomme en mode rush.

Quatre-vingts mètres plus loin, je me heurtai au mur de la douleur.

Tristan me dépassa. Puis Rashid, Charles, Gabby et Seb.

– Tu coinces ? demanda ce dernier, le maillot maculé de sang.

– Je suis mort, haletai-je.

– Fais pas le con, on y est presque, dit-il.

Je jetai un coup d'œil en arrière. Mené par ce minable de Bevan Milne, le troupeau se rapprochait dangereusement.

Je puisai dans mes ultimes ressources et suppliai mes jambes de ne pas m'abandonner.

Seb et moi franchîmes la ligne d'arrivée côte à côte. Je m'effondrai sur le sol, les poumons en feu.

– Bon sang, mais qu'est-ce qui s'est passé ? demanda Sheeds lorsque je parvins enfin à me redresser.

– Le titre fédéral… bredouillai-je.

– De quoi tu parles ?
– J'ai terminé cinquième. Je ne suis pas qualifié.
– Bien sûr que si.
– Alors Tristan ne courait pas pour la qualif ?
– Tu es bouché, ma parole ! Je t'ai dit qu'il voulait juste découvrir notre discipline.
Elle marqua une pause puis déclara :
– Mais quelle course il nous a faite ! J'aimerais tellement mettre la main sur un tel talent…

■ ■ ■

Seb et moi nous dirigions vers l'arrêt de bus, sac d'équipement à l'épaule.
– Tu connais ce Ryan ?
Je hochai la tête.
– Oui, c'est le prof qui a assisté à la course avec ses élèves.
– On a échangé quelques mots à la sortie des vestiaires. Il m'a dit que je ferais mieux de tenter ma chance avec l'équipe de cross-country. Selon lui, j'aurais plus de chances d'obtenir une bourse.
– Je ne sais pas. C'est possible.
Nous marchâmes en silence pendant quelques minutes, puis une idée me traversa l'esprit.
– Eh, mais c'est pas ton anniversaire, aujourd'hui ?
Seb m'adressa un sourire complice.

– Eh ouais. Maintenant, on a le même âge.

À cet instant, une puissante voiture noire à la calandre ornée du logo Subaru freina brusquement puis glissa lentement le long du trottoir. Sur la lunette arrière, je remarquai un P rouge indiquant qu'un jeune conducteur se trouvait au volant. Elle s'immobilisa cinq mètres devant nous, puis la portière arrière s'ouvrit.

« La Dette », pensai-je. Je devais à tout prix éviter que Seb se trouve mêlé à tout ça.

– Marche droit devant toi sans te retourner, dis-je. Je m'occupe de tout.

– Qu'est-ce que tu racontes ? répliqua-t-il, l'air stupéfait.

Sur ces mots, il s'installa sur la banquette arrière et claqua la portière, puis la Subaru s'engagea dans le trafic dans un nuage de gaz d'échappement.

Mardi

06. HYPOTÉNUSE

– Pythagore était un vieux con sadique qui haïssait les jeunes, déclarai-je.

Imogen et moi étions vautrés sur la moquette de ma chambre. Comme la plupart des après-midi après les cours, nous faisions nos devoirs ensemble. Ou plutôt, pour être tout à fait honnête, Imogen m'aidait à faire mes devoirs. Surligneur en main, elle feuilletait d'un œil vague un quotidien du jour.

– Pythagore était loin d'être con, objecta-t-elle.

– OK, peut-être. Mais il a inventé ce théorème dans le seul but de nous torturer. Et il continue à faire des ravages, des milliers d'années après sa mort.

– Dom, il est indispensable, ce théorème. Et puis j'adore le mot « hypoténuse ». Cette année, si ma mère m'autorise à adopter un chat, c'est comme ça que je le baptiserai.

– C'est ça. Et tu finiras par l'appeler Hippie. Ou Hippo.

Imogen fit la moue, puis elle désigna mon manuel de maths, un bouquin réservé aux élèves contraints de prendre des cours de rattrapage.

– Revenons à ce triangle rectangle. Si A égale 8, si B égale 6, combien fait C ?

– Aucune idée. Je te retourne la question.

– Ce n'est pas comme ça que tu feras des progrès en maths.

– Je n'ai aucune intention de faire des progrès en maths. Tout ce que je veux, c'est boucler quatre tours de piste à fond la caisse, décrocher plusieurs médailles d'or aux Jeux olympiques et battre les records d'Hicham El Guerrouj.

En vérité, mon avenir sportif n'avait rien de radieux. Je venais d'être battu par Tristan. Cette défaite face à un débutant avait ruiné toutes mes ambitions.

– OK, dit Imogen. Je ferai tes exercices, mais tu devras d'abord signer ma pétition.

– C'est déjà fait, dis-je, pensant à sa pétition réclamant auprès du conseil d'Halcyon Grove l'autorisation de jouer sur les pelouses.

– Non, pas celle-là. Aujourd'hui, j'exige que les lumières du domaine soient éteintes pendant l'opération *Une heure pour la planète*.

– OK, je signerai ta pétition, mais tu sais qu'elle ne servira à rien.

La direction de la résidence avait toujours ignoré les innombrables demandes d'Imogen. Au contraire, il me semblait que les panneaux *Pelouse interdite* s'étaient multipliés au cours des derniers mois.

Imogen fronça les sourcils puis revint à mon manuel.

– La solution est très simple. C au carré égale 8 au carré plus 6 au carré, c'est-à-dire 64 plus 36, soit 100. Donc, C égale racine carrée de 100, soit 10. CQFD.

– Tu es une sorcière vaudoue, gloussai-je en reportant cette démonstration dans mon cahier. Comment s'est passée ta journée de cours ?

– Pas mal. Je suis toujours première de ma classe dans toutes les matières.

– Dingue. Même en natation ?

– Ouais, j'ai remporté toutes les épreuves.

– Et en athlé ?

– Pareil.

– Et le bal de fin d'année, ça s'annonce comment ?

– Ça va être de la pure folie.

Une petite précision : Imogen n'était pas scolarisée ; elle suivait des cours dispensés par une armée de professeurs à domicile.

– Tu penses que ta mère t'autorisera à aller au lycée, l'année prochaine ? demandai-je.

Ma propre mère avait fait du forcing en ce sens auprès de Mrs Havilland, insistant sur l'importance pour sa fille de fréquenter des élèves de son âge.

Imogen lâcha un soupir exprimant un profond découragement.

– On pourrait même t'accompagner en voiture tous les matins.

Elle leva les yeux au ciel.

Mrs Havilland ne sortait jamais. Ni d'Halcyon Grove, ni de sa villa. Elle était demeurée cloîtrée dans le domaine depuis la nuit où son mari, le père d'Imogen, le meilleur ami de mon père, avait disparu de la surface du globe.

Toute la famille était allée dîner chez Taverniti, ce restaurant ultrachic de Main Beach, pour célébrer la réélection de Mr Havilland au poste de député local. Avant le dessert, il avait quitté l'établissement pour prendre un appel sur son mobile, et il n'avait jamais reparu. On l'avait cherché partout, bien sûr. Aux alentours du restaurant, sur la plage, aux quatre coins du pays, puis dans le monde entier. Mais c'était comme s'il s'était purement et simplement dématérialisé.

– Dernière question, dit-elle. Note. La réponse est C égale 6.

À cet instant, le téléphone d'Imogen émit un discret signal sonore. Elle jeta un coup d'œil à l'écran et se fendit d'un large sourire.

– C'est qui ? demandai-je.

– Ça ne te regarde pas.

– Comment ça, ça ne me regarde pas ?

J'étais surpris, et un peu scandalisé. Imogen et moi nous connaissions depuis la petite enfance. Nous avions fréquenté la même crèche, la même maternelle et la même école primaire, jusqu'à ce que sa mère décide de l'extraire du système scolaire. Nous n'avions aucun secret l'un pour l'autre.

Ignorant ma question, elle composa aussitôt un message.

– Allez, quoi, insistai-je. C'était qui ?

– Si tu tiens absolument à le savoir, je viens de recevoir un message de Tristan.

– Qu'est-ce qu'il te veut, ce con-là ?

– Tristan n'est pas con, dit-elle, l'air offensé. Il est même plutôt cool.

Ces cinq mots me firent l'effet d'un coup de poing à l'estomac.

Non, Tristan n'était pas *plutôt cool*. Il ne l'avait pas été une seule fois depuis que sa famille avait emménagé dans la maison voisine de la villa des Havilland. Je me souvenais de leur installation comme si c'était hier. Assis sur le trottoir, nous avions regardé Tristan rouler des mécaniques sur la pelouse. Imogen s'était tournée vers moi et avait lâché :

– Je crois qu'on a touché le gros lot.

Non, Tristan n'était pas cool, et il ne le serait jamais. S'il n'avait tenu qu'à moi, on l'aurait enfermé dans la vitrine d'un musée, avec un panneau portant l'inscription *Spécimen pas cool, première moitié du* *XXIe siècle.* Mais voilà qu'Imogen avait brutalement changé d'avis, et ce revirement me faisait l'effet d'une trahison.

Les paroles lancées par Tristan dans les vestiaires me revinrent en mémoire : *Vous comprenez pourquoi les filles se bousculent pour sortir avec moi.*

Imogen pointa un doigt en direction du bureau auquel j'étais adossé.

– Tu as un nouvel ordinateur portable ?

– Cadeau d'anniversaire, dis-je sans même me retourner. Mais je n'arrive pas à l'ouvrir.

À mon retour du collège, Miranda avait à plusieurs reprises fait irruption dans ma chambre afin de vérifier diverses théories, mais elle n'était pas venue à bout du mécanisme de fermeture. Elle avait même invité deux copains geeks à inspecter l'appareil. L'un d'eux avait utilisé un stéthoscope, à la manière d'un perceur de coffre. Sans résultat.

– Comment ça, tu n'arrives pas à l'ouvrir ?

Je me retournai et constatai que l'écran était dressé à la verticale. Il était d'un noir profond, sans le moindre reflet. J'y posai un doigt et vis s'afficher une ligne bleu fluorescent.

– Cool, lâcha Imogen.

La ligne disparut dès que je retirai la main, puis cinq mots apparurent à l'écran.

DOM, CAPTURE LE ZOLT.

Imogen resta sans réaction.

– Tu ne sais pas comment l'allumer ?

– Quoi ? Tu ne vois pas ce qui est écrit sur l'écran ?

– L'écran est noir, Dom. Tu te fous de ma gueule, c'est ça ?

– Attends. Viens près de moi. Ce doit être une question d'angle de vue.

Imogen vint se planter à mes côtés.

– Tu débloques à plein tube, dit-elle.

OK. Elle ne plaisantait pas. Elle ne voyait pas les caractères affichés à l'écran. C'était totalement invraisemblable.

DOM, CAPTURE LE ZOLT.

Seulement, le Zolt avait déjà été capturé. Bordel, comment étais-je censé communiquer avec cet ordinateur ? Là où aurait dû se trouver le clavier, il n'y avait qu'une surface lisse semblable à un second écran. J'y posai les doigts, sans résultat. En l'absence d'interface, je me souvins d'une des nombreuses théories de Miranda. Et si j'avais affaire à un appareil à commande vocale ?

Je fixai l'écran et déclarai, en détachant chaque syllabe :

– Comment pourrais-je l'attraper vu qu'il se trouve déjà en prison ?

– Dom, tu es en train de parler à un ordinateur, soupira Imogen en levant les yeux au ciel. Et je ne comprends rien à ce que tu lui racontes.

Une nouvelle inscription apparut à l'écran.

TU DOIS ACCOMPLIR LE CONTRAT AVANT LA FIN DU MOIS.

– Mais il a déjà été capturé, insistai-je.

– Tu commences sérieusement à me foutre la trouille, murmura Imogen.

TU DOIS ACCOMPLIR LE CONTRAT AVANT LA FIN DU MOIS.

– OK, et qu'est-ce que je ferai de lui quand je l'aurai capturé ?

TU DOIS ACCOMPLIR LE CONTRAT AVANT LA FIN DU MOIS.

– Et pourquoi tenez-vous tellement à mettre la main sur lui ?

Deux mots clignotèrent.

LA DETTE.

Puis l'écran se rabattit, scellant l'ordinateur.

07. D'ENTRE LES MORTS

Le lendemain matin, lorsque les abominables Baha Men se mirent à beugler, je restai étendu sur mon lit. Mes jambes étaient raides et douloureuses, vidées de toute énergie par la course de la veille. Une croûte s'était formée à l'intérieur de ma cuisse, mais la douleur restait extrêmement vive.

Chose étrange, ma défaite de la veille ne me faisait plus ni chaud ni froid.

Je pensais à Imogen.

Tristan est plutôt cool. Je ne parvenais toujours pas à croire que ces mots aient pu sortir de sa bouche.

Je pensais aussi à La Dette, au premier contrat qui m'avait été confié. Il s'agissait sans doute d'une épreuve destinée à tester ma détermination, comme l'avait suggéré Gus. Mais comment capturer un criminel qui se trouvait déjà en prison ?

Confronté à cette question insoluble, je sentis mes tripes se nouer et mon souffle se raccourcir.

Redoutant une nouvelle attaque de panique, je bondis du lit, m'habillai à la hâte et courus jusqu'à la maison de mon grand-père.

– Gus ? dis-je en poussant la porte sans m'annoncer. Tu es là, Gus ?

Pas de réponse.

Au fond, je ne connaissais rien de ses habitudes matinales. D'ordinaire, à cette heure, j'effectuais ma course d'entraînement.

Je jetai un œil au garage et compris qu'il avait quitté le domaine à bord de sa camionnette. La prothèse qu'il conservait dans sa chambre avait disparu.

Dans le bureau, je trouvai la dernière édition de *Running World*. Je m'apprêtais à la feuilleter lorsque je remarquai une pile de documents près de l'imprimante. Il s'agissait de documents téléchargés sur Internet. Ils concernaient les *biochips*, ces puces électroniques en silicone destinées à être implantées dans le corps humain.

Ah d'accord. Gus est vraiment en train de tourner geek.

Pourquoi s'intéressait-il tant à ce sujet ? Ces dispositifs avaient-ils des applications dans le domaine du sport ? Permettaient-ils d'obtenir des résultats plus précis et plus détaillés sur l'activité d'un coureur à l'entraînement ?

Tandis que je feuilletais ces impressions, mon esprit se mit à vagabonder, me ramenant à l'époque où Gus s'était installé à Halcyon Grove.

J'avais huit ans lorsque mon père nous avait rassemblés, ma mère, mon frère, ma sœur et moi, pour une annonce importante. Nous n'étions pas comme nos voisins les Silverstein, qui vivaient au rythme de telles cérémonies. Chez eux, si quelqu'un avait oublié de remplacer le rouleau de papier hygiénique, on réunissait la famille. Quelqu'un avait quitté une pièce sans éteindre la lumière ? Nouvelle réunion de famille.

Chez nous, une telle convocation n'était pas à prendre à la légère. Sept ans se sont écoulés depuis cet événement, mais je m'en souviens comme si c'était hier.

Il était à peu près vingt heures. Nous étions tous les cinq assis autour de la table de la cuisine. Près de moi se trouvait une coupe contenant des fruits, dont deux mangues. À vrai dire, je ne sais pas pourquoi ce détail m'est resté en mémoire.

Ma mère, bras croisés et lèvres serrées, regardait par la fenêtre.

Mon père était inhabituellement nerveux.

– Les enfants, votre mère et moi avons une nouvelle à vous apprendre. J'aime autant vous prévenir, il est possible que vous éprouviez un choc. Je vous ai dit à de nombreuses reprises que mes parents étaient morts avant votre naissance.

Il nous fixa droit dans les yeux à tour de rôle avant de déclarer :

– Eh bien, je vous ai menti. Votre grand-père est vivant.

– Pardon ? m'étais-je étranglé.

Mon père s'était tourné vers ma mère.

– Peux-tu me servir un verre d'eau, ma chérie ?

Ma mère s'exécuta d'une main tremblante. Mon père but une gorgée avant de poursuivre son discours.

– Vous ne savez pas grand-chose de mon enfance, mais vous avez sans doute compris qu'elle n'était pas... qu'elle n'était pas...

D'un geste ample, il désigna tout ce qui nous entourait. La villa. La piscine. Les voitures de luxe alignées dans le garage.

– Bref, je n'ai jamais eu droit à... tout ça.

– Mais si notre grand-père est toujours vivant, où se trouve-t-il ? avait demandé Miranda.

– Oui, quand est-ce qu'on va le rencontrer ? renchérit Toby.

Moi, j'étais resté muet. J'étais incapable de prononcer un mot. Cette nouvelle était si incroyable, si invraisemblable, que j'avais le plus grand mal à l'admettre.

– Eh bien, il a longtemps vécu en Amérique du Sud, dit mon père. Mais très bientôt, il emménagera près de chez nous.

– Votre père a acheté l'ancienne maison des Dowd, expliqua ma mère.

Au son de sa voix, je devinai que cette perspective ne l'enchantait pas plus que ça.

– Et c'est là que vivra votre grand-père, ajouta-t-elle.

C'est ainsi que Gus avait débarqué dans notre vie. Au fil des mois, j'avais appris à connaître ce vieil homme taciturne revenu d'entre les morts.

Soudain, alors que j'étais perdu dans ces souvenirs, mon regard se posa sur la petite clé du compartiment secret, oubliée sur un angle du bureau. J'écarquillai les yeux, m'en saisis et ouvris le tiroir. J'en sortis le classeur de cuir rouge.

La Dette.

Je retirai le *Pagherò Cambiaro* de sa pochette plastique et le caressai du bout des doigts. Le papier était si fin que je pouvais distinguer les articles calligraphiés au recto. J'aurais pu le réduire en confettis, ou gratter une allumette et le regarder partir en fumée.

Pourtant, je le traitai avec précaution. Je brandis mon iPhone et pris une photo du document. J'étais sur le point de le ranger lorsque je remarquai une chemise au fond du tiroir.

De facture plus récente, elle semblait bourrée à craquer. Incapable de résister à la tentation, je m'en emparai, la plaçai sur le bureau et en écartai les rabats. J'y trouvai des coupures de presse et des photos en noir et blanc. J'étudiai le premier cliché où figurait un garçon qui, à l'exception de son short et de chaussures de course d'un autre temps, me ressemblait comme deux gouttes d'eau. Mêmes jambes interminables, même visage anguleux, même tignasse noire.

Au dos de la photo, je lus l'inscription *Giuseppe Silvagni, 15 ans*.

Oh. Le cliché devait avoir été pris peu de temps avant la perte de sa jambe.

Une nouvelle fois, je ne parvenais pas à croire que La Dette, la 'Ndrangheta, ou quel que soit le nom que ces salauds se donnaient, ait pu lui prélever une livre de chair. Qu'ils aient pris la jambe de Gus. C'était tout simplement inconcevable. Non, pas au XXe siècle. Pas en Australie.

J'examinai la photo suivante, où posaient adultes et enfants.

Nous avons perdu la plupart de nos photos de famille dans un incendie, m'avait assuré Gus, lorsque j'avais essayé de rassembler des clichés afin d'illustrer mon exposé généalogique. *Une perte terrible.*

Au second plan, on apercevait une maison entourée de plants de canne à sucre. À vrai dire, le mot

« maison » ne convenait pas très bien à cette cabane, à cet amoncellement de morceaux de plaque de tôle rouillée et de pans de toile de jute.

Je savais que les parents de Gus étaient cultivateurs, mais je n'avais jamais pris la mesure de la misère dans laquelle il avait grandi. Je concentrai mon attention sur les individus qui posaient fièrement devant le taudis. Je reconnus immédiatement Gus. Âgé de dix ou onze ans, il ne portait ni chemise ni chaussures. À ses côtés étaient campés deux garçons vêtus de la même façon.

Ils semblaient plus jeunes que Gus – peut-être deux ans de moins. Leurs traits étaient presque identiques. Les frères de Gus, sans doute ; peut-être des jumeaux, la ressemblance était tellement frappante.

Combien de fois avais-je entendu mon grand-père dire, lorsque je me plaignais du comportement de Toby et de Miranda, qu'il était fils unique et regrettait de n'avoir jamais eu ni frère ni sœur ? Mais peut-être s'agissait-il de proches cousins, après tout...

Derrière les trois garçons se tenaient deux adultes. La mère de Gus, mon arrière-grand-mère, semblait prématurément âgée. Son père fixait l'objectif d'un œil sombre, comme s'il vouait une haine farouche au photographe. Il avait les bras derrière le dos, si bien qu'on ne pouvait pas voir ses mains.

À ce moment, j'entendis un bruit de moteur provenant du garage. Je rangeai les papiers et les photos, replaçai chemise et classeur dans le tiroir, fis tourner la clé puis la reposai à l'endroit où je l'avais trouvée.

À l'instant où je me replongeais dans la lecture de *Running World*, Gus déboula dans la pièce.

Lorsqu'il m'aperçut, il se figea.

– Nom de Dieu ! s'exclama-t-il. Tu m'as fichu une trouille bleue ! Qu'est-ce que tu fais ici ?

– Je n'ai pas couru, ce matin.

Gus chercha la clé du regard puis lâcha un discret soupir de soulagement.

– J'ai reçu mon premier contrat, dis-je. Ils veulent que je...

– Je ne veux rien savoir ! gronda-t-il.

– Le problème, c'est que c'est impossible.

– Non, rien n'est impossible, c'est juste que...

– Si, je t'assure, c'est impossible !

– Méfie-toi des apparences. La Dette ne laisse rien au hasard. Aucun créancier n'a intérêt à éliminer son débiteur, à moins de renoncer à récupérer sa dette.

Je m'accordai un instant de réflexion.

– Pourtant, ils t'ont éliminé, d'une certaine façon, dis-je.

Frappé par cette remarque, Gus baissa la tête. Je regrettai aussitôt de m'être montré aussi direct. J'étais sur le point de lui présenter mes excuses lorsque la sonnerie de mon mobile résonna dans le bureau, une chanson d'amour d'une niaiserie insondable ponctuée d'insupportables *hou hou*.

Je savais qu'il s'agissait d'un appel d'Imogen. La semaine précédente, Miranda et Toby avaient trouvé très amusant de lui attribuer une sonnerie personnalisée. Et je n'avais pas pris la peine de la changer. Voyons les choses en face, cette chanson débile convenait parfaitement aux sentiments que j'éprouvais pour Imogen. Bon, exception faite des *hou hou*, peut-être.

Oh et puis non, j'avoue que les *hou hou* aussi étaient parfaitement raccords.

– Salut, Dom, dit-elle. Tu fais quoi après les cours ?

– Je n'ai rien prévu de particulier. Tu veux qu'on se voie ?

– Eh bien, en fait, il y a un truc dont je voulais te parler...

– Quel truc ?

– Je ne peux pas t'en dire plus, là, chuchota-t-elle. Je suis surveillée.

Comme si nos lignes avaient été placées sur écoute par les services secrets australiens, la CIA ou des espions à la solde de Google.

– Viens chez moi, je t'expliquerai.

– Je passerai à quatre heures, dis-je avant de mettre fin à la communication.

Gus était resté planté devant moi. Nous nous dévisageâmes en silence.

– Je ne pensais pas un mot de ce que j'ai dit.

Il haussa les épaules.

– Tu as raison, soupira-t-il. Ils m'ont éliminé. Crois-moi : être en affaire avec La Dette est une sérieuse épine dans le pied.

Mercredi

08. TOTALEMENT IMOGÉNIQUE

Je dus actionner la sonnette des Havilland à trois reprises avant qu'une voix pâteuse résonne dans l'interphone.

– Qui est là ?

– C'est Dom, répondis-je.

– Oh ! lâcha Mrs Havilland, manifestement soulagée, comme si elle s'attendait à recevoir la visite du cinglé de *Massacre à la tronçonneuse*. Entre, je t'en prie.

Lorsque je poussai la porte, je la trouvai dans le couloir, raide comme un piquet, à quatre bons mètres de l'entrée, vêtue d'une chemise de nuit et chaussée de pantoufles surdimensionnées.

C'était une vieille amie de ma mère. Comme elle, elle avait exercé le métier de comédienne, mais personne ne se demandait s'il l'avait déjà vue à la télévision. Des années après avoir abandonné sa carrière pour le confort d'Halcyon Grove, elle n'avait plus rien d'une starlette.

– Comment allez-vous, Mrs Havilland ?

– Mais tu as encore grandi, ma parole !

Non, je n'avais pas grandi. En vérité, elle prononçait ces mots chaque fois que j'entrais dans son champ de vision.

– Et comment va ta maman ?

– Bien, bien.

– Il y a longtemps qu'elle ne m'a pas rendu visite. Elle doit être très occupée.

– Oui, ça doit être ça.

– Elle me manque un peu, murmura-t-elle en esquissant un sourire sans joie.

J'ai toujours détesté la manie qu'ont les adultes de se présenter comme des êtres prodigieusement âgés dont les meilleurs souvenirs remontent à une époque antérieure à la séparation de l'Australie et de l'Antarctique, à l'extinction des dinosaures, voire à l'invention de la télécommande.

– Vous vous êtes rencontrées à Sydney, c'est ça ? demandai-je, histoire d'alimenter la conversation.

Soudain, une idée me frappa : au fond, je ne savais presque rien du passé de ma mère. Il se résumait à quelques anecdotes ressassées jusqu'à l'écœurement : sa période *Drôles de dames*, sa rencontre avec mon père chez Taverniti, leur coup de foudre, puis leur mariage.

– Oui, répondit Mrs Havilland. Ça ne date pas d'hier.

– Ça m'amuserait de voir à quoi vous ressembliez à l'époque, toutes les deux, souris-je. Vous n'auriez pas gardé des photos, des articles, ce genre de trucs ?

À cet instant, Imogen apparut en haut de l'escalier.

– Dom, qu'est-ce que tu fous ?

– Je discutais avec ta mère.

– Des articles de journaux… marmonna Mrs Havilland, l'air songeur.

– Oui, de l'époque où ma mère et vous étiez actrices.

– J'ai gardé quelques souvenirs, dit-elle. J'y jetterai un œil, si ça t'intéresse vraiment.

C'était le cadet de mes soucis. Je ne voyais qu'Imogen, sublime, rayonnante, totalement imogénique.

Je gravis les marches menant au premier étage puis la suivis dans sa chambre.

Son comportement était inhabituel. Ce n'était plus l'Imogen que j'avais toujours connue, celle avec qui j'avais joué à la crèche, celle que je rêvais d'épouser lorsque j'avais quatre ans.

Mon Imogen était calme. Celle-là était étrangement fébrile.

Mon Imogen ne parlait pas beaucoup. Celle-là bavardait sans interruption, me soûlant de propos décousus et vides de sens.

Elle me remercia une bonne dizaine de fois d'avoir répondu à son appel puis annonça :

– Je dois aller place de l'hôtel de ville.

C'était l'endroit où la population de Gold Coast se rassemblait pour célébrer les grandes occasions ou protester contre certaines mesures gouvernementales.

– Et pour quelle raison ?

– Une fête.

– En quel honneur ?

Imogen resta muette. Son regard était fuyant.

– Réponds-moi, bon sang, insistai-je.

– Promets-moi que tu ne te mettras pas en colère, dit-elle.

– Et si tu me disais simplement de quoi il s'agit ?

– Promets, Dom.

– OK. Moi, Dominic Silvagni, jure solennellement que je ne me mettrai pas en colère. Ça te convient ?

– Otto s'est évadé, glousse-t-elle.

– Le Zolt s'est évadé ? m'étranglai-je.

Les murs de la chambre se mirent à danser autour de moi. J'étais sous le choc.

Imogen me tendit son iPhone.

Sur Twitter, le même message se multipliait de compte en compte.

Le Zolt s'est échappé.

Hound de Villiers retrouvé nu sur un bateau, tartiné de Nutella.

– L'info a été confirmée ? demandai-je.
– Tu doutais de lui, pas vrai ? sourit Imogen.
Je n'entendais plus rien. J'étais comme coupé du reste du monde.
CAPTURE LE ZOLT !
Je retrouvais enfin l'espoir d'accomplir le contrat confié par La Dette.
La tâche était immense, insurmontable. En l'envisageant, l'espace d'un instant, j'eus l'impression de me noyer.
Je devais à tout prix me reprendre. Il était hors de question de perdre les pédales en présence d'Imogen.
– Ne me dis pas que tu es devenue une groupie du Zolt ? grondai-je.
Aux dernières nouvelles, elle était censée partager mon mépris pour la Zoltmania qui s'était emparée des gens de notre âge.
– Je voulais t'en parler, dit-elle, mais j'avais peur que tu me prennes pour une débile.
Je n'étais ni psychiatre ni psychologue mais je savais précisément pourquoi Imogen craquait pour le Robin des Bois de la Gold Coast : il était le symbole de la liberté ; Imogen était prisonnière de la villa de sa mère.
– Bon, parce que c'est toi, je suis prêt à faire une exception, la rassurai-je. Qui vient à cette fête ?
– Tout le monde.
– Tout le monde ?

– Je veux dire, tous ceux qui soutiennent le Zolt sur Facebook.

Elle marqua une pause, baissa les yeux puis bredouilla :

– Promets-moi de ne pas te mettre en colère.

– Eh, tu es aux fraises ou quoi ? J'ai déjà promis, tu ne t'en souviens pas ?

– En fait, il y a autre chose…

– OK, je promets. Je commence à avoir l'habitude.

– Tristan sera là.

– Tristan ! crachai-je avec mépris.

– Tu as promis, fit observer Imogen.

– OK, OK. Allons rejoindre Tristan, puisqu'il est devenu tellement « cool ». Ensuite, tant qu'à changer nos habitudes, nous écouterons du rap, du bon gros gangsta rap bien hardcore comme on le déteste.

Imogen me lança un regard noir.

– Ta mère est d'accord ? demandai-je.

– Tu plaisantes ? Bien sûr que non. Il faut que tu m'aides à faire le mur.

Je me souvins du nombre incalculable de fois où je l'avais encouragée à filer en douce de la villa. Pour l'inauguration du nouveau magasin Styxx en centre-ville. Pour assister à un 1 500 mètres où je comptais bien briller à ses yeux. Elle avait toujours refusé, de peur que sa mère ne se mette à flipper. Et voilà qu'elle me suppliait de l'aider à quitter le domaine pour retrouver Tristan et une foule de geeks décérébrés qui célébraient la gloire d'un putain de délinquant juvénile.

Pourtant, je patientai moins d'une nanoseconde avant de répondre :

– OK, ça marche. Je vais t'aider.

Voyons les choses en face. D'une part, le cas du Zolt ne m'était plus indifférent. D'autre part, j'avais une occasion de me montrer sous un jour héroïque et de prendre l'avantage sur cet abruti de Tristan.

Mine de rien, s'évader de la villa n'était pas chose facile.

Mrs Havilland passait ses journées au plumard, où je la soupçonnais de picoler en douce. La porte de sa chambre donnant sur le vestibule demeurait continuellement ouverte. En apparence, c'était une femme un peu larguée qui tuait le temps en remplissant des grilles de mots croisés et en se gavant de programmes télé. En vérité, c'était une araignée qui avait tissé sa toile dans tous les recoins de la maison. Le moindre son, la moindre vibration la mettaient en alerte.

Je me penchai à la fenêtre. Pas de gouttière. Pas d'arbre ayant miraculeusement poussé à proximité de la façade.

Bon. Logique. Nous ne sommes pas dans un film.

Les rares prises que je repérai étaient très espacées, et je doutais qu'Imogen pût atteindre le sol sans se rompre les os.

– On pourrait fabriquer une corde avec des draps, suggéra-t-elle.

– C'est ça, ironisai-je. On se taille, et on la laisse pendre devant la maison. Il se passera moins d'une minute avant qu'un résident ne la remarque et n'avertisse la sécurité.

Sur ces mots, je dévalai les marches menant au rez-de-chaussée et me présentai à l'entrée de la chambre de Mrs Havilland.

– Entre, Dom, dit-elle.

Elle était étendue sur son lit, le dos calé entre deux oreillers, les yeux rivés sur la télé. La pièce empestait le parfum et le tabac froid.

– Tu as une peau de pêche, dit la jeune actrice qui apparaissait à l'écran.

Bon sang. Mrs Havilland. Vachement plus jeune. En robe de soirée hyper décolletée.

– C'est vous ? demandai-je.

– *C'était moi*, marmonna Mrs Havilland en expirant un nuage de fumée.

– Wow, vous étiez drôlement belle.

– Ah vraiment, tu trouves ?

Elle sembla planer pendant quelques secondes, puis elle enfonça la touche *stop* de la télécommande de l'antique magnétoscope VHS.

OK, il faut que je me lance.

Je pris une profonde inspiration et lâchai :

– Imogen et moi aimerions aller en ville.

Mrs Havilland blêmit.

– En ville ? Mais as-tu seulement idée du taux de criminalité ?

– Je veillerai sur elle, dis-je en haussant subtilement les épaules de façon à accentuer ma carrure.

Elle aspira une bouffée de cigarette.

– Et comment comptez-vous vous y rendre ?

– On prendra le bus.

La voyant se raidir, je me ravisai :

– Ou un taxi, si vous préférez.

Elle considéra longuement ma requête.

– Et qui comptez-vous retrouver, là-bas ?

– Des copains et des copines de Coast Grammar, dis-je, m'abstenant de préciser que l'événement rassemblerait des manifestants rameutés sur Facebook.

Elle hocha lentement la tête, mais demeura muette. Il me fallait avancer un argument décisif. Mes yeux se posèrent sur le téléphone placé sur la table de nuit.

– Imogen vous enverra des SMS. Un par heure, pour vous dire où elle se trouve et vous assurer que tout se passe bien.

– Toutes les trente minutes, rectifia-t-elle.

C'était absolument ridicule mais...

– OK. Vous pouvez me faire confiance.

Je quittai la chambre et courus annoncer la nouvelle à Imogen.

– Vraiment ? dit-elle. Tu as réussi à la persuader ?

– Oui, puisque je te le dis. Prends tes affaires et va dire au revoir à ta mère.

Cette dernière lui rappela une dizaine de fois les conditions que nous avions négociées puis l'étreignit comme si elle ne devait jamais la revoir.

Tandis que nous marchions vers le portail de sécurité, je m'attendais à entendre Mrs Havilland hurler :

– Imogen, je t'en supplie. Ne me laisse pas. Je n'ai plus que toi au monde !

Nous pûmes monter dans le bus sans qu'elle se manifeste, et ce n'est que lorsque nous eûmes parcouru cinq kilomètres que je compris qu'elle avait bel et bien accepté de nous laisser respirer pendant quelques heures.

09. VOLE, ZOLT, VOLE !

La place de l'hôtel de ville n'était pas assez vaste pour accueillir la foule immense qui s'était regroupée pour fêter le nouveau coup d'éclat du Zolt. Après avoir investi le moindre mètre carré du parvis, les fêtards avaient envahi la chaussée. Des policiers en uniforme s'époumonaient dans des porte-voix, suppliant en vain que la rue soit dégagée. Quelques minutes plus tard, l'ordre de dispersion fut salué par un éclat de rire général.

L'atmosphère était joyeuse et électrique. De parfaits inconnus se prenaient spontanément dans les bras et échangeaient des high five. En observant cette marée humaine, je fus frappé par le pouvoir de Facebook. Quelle aurait été la popularité de Robin des Bois s'il avait disposé de ce moyen de promotion ?

Tandis que nous fendions la foule, j'aperçus Miranda, membre officiel n° 94 du fan-club d'Otto

Zolton-Bander, assise par terre en compagnie de ses copains, un curieux mélange de geeks et de gothiques.

Plantée devant le perron de l'hôtel, la journaliste Teresa Budd, micro en main, réalisait un reportage en direct. Elle me semblait étonnamment menue, bien plus petite que lorsqu'elle apparaissait sur l'immense écran plasma de la villa de mes parents.

– C'est probablement le rassemblement populaire le plus important depuis la disparition tragique de la princesse Diana, dit-elle en adressant un regard profond à la caméra. Cependant, rappelons que ces jeunes gens célèbrent l'évasion d'un criminel multi-récidiviste. Un détail qui, n'en doutons pas, ne doit pas être vu d'un bon œil par leurs parents.

À peine eut-elle achevé cette phrase qu'un muffin fendit les airs et l'atteignit à la tempe. Il se désintégra à l'impact, et retomba en pluie aux pieds de sa victime.

– Comme vous venez de le constater, dit Teresa Budd sans se laisser émouvoir, ceux qui prennent le Zolt pour modèle ont des manières un peu particulières.

Nous continuâmes à jouer des coudes dans la foule.

– Le Zolt est un héros ! lança l'un des manifestants.

– Il paraît qu'il s'est réfugié au Vanuatu, dit la jeune fille qui l'accompagnait.

Le téléphone d'Imogen lança un signal sonore.

– Il doit être dans le coin, dit-elle après avoir lu le SMS qu'elle venait de recevoir.

Juché sur un bac à fleurs en béton, Tristan arborait un T-shirt neuf portant l'inscription *Vole, Zolt, vole*. Il affichait ce sourire narquois qui constituait sa marque de fabrique.

Lorsqu'il aperçut Imogen, il leva les bras en l'air et lança :

– Eh ! Te voilà ! La plus jolie fille de l'univers !

C'était de mon point de vue le compliment le plus ringard de l'univers, mais je vis Imogen rougir jusqu'à la pointe des oreilles.

Tristan sauta de son poste d'observation, lui donna une dizaine de baisers sur chaque joue puis se tourna dans ma direction.

Compte tenu de l'état de nos relations, il était impensable d'échanger une poignée de main. Nous nous contentâmes d'un discret hochement de tête.

Imogen nous adressa un regard attristé. C'était sa façon à elle de nous supplier de nous comporter comme des individus civilisés.

– Qu'est-ce que tu veux faire, Im ? demanda Tristan.

Im ? Eh, qui lui avait donné la permission de l'appeler Im ?

– Je ne sais pas trop, répondit-elle. Je veux juste profiter de l'ambiance.

Nous nous assîmes dans l'herbe et observâmes le comportement des fêtards qui nous entouraient. Comme prévu, Imogen adressa à sa mère un texto toutes les demi-heures.

Je ne tardai pas à comprendre qu'en dépit de son T-shirt flambant neuf, Tristan ignorait presque tout du Zolt. Vu que j'avais, les jours précédents, soigneusement étudié le pedigree de ma cible sur Internet, je pris un malin plaisir à étaler ma science.

– Il paraît que sa mère est en négociation avec des producteurs d'Hollywood, expliquai-je. Les aventures du Zolt feraient un scénario formidable.

– C'est vrai ? gloussa Imogen.

– Je te jure. Et plusieurs réalisateurs ont dit que...

Tristan me coupa la parole.

– Vous saviez qu'il avait cambriolé notre résidence secondaire de Reverie Island ? C'est là qu'il a passé son enfance. Sa famille y vit encore, paraît-il.

Il s'agissait évidemment d'un bidonnage destiné à attirer l'attention. Malheureusement, le détecteur de mensonges d'Imogen, d'ordinaire si efficace, était hors service.

– Vraiment ? s'exclama-t-elle, transie d'émotion.

– Ouais. Selon les flics, il y a créché environ une semaine. Il a liquidé toutes nos boîtes de conserve, même le corned-beef. Et il a joué à Flight Simulator sur mon PC.

Des mensonges. Rien que des mensonges.

– Et pourquoi tu ne nous en as jamais parlé ? demandai-je.

Ignorant délibérément ma question, Tristan se pencha vers Imogen.

– Mes parents organisent un important événement caritatif dans notre maison de Reverie, au début des vacances scolaires. Tu pourrais m'y rejoindre, et voir l'endroit où le Zolt a dormi ?

Soudain, j'eus le sentiment très net d'avoir été effacé du monde réel. Jusqu'alors, nous formions un triangle – Tristan, Imogen et moi –, mais d'un point de vue strictement géométrique, cette relation était désormais réduite à un segment de droite.

– Tu parles sérieusement ? demanda Imogen.

Huit ans plus tôt, j'avais assisté à un concert des Wiggles[5] en compagnie d'Imogen. Ce jour-là, au comble de l'excitation, elle avait – il faut appeler un chat un chat – pissé dans son froc. Pour de vrai. Et pas qu'un peu.

C'était l'Imogen que je retrouvais en cet instant, complètement lâchée, enthousiaste à en perdre le contrôle de sa vessie. Il fallait absolument que j'intervienne.

Je regardai ma montre et lançai :

---

5. Groupe australien de musique pour enfants. *(NdT)*

– Ce n'est pas l'heure d'envoyer un SMS à ta mère ? Elle doit être morte d'inquiétude.

Cette remarque la ramena brutalement à la réalité.

– Je ne peux pas aller à Reverie Island, dit-elle. Elle ne m'y autorisera jamais.

– Pourtant, elle t'a permis de venir ici, fit observer Tristan.

Imogen jeta un bref coup d'œil dans ma direction.

– Ça, c'est grâce à Dom.

Et un point pour Silvagni, qui laisse son adversaire au tapis.

Mais Tristan demeura impassible. Il était plongé dans un abîme de réflexion, comme le prouvait la ride qui barrait son front. Je pouvais littéralement entendre cliqueter les rouages de son cerveau épais. Il détourna le regard, prétendant s'intéresser à un manifestant qui, à trois mètres de nous, grattait sa guitare. Enfin, il me regarda droit dans les yeux et m'adressa un sourire de faux cul.

– Dans ce cas, notre vieux pote Dom viendra à Reverie Island avec nous, annonça-t-il.

Il n'était pas question une seule seconde d'aider ce salaud à serrer Imogen, cela va sans dire. Et j'entendais bien le lui faire savoir de la façon la plus claire.

Un simple « non, ça ne m'intéresse pas » aurait parfaitement fait l'affaire. J'aurais également pu mentir, histoire de me faire bien voir par Imogen, et balancer une connerie du genre : « J'aimerais beaucoup visiter Reverie Island, vraiment. Mais malheureusement, je dois participer à une course importante. »

– Tristan, lâchai-je, je préférerais bouffer la merde de Ronny Huckstepp plutôt que partir en vacances avec toi.

Précisons que Ronny Huckstepp avait la réputation d'être l'élève le plus négligé du collège.

Imogen me lança un regard noir. Tristan serra les poings, et je redoutai, l'espace d'un instant, qu'il ne se précipite sur moi pour me massacrer.

– Non, je rigole, gloussai-je. Je te remercie, mais malheureusement, je suis inscrit à une compétition fédérale.

Par chance, Tristan et Imogen mordirent à l'hameçon.

Une fille vint s'asseoir près du guitariste, puis elle entonna une version très personnelle de *Blowing in the Wind* de Bob Dylan.

« *Zolt, mon Facebook friend, tu danses dans le vent*

Oui, le Zolt danse dans le vent. »

Au deuxième refrain, plusieurs dizaines de voix se joignirent à elle.

Nous restâmes assis dans l'herbe jusqu'au coucher du soleil. Les chauves-souris qui nichaient dans les gouttières de l'hôtel de ville se mirent à voleter au-dessus de nos têtes. La foule semblait plus dense que jamais.

Soudain, un bourdonnement lointain se fit entendre.

– Eh, vous entendez ça ? cria l'un des manifestants.

Le guitariste et la chanteuse la bouclèrent.

Le son s'amplifia.

– C'est un avion ! lança une fille.

– Le Zolt ! s'exclama une partie de la foule.

Mais bien sûr. Le Zolt, suivi comme son ombre par ma grand-mère en bicyclette.

Puis l'avion apparut dans mon champ de vision.

– C'est un Cessna 182, précisa un binoclard posté à mes côtés.

Les appareils de tourisme n'étaient pas autorisés à survoler la ville. Celui-là volait à si basse altitude qu'il frôlait le sommet des buildings.

Pas de doute, c'était bien le Zolt, le héros de Facebook, le Robin des Bois des temps modernes. Tous les manifestants étaient debout, agitant les bras en tous sens. Plusieurs filles lui déclarèrent bruyamment un amour éternel. Lorsque le Cessna piqua du nez, je commençai sérieusement à m'inquiéter.

Selon mes informations, le Zolt n'avait jamais pris de leçon de pilotage. Il devait s'être familiarisé avec les commandes de l'appareil sur Flight Simulator, le cul vissé devant son ordinateur, ou en épluchant des manuels téléchargés sur Internet.

En cas de fausse manœuvre sur simulateur, le crash se résumait à un enchevêtrement de pixels rapidement évacué par un clic sur le bouton *menu* ; dans le monde réel, si l'avion s'écrasait dans la foule, la moitié des établissements scolaires de Gold Coast porterait le deuil.

Lorsque le Cessna survola l'hôtel de ville, le Zolt salua l'assemblée en basculant rapidement d'une aile sur l'autre. Je l'imaginai cramponné au manche à balai, un sourire radieux sur le visage. Un tsunami d'exclamations traversa l'assistance, puis un concert de sirènes retentit. Quelques secondes plus tard, nous entendîmes le son caractéristique des pales d'un hélicoptère.

L'iPhone d'Imogen se mit à sonner. Elle porta l'appareil à son oreille puis nous tourna le dos pour s'entretenir avec sa mère.

– Un problème ? demandai-je lorsqu'elle eut raccroché.

– Non, ça va. Mais elle n'aime pas être seule quand il fait nuit. Je ferais mieux de rentrer.

Ô surprise, Tristan estima au même instant qu'il était l'heure de lever le camp. Nous empruntâmes le même bus à destination d'Halcyon Grove. Assise à mes côtés, Imogen resta penchée vers la travée centrale, et passa l'ensemble du trajet à bavarder avec son soupirant.

À vrai dire, je n'étais pas mécontent d'avoir été exclu du triangle. J'avais besoin de réfléchir.

Si toutes les polices du pays s'étaient révélées incapables de capturer le Zolt, si Hound de Villiers n'avait pas réussi à le garder en cage et avait été retrouvé barbouillé de Nutella, quelles étaient mes chances de remplir ma mission ? Je regardai mes jambes, et mes tripes se serrèrent. Étais-je condamné à l'amputation ?

Nous raccompagnâmes Imogen jusqu'à sa porte. L'un après l'autre, elle nous serra dans ses bras puis nous embrassa sur la joue.

Tandis que nous marchions vers la maison de Tristan, ce dernier esquissa un sourire.

– Tu sais quoi, Dom ? Je pense qu'on pourrait devenir amis, si on s'en donnait la peine.

– Peut-être, dis-je.

Et j'étais sincère. Après tout, il ne tenait qu'à nous d'oublier nos différends, d'apprendre à nous comporter, sinon comme des amis, du moins de façon correcte l'un envers l'autre.

– Dans tes rêves, gronda-t-il avant de me coller un formidable coup de poing au plexus solaire puis de tourner les talons.

Ce fut comme si toute molécule d'oxygène avait été brutalement chassée de mon corps. Mes poumons étaient paralysés. Je tentai en vain de soulever la poitrine, puis tombai à genoux. Chaque cellule de mon corps me suppliait d'y parvenir, mais rien à faire.

Je vais mourir, ou souffrir de dégâts permanents au cerveau.

Je tâchai de garder la tête froide. En dépit des apparences, ce qui m'arrivait n'avait rien de dramatique. Je connaissais ce phénomène de blocage respiratoire consécutif à un choc à la cage thoracique. Je recouvrai mon calme, puis repris progressivement mon souffle.

Mon téléphone se mit à sonner. Bordel, cette foutue chanson d'amour. Imogen. Pourquoi m'appelait-elle ?

– Dom, je voulais te remercier pour tout ce que tu as fait pour moi aujourd'hui.

– Je t'en prie, ce n'était rien du tout.

– Je sais que Tristan et toi ne vous entendez pas très bien.

– Oh, n'exagérons rien, haletai-je avant de me redresser péniblement et de me traîner vers la maison. Il est inutile de dramatiser.

10. ANARCHIE

Le lendemain, avant le début des cours, tous les élèves de Coast Grammar reçurent l'ordre de se rassembler dans le grand hall. C'était une salle immense, aux voûtes haut perchées et aux parois percées de vitraux, où on se serait attendu à voir apparaître Dieu le Père en personne. Mais ce jour-là, nous dûmes nous contenter d'un sermon de Mr Cranbrook, le principal.

Lorsque tout le monde se fut installé, il gravit les trois marches menant à l'estrade, se planta derrière le pupitre, régla la hauteur du micro et nous fit savoir à quel point il était déçu d'avoir découvert autant de visages connus, la veille, en regardant les informations télévisées.

– Que faisiez-vous devant l'hôtel de ville ? s'exclama-t-il, indigné. Oh, je sais bien ce que vous pensez. *Mais, monsieur, c'était après les cours. Mais monsieur, nous ne portions pas l'uniforme de Coast Grammar.*

Cranbrook avait vu juste. C'est très précisément ce que je pensais, même s'il ne me serait pas venu à l'idée de lui servir du *monsieur*.

– Eh bien, laissez-moi vous dire que vous faites fausse route. Un élève de Coast Grammar reste un élève de Coast Grammar vingt-quatre heures sur vingt-quatre, sept jours sur sept. Le lieu où vous vous trouvez et votre tenue vestimentaire ne changent rien à l'affaire.

Il marqua une pause, de façon à ce que cette information s'imprime dans nos esprits embrumés.

– Tous ceux qui fréquentent cet établissement en sont les ambassadeurs.

De nouveau, il observa quelques secondes de silence.

– Chacun de nous appartient à une famille, à une communauté, à une nation. Et cette appartenance implique des obligations. Si nous venions à y manquer, à ignorer les règles de notre famille, de notre communauté et de notre nation, si nous nous comportions tous comme Otto Zolton-Bander, le pays sombrerait dans le chaos. Et pour illustrer mon propos, je voudrais citer le grand poète irlandais William Butler Yeats.

« Inconnu au bataillon », pensai-je.

Cranbrook réajusta légèrement le micro puis déclama :

« *Tout part en pièces, le centre ne peut plus tenir ;*

L'anarchie fond sur le monde,

La mer monte, rouge sang, et partout, l'innocence se noie. »

– Messieurs, conclut-il, Otto Zolton-Bander n'est pas un héros. À présent, je vous demande de regagner vos salles de classe en silence.

Je sortis du hall accompagné de Charles Bonthron et de Bevan Milne.

– Cranbrook n'a pas tort, au fond, dis-je.

Charles et Bevan me considérèrent avec des yeux ronds.

– Ce que je veux dire, c'est qu'il a raison sur un point : le Zolt n'est pas un héros. De mon point de vue, c'est juste un paumé en cavale depuis un bail. Il vaudrait mieux qu'il soit jugé, qu'il purge sa peine et qu'il reprenne une vie normale avant qu'il ne soit trop tard.

– Si les flics l'attrapent, dit Bevan, ils le passeront à tabac.

– Ah, tu crois ?

Bevan Milne avait raison. Le Zolt passait son temps à provoquer les flics, à souligner leur incompétence et à les mettre au défi de le capturer. Quand ils finiraient par mettre la main sur lui, ils ne lui feraient pas de cadeau.

La vérité, c'est que j'étais prisonnier de La Dette et que je m'inventais des arguments pour justifier le contrat que je devais remplir. La morale n'avait rien à voir dans l'affaire. Je devais me concentrer sur mon objectif : capturer le Zolt avant les flics, Hound de Villiers ou je ne sais quel taré membre d'un groupe d'autodéfense.

À l'heure du déjeuner, je me rendis à la bibliothèque. Mr Kotzur, vice-président du fan-club Star Wars de Gold Coast, était à son poste derrière le guichet.

– Tiens, Silvagni ! s'exclama-t-il. À quoi devons-nous cette visite inattendue ?

Il est vrai que je fréquentais rarement la bibliothèque. D'ordinaire, à cette heure, on me trouvait sur le terrain de basket ou dans l'ovale[6], en train de travailler mes coups de pied.

– J'aimerais avoir accès à un ordinateur. J'ai laissé mon portable à la maison.

– Tu as réservé ?

– Je ne savais pas qu'il fallait s'y prendre à l'avance.

– Laisse tomber, stormtrooper, je te fais marcher. PC numéro dix-huit, deuxième rangée à droite.

---

6. Terrain où se déroulent les rencontres de football australien. *(NdT)*

Je m'installai devant le meuble informatique que Kotzur avait désigné, puis je me connectai à Facebook.

Enfin, je tentai de me connecter à Facebook, avant de découvrir que Net Nanny, le système de sécurité mis en place par la direction de Coast Grammar, interdisait l'accès aux réseaux sociaux.

Aussitôt, j'envoyai un texto à Miranda pour lui exposer le problème.

Elle se trouvait à son bahut. Son mobile, comme le mien, était censé rester éteint dans l'enceinte de l'établissement, mais il faut croire que nous étions des délinquants, nous aussi, puisque sa réponse me parvint moins d'une minute plus tard. Elle y décrivait pas à pas la procédure permettant de contourner les restrictions imposées par ce tordu de Cranbrook.

Malgré toute son aura numérique, le Zolt ne disposait pas de compte personnel pour se foutre de la gueule des flics et partager avec d'autres criminels son expérience de la cavale.

J'accédai à la page « Otto Zolton-Bander » ouverte par l'un de ses fans.

Elle affichait très précisément 1 421 456 fans.

Enfin, 1 421 457 fans.

Puis 1 421 458.

Bref, pour être clair, le nombre de ses supporters augmentait à chaque seconde.

Les commentaires s'étaient multipliés depuis que le Zolt avait échappé à Hound de Villiers. La plupart manifestaient des encouragements :

Tiens le coup, Zolt.

ou

Vole, Zolt, vole.

Mais ma cible comptait aussi bon nombre de détracteurs acharnés.

Zolt, t kun merd. Kan il te choperon, il te koleron en prizon a vi.

Chose étrange, la plupart des internautes qui exprimaient leur haine à l'égard du Zolt semblaient souffrir de sérieuses difficultés en orthographe.

Je cliquai sur un lien menant à un site de produits dérivés qui proposait, entre autres, des T-shirts *Vole, Zolt, vole* pour 24,95 dollars ; des mugs pour 9,95 dollars ; des autocollants (4,95 dollars) ; des tapis de souris (3,95 dollars). J'appris l'existence d'une chanson intitulée *La Ballade du Zolt* téléchargeable sur iTunes pour 2,95 dollars.

Soudain, j'eus le sentiment bizarre et irraisonné qu'on m'observait. Je me tournai vers la baie vitrée et y cherchai le reflet de Kotzur. Assis derrière son comptoir, il jetait de fréquents regards dans ma direction.

Était-il en train de surveiller mes activités depuis son ordinateur ?

Il n'y avait qu'un moyen de le savoir.

J'ouvris une fenêtre Google, tapai *Star Wars, c'est de la merde*, cliquai sur le premier lien qui apparut à l'écran et accédai à une vidéo parodiant la scène mythique où Darth Vader apprend à Luke Skywalker qu'il est son père.

Aussitôt, le visage de Kotzur se décomposa.

Le salaud.

Je me déconnectai et quittai la bibliothèque sans lui adresser un regard. Sans le savoir, il m'avait donné une bonne leçon.

Fais gaffe, stormtrooper.

N'oublie jamais que tu es en affaire avec La Dette.

Et que les murs ont des oreilles.

11. COMME UN PIGEON

Dès la sortie des cours, je regagnai sans traîner ma chambre d'Halcyon Grove, le seul endroit au monde où je me sentais à l'abri de toute manœuvre d'espionnage.

Je m'étais fixé un but : m'entretenir avec Hound de Villiers. Parce qu'il fallait voir les choses en face : les flics locaux s'étaient jusqu'alors montrés incapables de mettre la main sur le Zolt, tout comme la police du Queensland et les journalistes les plus chevronnés du pays.

Une seule personne avait tiré son épingle du jeu. Certes, selon certaines sources, on l'avait retrouvé dans une situation très délicate, menotté au pont d'un bateau. Il n'empêche, j'étais impatient de savoir comment il avait réalisé un tel miracle.

En étudiant la page Wikipédia de Hound de Villiers, j'appris que son véritable nom était Hansie de Villiers et qu'il était natif de Cape Town, en Afrique du Sud.

Qu'il avait servi dans l'armée et obtenu le grade de lieutenant. Qu'il avait exercé le métier de mercenaire en Afrique et en Amérique du Sud. Qu'il s'était installé à San Diego en 1984, où il avait joué les chasseurs de primes. Qu'il avait quitté les États-Unis deux ans plus tôt pour des motifs obscurs avant de s'établir à Gold Coast. Qu'il avait été marié à trois reprises et avait une ribambelle de gamins. Qu'il employait son temps libre à chasser le sanglier et à lire des romans d'espionnage. Qu'il travaillait pour une société de renseignement privé baptisée Coast Surveillance.

J'en composai le numéro de téléphone.

– Bonjour, je m'appelle Dominic Silvagni. Je souhaiterais m'entretenir avec Mr de Villiers, je vous prie.

– Écoute, gamin, je n'ai pas que ça à foutre, gronda l'homme à l'autre bout du fil avant de me raccrocher au nez.

Tout à mon enquête, je n'avais pas envisagé une seule seconde que le timbre de ma voix pourrait me causer des problèmes. Comment avais-je pu imaginer une seule seconde qu'un garçon de mon âge puisse être pris au sérieux dans le monde plutôt viril du renseignement privé ?

Pendant près d'une heure, je consultai les applications de transformation vocale disponibles sur App Store, puis je compris que je n'avais aucune chance de tromper mon interlocuteur en adoptant la voix de Donald Duck ou de Darth Vader.

Il devait y avoir une solution plus simple, ou au moins plus réaliste.

Je passai en revue la carrière de Hound de Villiers. Militaire. Mercenaire. Enquêteur privé. Était-il guidé par de grands sentiments humanistes ? Se sentait-il le devoir de mettre les criminels derrière les barreaux pour protéger la société ?

Non, Hound de Villiers n'avait qu'une seule motivation : l'argent. Si je ne pouvais pas contrefaire ma voix, il me suffisait d'allonger les billets pour éveiller son intérêt.

Je composai un e-mail que j'adressai au contact trouvé sur le site internet de Coast Surveillance.

Je souhaiterais m'entretenir avec Mr de Villiers pendant une heure. Pourriez-vous m'informer de ses tarifs ?

La réponse me parvint une demi-heure plus tard.

$400 en liquide.

J'étais à la fois ravi que mon plan ait fonctionné et scandalisé par le prix annoncé. Quatre cents dollars en liquide ? Mais pour qui se prenait ce connard ?

Très bien. Quand ?

On me répondit du tac au tac.

Demain. 10 heures. N'oubliez pas le règlement.

Impossible, à moins de sécher les cours.

Pourrions-nous reculer le rendez-vous à 16 heures ?

Une minute plus tard :

OK. Mais ça fera $500.

Cinq cents dollars. On me prenait pour un pigeon. Et à bien y réfléchir, je crois bien que j'étais un pigeon. Si j'avais discuté la première offre, je n'aurais sans doute pas été traité de cette façon.

C'est entendu, répondis-je.

Les dés étaient jetés : le lendemain, à 16 heures, j'allais rencontrer Hound de Villiers, le seul qui soit parvenu à remonter la trace du Zolt. Mais il me fallait d'abord dénicher cinq cents dollars. Mes parents étaient pleins aux as. Pour eux, cette somme ne représentait strictement rien. J'aurais pu la leur emprunter, mais j'étais muselé par La Dette, et je n'aurais pas pu justifier cette dépense. Impossible de claquer ce fric sans leur rendre des comptes.

Je me connectai au site de ma banque en ligne et constatai qu'il ne me restait plus que deux cents dollars.

N'ayant pas d'autre solution, j'allai frapper à la porte de Toby.

Mon frère et moi n'avions pas toujours été à couteaux tirés. Lorsque nous étions petits, nous avions fait les quatre cents coups ensemble, puis quelque chose avait changé. Oh, rien de spectaculaire. Nous nous étions juste éloignés l'un de l'autre puis nous avions décidé que nous ne nous aimions plus. Depuis, nous tenions parfaitement notre rôle.

– Tobes, c'est moi.

– Dégage.

– C'est bon, terrien, je viens en paix, dis-je en poussant la porte.

La plupart des garçons de l'âge de Toby décoraient les murs de leur chambre avec des posters de stars du cinéma, du sport ou du rock. Toby, lui, exposait les portraits des papes de la cuisine moléculaire : Heston Blumenthal, Ferran Adrià, Thomas Keller.

Il était assis devant son PC, les yeux rivés sur un cliché érotique.

Enfin, c'était là l'idée qu'il se faisait de l'érotisme : la photo d'un gâteau à l'orange complètement nu, désirable et provocant.

– Mmmh, il a l'air mortel, dis-je, histoire d'installer un climat de complicité.

– Je croyais t'avoir demandé de dégager.

Je me plantai dans son dos et déchiffrai la recette.

– Faire bouillir une orange pendant une heure, lis-je à haute voix. Elle ne va pas partir en sucette ?

J'ignorais si Toby avait décidé de se murer dans le silence ou s'il étudiait sérieusement la question que je venais de poser.

– Évidemment. C'est le but du jeu.

Il décrivit en détail les ingrédients et les principes chimiques qui aboutiraient, si tout se déroulait comme prévu, à un pur chef-d'œuvre pâtissier.

Lorsque je jugeai le moment opportun, estimant avoir rétabli un peu de notre ancienne complicité, je décidai d'aller droit au but.

– Toby, est-ce que tu pourrais me prêter trois cents dollars ?

Je savais qu'il avait du fric à la banque, et pas qu'un peu. Beaucoup de rentrées – argent de poche, chèques de Noël et d'anniversaire – et pratiquement aucune dépense. Moi, lorsque j'avais besoin d'une nouvelle paire de chaussures de course, je devais les payer. Lorsque Toby voulait quelque chose – un nouveau mixer ou je ne sais quel robot de cuisine hyper sophistiqué –, il parvenait toujours à persuader ma mère qu'elle en avait un besoin urgent, et c'était elle qui finissait pas passer à la caisse.

– Tu veux que je te prête trois cents dollars ? répéta-t-il.

– Oui.

– Pour quoi faire ?

– Un truc perso. Je n'ai pas l'intention d'acheter de la drogue, si c'est ce qui t'inquiète.

– OK, comme tu voudras. Pour les intérêts, je me contenterai de vingt.

– Vingt dollars ?

Toby leva les yeux au ciel.

– Vingt pour cent, et je te fais une fleur.

Ce taux était absolument scandaleux, mais je dus ravaler ma colère. N'ayant guère le choix, je lui tendis la main. Il la serra sans grand enthousiasme, se connecta à sa banque en ligne et transféra l'argent sur mon compte.

L'opération achevée, je quittai la chambre. J'éprouvais des sentiments partagés. D'un côté, les deux dernières personnes auxquelles j'avais eu affaire – le type de Coast Surveillance et mon frère – m'avaient purement et simplement dépouillé. De l'autre, j'étais soulagé de m'être procuré l'argent nécessaire à l'accomplissement de mon contrat. J'avais encore une chance de conserver mes deux jambes, et cet espoir valait bien les cinq cent soixante dollars que ces deux salauds avaient réussi à m'extorquer.

Vendredi

12. CARNE FRESCA

Le lendemain, à la sortie des cours, je contournai l'arrêt de bus, marchai jusqu'à la rue principale et hélai le premier taxi qui passait à ma hauteur.

– Où est-ce que je vous emmène ? demanda le chauffeur lorsque je me fus installé sur la banquette arrière.

L'homme, plus âgé que mon père, s'exprimait avec un fort accent hispanique. Sa peau était mate, sa lèvre supérieure ornée d'une épaisse moustache grise. Je jetai un œil à la licence placée dans un angle du pare-brise. Sous une photo décolorée par l'exposition au soleil figurait le nom *Luiz Antonio Da Silva*.

– Je vais au Block, annonçai-je.

– Ce n'est pas un endroit pour les garçons de ton âge.

– Ne vous inquiétez pas pour moi, dis-je, sans grande conviction.

Le Block avait une réputation exécrable. De l'avis général, c'était le quartier le plus délabré et le plus dangereux de Gold Coast.

Luiz Antonio secoua la tête.

– Je sais de quoi je parle. J'ai grandi à Rio. Dans ce genre d'endroit, les gens te considèrent comme de la *carne fresca*.

– Pardon ?

– De la viande fraîche.

– Je vais au 542 Russel Street, insistai-je.

– Russel Street ? Que comptes-tu faire là-bas ? Tu n'as pas l'intention d'acheter de la drogue, j'espère ?

– Mais non, qu'est-ce que vous allez chercher... J'ai rendez-vous avec un détective privé.

– Je vois. Mais sais-tu au moins pourquoi il y autant d'agences de sécurité sur Russel Street ? Parce que ce coin regorge de criminels. Allez, sois raisonnable. Laisse-moi te raccompagner chez toi.

– Si vous préférez, je peux changer de taxi. Tout ce que je vous demande, c'est de faire votre boulot. À savoir, me déposer là où ça me chante.

– Très bien, comme tu voudras.

Un quart d'heure plus tard, le taxi s'enfonça dans le Block, et j'éprouvai aussitôt le sentiment vertigineux que je me trouvais à des années-lumière d'Halcyon Grove.

Selon mon père, le Block était autrefois un endroit animé où il aimait traîner avec ses copains d'école. Désormais, la plupart des boutiques étaient abandonnées et les rares individus qui traînaient sur les trottoirs pratiquaient un tout autre genre de shopping.

Le chauffeur se rangea devant la boutique d'un prêteur sur gages qui occupait le rez-de-chaussée d'un petit immeuble. Je déchiffrai les mots *Coast Surveillance* tracés à la peinture écaillée sur les larges baies vitrées du premier étage. Alors que je m'apprêtais à régler la course, Luiz Antonio annonça :

– Tu me paieras tout à l'heure. En tant que passager, tu te trouves sous ma responsabilité. Je resterai ici jusqu'à ce que tu en aies terminé. Si tu crois pouvoir attraper un autre taxi dans ce quartier, tu te fourres le doigt dans l'œil.

– Faites comme vous voulez, dis-je, convaincu qu'il noircissait le tableau, avant de descendre du véhicule.

Deux types tiraient sur un joint devant la vitrine du prêteur sur gages. Lorsque je me dirigeai vers la porte placée à droite de la boutique, l'un d'eux, coiffé d'un bandana rouge, fit un pas de côté afin de me bloquer le passage. Je n'étais dès lors plus qu'un quartier de viande fraîche ambulant, avec cinq cents dollars en poche. Je jetai un coup d'œil à ma montre. 16 heures pile, l'heure de mon rendez-vous.

– Pardonnez-moi, bredouillai-je.

L'homme ne bougea pas d'un centimètre.

– Qu'est-ce que tu fous devant ma boutique, gamin ?

Un coup de klaxon retentit.

– Eh mec, laisse-le passer, tu veux ? lança Luiz Antonio, penché à sa portière. Il est venu déposer l'alliance de sa mère, histoire qu'elle puisse continuer à picoler. Mais avant, il a rendez-vous avec le détective privé du premier. Son père s'est fait la malle. Il essaie de le retrouver.

Les deux hommes lâchèrent un grognement approbateur, signe que ce joyeux tableau familial leur semblait tout à fait acceptable. Je franchis le seuil de l'immeuble, gravis les marches menant à l'étage puis poussai la porte de Coast Surveillance. Je trouvai une petite pièce meublée de chaises en plastique occupées par quelques clients aux mines sombres. Les lieux évoquaient à s'y méprendre l'accueil des urgences d'un hôpital.

– J'ai rendez-vous avec Mr de Villiers, dis-je à la réceptionniste rondouillarde installée à un bureau, dans un angle de la pièce.

Elle consulta l'écran de son ordinateur.

– Mr Silvagni ?

– Lui-même.

– Si vous voulez bien patienter un moment…

Elle décrocha le téléphone, fit pivoter sa chaise puis chuchota quelques mots à voix basse.

– Vous avez apporté les espèces ? me demanda-t-elle.

– Comme prévu.

– Parfait, dit-elle en désignant le couloir. Deuxième porte à gauche. Il vous attend.

Je frappai à la porte du bureau et n'obtins pour toute réponse qu'un grognement inarticulé.

L'antre de Hound de Villiers était nettement plus luxueux que le reste du bâtiment. Le sol était tapissé d'une épaisse moquette lie-de-vin, les murs recouverts de photos encadrées. Ces clichés avaient tous le même modèle : le maître des lieux, bras nus, étreignant des armes de guerre démesurées.

Je ne m'étais pas trompé sur son compte : Hound de Villiers aimait l'argent. Passionnément.

Mais je venais de découvrir un autre trait marquant de son caractère : Hound de Villiers aimait Hound de Villiers. À la folie.

L'individu assis devant moi était plus vieux que le mercenaire qui roulait des mécaniques sur les photos – traits plus burinés, longs cheveux blonds plus clairsemés –, mais c'était bien le même homme, ça ne faisait aucun doute. Il portait un T-shirt sans manches. Sous son bureau, j'aperçus des bottes western dépassant d'un jean usé.

– Assieds-toi, dit-il en désignant l'un des fauteuils destinés à sa clientèle.

Je m'exécutai.

– Tu as le fric ?

Je sortis la liasse de ma poche et la lui remis. Il compta les billets d'un œil expert.

– OK, qu'est-ce qui t'amène ?

Son accent était épais, mélange d'intonations américaines, sud-africaines et australiennes.

– J'aimerais que l'on parle du Zolt.

À ces mots, les traits du détective se tordirent, comme s'il avait mordu dans un citron.

Troisième fait le concernant : il haïssait le Zolt. De toute son âme.

– C'est un de tes amis ? gronda-t-il, le regard noir, avant de se dresser d'un bond.

Aussitôt, je ressentis le besoin urgent de quitter les lieux. Il pouvait bien garder mes cinq cents dollars. Je ne songeais plus qu'à faire ce pour quoi j'étais le plus doué : prendre mes jambes à mon cou et courir comme un dératé.

Lorsque je me levai à mon tour, je crus que ma vessie allait lâcher. Hound de Villiers me foutait une trouille bleue. Selon sa page Wikipédia, il mesurait un mètre quatre-vingt-dix, mais ce n'était jusqu'alors qu'un chiffre abstrait.

Le mètre quatre-vingt-dix qui se tenait devant moi aurait pu m'arracher la tête à mains nues ou m'écraser comme un cafard sous le talon de sa botte de cow-boy.

– Le Zolt n'est pas mon ami, répondis-je dans un souffle.

– Ah, lâcha Hound de Villiers avant de se rasseoir.

Je l'imitai.

L'entrevue ne pouvait pas être plus mal embarquée.

– Mr de Villiers...

– On m'appelle Hound.

– Hound, comment se fait-il que vous soyez le seul à avoir mis la main sur le Zolt ?

– Les flics pensent comme des flics, cracha-t-il avec mépris. Mais quand on a affaire à une petite ordure, il faut penser comme une petite ordure.

Devais-je vraiment prendre ce conseil au pied de la lettre ? S'il pouvait me permettre de garder mes jambes, j'étais disposé à en passer par là.

– Il est malin, poursuivit le mercenaire, je ne peux pas dire le contraire, mais il a un atout bien plus important.

J'attendis en vain qu'il me dise de quoi il s'agissait. Il me fixa intensément puis éclata de rire.

– Je vois bien que je te flanque la trouille, gamin, mais je dois admettre que tu en as dans le pantalon !

Je répondis à ce compliment par un sourire crispé.

– Forcément, avec un paternel comme le tien… ajouta Hound de Villiers. Tu penses sûrement que tu es à l'épreuve des balles, que son fric te permettra toujours d'éviter les ennuis.

Merde, il sait qui je suis !

– Oh, ne fais pas l'étonné. Tu devrais avoir compris que je ne suis pas un débutant. Je fais toujours une petite enquête de routine sur mes clients, pour savoir où je mets les pieds. En plus, ton père et moi nous sommes déjà rencontrés.

Mon père et Hound de Villiers ? Je n'en croyais pas un mot.

– Et toi, Dominic, que sais-tu de notre petite ordure ?

– Ce que j'ai lu sur Internet.

– Alors tu dois savoir que son père est mort lorsqu'il n'avait que huit ans. Que son beau-père s'est tiré quand il en avait onze. Et qu'ensuite, il a passé plus de temps en foyer qu'avec son incapable de mère.

Je hochai la tête. Oui, je savais tout ça, à l'exception du jugement négatif porté sur la mère du Zolt.

– Alors, selon toi, qu'est-il en train de faire, en ce moment ? Dans quel état d'esprit se trouve-t-il ?

– J'imagine qu'il doit être complètement isolé. Il ne peut faire confiance à personne.

– Exact. Et c'est son principal atout. Parce que lorsqu'on est en cavale, il est important de limiter les contacts.

Sur ces mots, Hound de Villiers se pencha en arrière puis croisa les mains derrière la tête.

– Tu sais comment j'attrape la plupart des fugitifs ?

– Vous recueillez des indices et remontez progressivement leur trace ?

– Non. Moi, je me contente d'écouter ce qu'on me dit.

Il jeta un œil à sa montre.

– Bien. Je crois que notre temps est écoulé.

– Mais il n'est que 16 h 20 !

– Peu importe. Nous avons fait le tour de la question.

– Je vous en prie. Dites-moi comment vous avez réussi là où tous les flics du pays ont échoué.

– Ceux-là, ils sont trop stupides pour voir ce qui se trouve sous leur nez.

– Sous leur nez ?

– Sur Facebook, tout simplement. Allez, maintenant, fous-moi le camp.

Je ne me le fis pas dire deux fois. Je me levai puis marchai vers la porte comme un automate.

– Oh, une dernière chose... grogna Hound de Villiers.

Je me figeai puis pivotai lentement sur moi-même.

– La prochaine fois que je me retrouverai face à ton petit copain – et ne te fais pas de souci, ça arrivera tôt ou tard –, je n'hésiterai pas une seconde à le fumer.

J'avais la conviction qu'il ne plaisantait pas. Qu'il avait déjà tué et n'hésiterait pas à tuer à nouveau. Et c'est pourquoi, outre la menace qui pesait sur mes membres inférieurs, je devais être le premier à retrouver le Zolt.

Je dévalai précipitamment les escaliers et quittai l'immeuble.

Le taxi s'était fait la malle.

Le type coiffé d'un bandana me saisit par le col de la chemise.

– Commençons par la montre, dit-il.

Sa voix n'était même pas menaçante. Il avait l'intention de me dépouiller, et je n'étais pas censé me défendre. J'étais de la *carne fresca*, et il était un prédateur. C'est ainsi qu'allaient les choses, dans le monde sinistre où il évoluait.

J'envisageai de me mettre à courir, et il ne faisait aucun doute que je l'aurais rapidement distancé. Seulement, je redoutais qu'il ne possède une arme à feu, et je ne pouvais pas prendre une balle de vitesse. J'étais sur le point de détacher le bracelet de ma montre lorsqu'une main me saisit fermement par le poignet.

J'aurais dû m'y attendre. Un second prédateur avait répondu à l'appel de la viande fraîche. Ces deux salauds allaient se disputer ma carcasse.

– Viens, on se tire, dit Luiz Antonio en me tirant par le bras. Le taxi est garé au carrefour. Marche sans te retourner.

Au moment où je tournais les talons, j'entendis un bref son de lutte, puis mon chauffeur me poussa dans le dos pour me forcer à hâter le pas.

Dès que nous eûmes pris place à bord du véhicule, il tourna la clé de contact, enfonça la pédale d'accélérateur et quitta le Block dans un crissement de pneus.

Vendredi

13. LES CRÉATURES DE LA NUIT

Mes parents devant se rendre à un important gala de charité, je pris la décision de retourner au Block le soir même. C'était la seule piste dont je disposais. Gus avait été chargé d'effectuer quelques rondes à la maison afin de s'assurer que « tout allait bien ». Par expérience, je savais qu'il avait accepté pour avoir la paix et qu'il ne sortirait pas de son trou. J'étais entièrement libre de mes mouvements.

Contrairement à Luiz Antonio, le chauffeur de taxi ne me posa pas la moindre question et disparut dès qu'il eut empoché le prix de la course.

Je m'étais jusqu'alors imaginé que je pourrais profiter de la pénombre qui régnait dans le quartier pour mener mes investigations en toute discrétion. Je réalisai bientôt que je n'étais pas le seul à évoluer dans cette obscurité.

Le Block grouillait de créatures de la nuit. Encapuchonnées, elles guettaient leur proie, embusquées dans les recoins mal éclairés. À mes yeux, ils n'étaient pas moins effrayants que des vampires et des loups-garous. Les uns n'aspiraient qu'à me vider de mon sang, les autres à me dévorer vivant.

Je me dirigeai vers la boutique du prêteur sur gages. La vitrine était illuminée, mais je ne détectai aucun mouvement à l'intérieur.

– Eh, gamin, fit une voix dont je ne pus déterminer la provenance. Tu cherches de quoi t'éclater ?

– Non merci, bredouillai-je en hâtant le pas.

Je contournai le bâtiment et me dirigeai vers une allée repérée sur Google Maps. Elle était plongée dans une obscurité presque totale. Seuls quelques rais de lumière permettaient de distinguer la chaussée. Je m'y engageai d'un pas hésitant. Après tout, en cas de mauvaise rencontre, j'avais un plan B d'une simplicité élémentaire : me lancer dans un rush à la Usain Bolt, aussi vite et aussi longtemps que possible.

Mes yeux s'habituèrent rapidement à l'obscurité. Je longeai un alignement de poubelles débordantes de déchets en m'efforçant d'ignorer les rats qui cavalaient entre mes jambes, puis j'atteignis la porte de service de la boutique. Après avoir jeté un regard alentour, j'empruntai l'échelle de secours. Chaque échelon produisait un grincement strident qui risquait d'être entendu dans tout le voisinage. Je fis halte à mi-hauteur puis, constatant que personne ne se manifestait, je me hissai jusqu'à la plateforme métallique aménagée au niveau du premier étage.

Je pesai de tout mon poids contre la porte coupe-feu. Comme je l'avais prévu, elle ne bougea pas d'un millimètre.

Le jour même, après les cours, j'avais étudié les principes du crochetage sur Internet et j'avais essayé de me faire la main sur les portes de la villa à l'aide d'outils de fortune. Non seulement je ne disposais pas du matériel nécessaire, mais les instructions étaient carrément incompréhensibles. Des trucs du genre : *projetez vos sens dans la serrure puis visualisez la façon dont elle répond à vos manipulations.* Au bout du compte, je n'étais arrivé à rien, sinon à coincer un trombone dans la serrure de ma penderie. Je devais me résoudre à employer la technique la plus simple, réservée aux portes claquées ou sans serrure, comme celles qui équipaient les sorties de secours.

Je sortis de ma poche une radiographie trouvée dans le tiroir du salon où ma mère rangeait ordonnances et analyses médicales, la glissai entre la porte et le mur, puis la fis coulisser énergiquement de haut en bas tout en en modifiant l'angle. Il ne me fallut pas plus de trente secondes pour venir à bout du pêne et m'engager dans le couloir. Aussitôt, l'alarme se déclencha.

Selon mes recherches en ligne, je disposais de vingt secondes avant que la société de sécurité ne soit informée qu'un intrus avait pénétré dans l'immeuble. Je dévalai les marches menant au rez-de-chaussée, me précipitai vers le boîtier téléphonique repéré lors de ma visite de l'après-midi, sortis une pince coupante et sectionnai le câble téléphonique. Le son strident continua à me vriller les tympans, mais ça n'avait guère d'importance. Même dans les quartiers les plus friqués de la ville, les habitants laissaient la police faire son travail. Pourquoi perdre son temps pour une alarme intempestive, ou perdre la vie en se frottant à un cambrioleur armé ?

Je gravis l'escalier, poussai la porte du bureau de Hound de Villiers puis enfonçai l'interrupteur commandant l'éclairage. Remarquant un téléphone mobile sur une étagère, je m'en saisis puis déchiffrai l'inscription figurant près de l'écran : *Garmin Oregon 550*. Oh. Erreur. Ce n'était pas un téléphone. Je connaissais ce type d'appareil car j'avais envisagé d'en monter un sur le guidon de mon vélo.

C'était un GPS de poche intégrant un appareil photo haute définition. J'enfonçai le bouton *on/off* puis balayai les photos stockées dans la mémoire interne. Je m'arrêtai sur le cliché qui avait été diffusé en boucle sur toutes les chaînes de télévision : le Zolt, menotté à un arbre, le regard tourné vers l'objectif.

J'accédai aux coordonnées géographiques du fichier puis notai latitude et longitude dans mon iPhone.

– Tu t'amuses bien, morveux ? fit une voix.

Je levai les yeux et découvris deux créatures de la nuit plantées devant la porte : un vampire et son pote loup-garou. Le premier brandit un couteau. Je considérai la longueur de la lame et en déduisis que l'heure n'était pas à la plaisanterie.

Comment avais-je pu être assez stupide pour imaginer que le signal d'alarme n'attirerait pas un ou deux citoyens concernés par la sécurité de leur quartier ? En l'occurrence, ces deux-là semblaient surtout concernés par leur part du butin.

– Prenez-le, dis-je en leur tendant le GPS. Je ne veux pas de problème.

Le vampire me l'arracha des mains.

– Et le fric ? demanda le loup-garou.

– Quel fric ?

Le vampire fit un pas dans ma direction et effectua des moulinets avec son arme.

Une goutte de sang tomba sur la moquette. Je baissai les yeux et découvris une petite coupure entre le pouce et l'index. Puis le signal de la douleur atteignit mon cerveau, et je pus sentir la pulsation régulière du sang s'échappant de mon corps.

– Je n'ai pas trouvé d'argent, gémis-je, en état de choc.

– Vide tes poches, gronda le vampire.

C'était le moment ou jamais de mettre en œuvre mon plan B. Si je pouvais me glisser entre le vampire et le loup-garou puis m'élancer dans le couloir, ils n'auraient aucune chance de me rattraper.

Je saisis une brassée de documents posée sur le bureau, les jetai dans leur direction puis me précipitai vers la porte. La lame fendit les airs et déchira un pan de ma chemise. Je me ruai hors du bureau, remontai le corridor à toutes jambes puis poussai la porte coupe-feu. J'entendais le pas lourd de mes poursuivants dans le couloir. Ils étaient définitivement distancés. Le vampire à la mie de pain et le loup-garou de supérette ne pouvaient rien contre un coureur de haut niveau.

Je glissai le long de l'échelle et me laissai tomber dans l'allée.

J'étais sur le point de détaler lorsqu'une troisième créature des ténèbres surgit de nulle part et me ceintura.

– Ne le lâche pas ! lança le vampire depuis la plateforme du premier étage. Il se barre avec le fric !

Je parvins à glisser une main dans ma poche et à m'emparer de la pince qui m'avait servi à neutraliser la ligne téléphonique. Je la plantai fermement dans la cuisse de mon agresseur puis maintins la pression jusqu'à ce que la pointe de l'outil vienne buter contre l'os.

Fou de douleur, l'homme poussa un hurlement déchirant puis finit par lâcher prise. J'en profitai pour prendre mes jambes à mon cou.

Et je courus, courus sans me retourner, jusqu'à ce que plusieurs kilomètres me séparent du Block et de ses monstres de série Z.

Samedi

14. LE CHAT DU CHESHIRE

– Les Jazy nous ont invités à prendre le thé, annonça ma mère lorsque nous nous retrouvâmes tous rassemblés à l'heure du petit déjeuner.

Mon père leva les yeux de son exemplaire du *Financial Review* et afficha une expression accablée.

– Oh non, pas ces ringards, grommela Toby.

– Par pitié, ajouta Miranda.

Ils se tournèrent dans ma direction, espérant sans doute que j'allais me joindre à leurs protestations.

– Cool, lançai-je. Depuis le temps que je ne me suis pas payé quelques heures de camaraderie virile avec Tristan au manoir des Jazy.

Toby et Miranda me considérèrent avec des yeux ronds.

– Non, sérieusement, souris-je, Tristan a pas mal changé, ces derniers temps.

Je n'en pensais pas un mot, mais ce mensonge était

censé crédibiliser le plan que je m'apprêtais à mettre en œuvre.

– Mais oui, bien sûr, soupira Miranda, si on laisse de côté son caractère profondément antipathique.

– Ne le juge pas trop durement, dit ma mère, qui se gavait de magazines et de talk-shows consacrés à la psychologie de bazar. Son caractère est sans doute la conséquence d'un profond sentiment d'insécurité.

– Voilà, ça doit être ça, ironisa Toby. Un profond sentiment d'insécurité.

Mon frère et ma sœur eurent beau jurer qu'on ne les traînerait pas chez les voisins, nous nous retrouvâmes tous en fin d'après-midi à grignoter des biscuits en écoutant Mr Jazy parler d'immobilier.

C'était un petit homme épais, dont la barbe noire et broussailleuse courait de la base du cou au sommet des pommettes.

– À Gold Coast, les prix ne peuvent pas grimper plus haut, dit-il. La bulle va finir par nous exploser à la gueule.

Mon père ne partageait pas son point de vue.

– Il ne s'agit pas d'une bulle, dit-il. Tant que les Australiens du Sud continueront à migrer vers notre paradis terrestre, la demande dépassera l'offre et les prix continueront à monter en flèche.

– Tu devrais te pencher sur les statistiques, Dave. Ce sont les habitants de Gold Coast qui créent l'inflation, en hypothéquant leur domicile principal pour acheter des appartements destinés à la location. Et quand ils ne trouveront plus personne prêts à payer leurs loyers exorbitants…

L'espace d'une seconde, le regard de mon père se voila, comme s'il se sentait personnellement concerné par cette accusation.

Comme s'il s'était fait coincer.

– Le système de Ponzi ? gloussa-t-il. Tu vois toujours tout en noir…

– Pourquoi vous n'allez pas jouer dans le jardin, les enfants ? suggéra ma mère, comme si ce *système de Ponzi* était une activité réservée aux adultes avertis.

– Une petite partie de COD dans ta chambre ? proposai-je à Tristan lorsque nous eûmes quitté la pièce.

– Je te trouve bizarre aujourd'hui, s'étonna ce dernier. Presque sympa. Il y a un truc qui cloche. Ça me fait carrément flipper. Tu as un truc à me dire ?

Pour me donner le courage d'affronter sa présence, je pensai aux coordonnées de la photo trouvée dans le Garmin de Hound de Villiers. Aux résultats obtenus sur Google Maps : Gunbolt Bay, Reverie Island.

Tristan flairait le coup fourré. Logique. Personne ne se comportait de façon aussi sympa avec les types dans son genre.

– C'est à propos de ta maison de vacances…

– Ouais, quoi ? Tu es intéressé, finalement ?

Je décidai d'adopter une stratégie adaptée à la psychologie néandertalienne de mon rival.

– Sérieusement, je n'arrive pas à croire qu'elle est aussi grande que tu le prétends.

– Tu veux dire... tu penses qu'elle n'est pas aussi grande que la tienne ?

– Ça, c'est certain.

– Tu n'es qu'un connard.

– Prouve-le.

– Que je prouve que tu es un connard ?

– Mais non, abruti. Prouve-moi que ta maison de vacances est plus grande que la mienne.

– Si tu y tiens. Il n'y a qu'à les téléporter ici, sur la pelouse, et prendre des mesures.

Tristan était comme le chat du Cheshire : il n'avait ni jambes, ni bras, ni torse ; il n'était plus qu'un sourire arrogant et désincarné.

– Je pourrais vérifier sur place, dis-je. Accepter ta proposition et partir avec toi, au début des vacances.

– Tu as dit que tu préférerais bouffer la merde de Ronny Huckstepp plutôt que partir avec moi à Reverie Island.

Oh. Ce salaud avait de la mémoire, et il était rancunier.

– C'était juste une façon de parler, dis-je.

– On part demain, dit-il en me considérant d'un œil soupçonneux.

– OK. Je dois demander la permission à ma mère.

L'expression de Tristan était indéchiffrable : était-il reconnaissant ou en état de choc ? Allait-il se mettre à pleurer ?

L'espace d'un instant, je me demandai si ma mère n'avait pas vu juste. Ce mec n'avait vraiment pas l'air très bien dans ses baskets. N'avais-je pas commis une erreur de jugement ?

– Et tu pourras intervenir auprès de la mère d'Imogen ?

– Pardon ?

– Ouais, dit-il, tout sourire, en portant une main à sa braguette. Je te rappelle qu'elle est invitée, elle aussi.

– OK, je lui parlerai.

Non, je ne m'étais pas mépris au sujet de Tristan Jazy. Il n'éprouvait aucun sentiment d'insécurité. Il n'attendait qu'une chose de moi : que je persuade Mrs Havilland de laisser sa petite fille chérie quitter Halcyon Grove.

Tristan me porta un léger coup de poing à l'épaule.

– Silvagni, quand tu verras notre baraque, tu en chialeras d'humiliation.

Sur ces mots, il rejoignit le salon.

Je sortis de la villa, fis quelques pas sur la pelouse, dégainai mon iPhone et composai le numéro d'Imogen.

– Dom ! s'exclama-t-elle avant que je n'aie pu articuler un mot. Tristan t'a parlé ? Je t'en prie, dis-moi que tu as accepté de nous accompagner !

– Oui, mais je… Attends une seconde. Comment es-tu au courant que…

– Oh, merci ! Je sais que tu ne t'entends pas très bien avec Tristan, et je suis consciente de l'effort que ça représente.

– Mais qu'est-ce que tu racontes, Im ? bredouillai-je, totalement sidéré.

Le discours d'Imogen était confus, mais après quelques minutes d'explications embrouillées, je finis par comprendre ce qui s'était tramé dans mon dos.

Mrs Jazy avait appelé sa mère pour inviter officiellement Imogen à Reverie Island.

Mrs Havilland avait dit non, non, et trois fois non. Parce qu'elle était terrifiée à l'idée de rester seule dans sa grande maison. Puis sa sœur avait proposé de lui tenir compagnie en l'absence de sa fille.

Elle avait donc fini par accepter qu'Imogen quitte Halcyon Grove, à une condition : que je l'accompagne, moi, le garçon « sensible et responsable ». En clair, qu'Imogen ne se retrouve pas seule avec Tristan.

– C'est formidable ! couina-t-elle, sa voix bondissant de deux octaves. On va partir en vacances tous les trois !

– Génial, répondis-je.

Au fond, je venais d'obtenir exactement ce que je voulais : j'avais trouvé un moyen de me rendre à Reverie Island, et un prétexte pour quitter la maison pendant quelques jours afin d'accomplir le contrat que m'avait confié La Dette.

Dans ce cas, pourquoi avais-je le désagréable sentiment que Tristan s'était servi de moi comme d'un produit jetable ?

Pourquoi me sentais-je d'ores et déjà bon pour la poubelle ?

Dimanche

15. CARTE POSTALE

Le port où nous devions emprunter le ferry à destination de Reverie Island se trouvait à trois heures de route d'Halcyon Grove. Nous avions pris place à bord de la Lexus huit places des Jazy. Dès que le véhicule eut franchi l'enceinte de la résidence, Tristan et sa sœur Briony commencèrent à se lamenter.

– Pourquoi on n'a pas pris l'avion ? gémit cette dernière, qui partageait avec Imogen la banquette arrière du véhicule.

– C'est trop chiant, les trajets en bagnole, grogna Tristan, installé à mes côtés au centre du monospace.

Je ne tardai pas à comprendre pourquoi Mr Jazy avait insisté pour rejoindre Reverie en voiture. Il avait profité de ce déplacement pour s'offrir un bref voyage d'étude. Ce type était un enragé de l'immobilier.

– Ces baraques ont déjà pris huit pour cent, dit-il en désignant un lotissement récemment sorti de terre. Je m'en veux de ne pas avoir investi dans ce projet.

Il connaissait avec précision la valeur de tous les bâtiments visibles depuis la route. Mrs Jazy quitta des yeux sa grille de sudoku pour lancer d'une voix aigre :

– Par pitié, tu ne pourrais pas oublier ton travail de temps en temps ?

Deux heures après notre départ, nous fîmes halte sur la place d'un village afin de nous rendre aux toilettes du café le plus proche. Mr Jazy contempla d'un œil expert les maisons de bois et les rosiers qui bordaient la chaussée. Deux retraités jouaient aux échecs sous le kiosque d'un petit jardin public.

– Ceux-là, ils feraient mieux de se préparer à déménager. Ça ne peut pas durer comme ça.

– Et pourquoi pas ?

– Trop proche de la mer et de la nouvelle autoroute en construction. Il y a du fric à se faire ici. Tous ces bouseux devront dégager.

Les propos de Mr Jazy me plongèrent dans un abîme de perplexité. Je regardai l'un des joueurs d'échecs soulever une pièce puis la déposer sur une case adjacente. Soudain, une phrase prononcée la veille par mon père me revint en mémoire.

– C'est quoi, exactement, le système de Ponzi ?

Jazy sourit à la manière d'un élève interrogé sur son sujet favori.

– C'est un investissement dont les intérêts sont versés avec l'argent des nouveaux investisseurs, et non par des profits réels.

– Cette magouille ne peut pas durer éternellement, fis-je observer.

– Exactement. Lorsqu'il n'y a plus assez de pigeons pour payer les intérêts, le système tombe en panne sèche et un paquet d'épargnants se retrouvent ruinés. Et c'est là que les choses deviennent très, très moches.

– Comment ça, moches ? demandai-je, curieux de savoir si un tel phénomène pouvait frapper Gold Coast.

– Quand il est question de fric – et là, nous parlons de sommes considérables –, personne ne fait de sentiments. Tu t'intéresses à l'immobilier ?

– Un peu, dis-je.

Il se tourna vers Tristan qui, à une dizaine de mètres de notre position, tentait d'impressionner Imogen en touchant la pointe de ses pieds jambes tendues.

– Comme tu vois, Sa Majesté a d'autres préoccupations, lâcha-t-il avec mépris. Au fond, je ne sais pas pourquoi je m'épuise à faire des affaires si je n'ai personne pour reprendre la main.

Mr Jazy me lança un regard bizarre.

– Alors comme ça, après toutes ces années à vous faire la gueule, Tristan et toi êtes devenus amis du jour au lendemain ? dit-il en marchant vers la Lexus.

– Ouais, c'est dingue, répondis-je en esquissant un sourire factice.

– En tout cas, tu vas adorer Reverie. Il y a un tas de conneries à faire pour deux garçons de votre âge.

Une heure plus tard, nous embarquâmes à bord du ferry reliant le continent à Port Reverie, la seule agglomération de l'île. La traversée achevée, la famille Jazy se rendit à la supérette afin d'assurer le ravitaillement. Réquisitionné d'office, Tristan dut me laisser seul en compagnie d'Imogen. Ayant une demi-heure à tuer, nous partîmes à la découverte de la petite ville touristique.

Ce qui avait autrefois été une banque était désormais le Café de la banque.

Ce qui avait autrefois été un bureau de poste était désormais le Café de la poste.

– Ce bled est minuscule mais il ne manque pas de cafés, sourit Imogen.

– Un vrai village de carte postale, répondis-je.

Je me figeai devant un réverbère pour étudier une affichette annonçant une course de fond ouverte à tous les participants, le samedi à venir.

– Eh, regarde un peu ça ! s'exclama Imogen, postée de l'autre côté du lampadaire.

J'y découvris un avis de recherche sur lequel figurait la photo du Zolt prise par Hound de Villiers peu après son arrestation. Le Comité de vigilance des citoyens de Reverie Island (CVCRI) offrait une prime de trente mille dollars en échange de toute information permettant la capture d'Otto Zolton-Bander. Au bas du document figuraient divers détails anthropomorphiques : seize ans, sexe masculin, type européen, 1,96 mètres, yeux bleus, cheveux bruns, peau claire.

Imogen prit un cliché de l'affiche à l'aide de son iPhone.

– Si ça se trouve c'est ici qu'il se cache, sur son île natale, dit-elle, l'air rêveur.

Jusqu'alors, j'avais espéré être le seul à partager cette certitude. À en croire cet avis de recherche, des ploucs locaux s'étaient eux aussi lancés dans la chasse au Zolt.

Selon une information lue la veille sur Internet, l'employé d'une station-service de Bundaberg, à quatre cents kilomètres au nord de Gold Coast, affirmait avoir servi Otto Zolton-Bander. J'avais passé quatre heures à poster cette rumeur sur les blogs et les forums. Je l'avais tweetée, reproduite dans un texto adressé à tout le répertoire de mon mobile et postée sur Facebook.

Quelques heures plus tard, Miranda avait déboulé dans ma chambre.

– Le Zolt est à Bundaberg, avait-elle annoncé.

– Comment le sais-tu ?

– La nouvelle est partout sur le Net.

Ainsi, ma stratégie de désinformation avait été couronnée de succès.

En rebroussant chemin vers la supérette, nous fîmes halte dans une boutique de souvenirs. Avec son esprit de sérieux habituel, Imogen étudia attentivement chacune des cartes postales exposées sur le présentoir afin de trouver celles qui répondraient à toutes ses exigences : sujet, cadrage, netteté, exposition. Sachant que l'opération risquait de s'éterniser, je jetai un œil aux autres articles. Outre la camelote habituelle, je trouvai des T-shirts *Vole, Zolt, vole !* et plusieurs produits de merchandising déjà vus sur Internet. Je restai en arrêt devant un sweat-shirt dont l'avant était orné de l'inscription *J'ai cherché le trésor de Yamashita sur Reverie Island.* Au dos, je lus : *mais je n'ai trouvé que le soleil.*

Cette référence m'échappant totalement, j'interrogeai la vendeuse.

– C'est quoi, le trésor de Yamashita ?

– Je ne sais pas, répondit-elle. Je ne suis pas d'ici. Je viens du continent.

Un retraité qui traînait entre les rayonnages m'adressa un large sourire.

– C'est le butin pillé en Asie du Sud-Est par l'armée d'occupation japonaise pendant la Seconde Guerre mondiale, dit-il. Une légende prétend qu'il aurait été enterré dans une grotte, quelque part aux Philippines.

– Et quel rapport avec Reverie Island ?

– Selon d'autres rumeurs, ce trésor aurait été mis à l'abri dans la région après le conflit.

– Et vous y croyez, vous, à ces histoires ?

L'homme esquissa un sourire.

– Il y a longtemps que je vis sur cette île, et je n'ai toujours pas fait fortune, dit-il avant de nous saluer d'un hochement de tête puis de quitter la boutique.

Imogen ayant enfin fixé son choix sur trois cartes irréprochables, nous regagnâmes la voiture garée devant la supérette.

Nous quittâmes la ville et nous dirigeâmes vers l'intérieur des terres. Dès que nous eûmes parcouru cinq kilomètres, le paysage changea radicalement. Il n'avait plus rien d'un décor de carte postale, et nul investisseur n'aurait songé à y établir un café. La végétation était maigre, comme rôtie par le soleil, la route bordée de maisons en préfabriqué posées sur des parpaings. Des chiens sales et osseux furetaient entre les carcasses de voitures et le mobilier de jardin brisé.

Je restai fasciné par ce spectacle de désolation. C'est dans cet environnement que le Zolt avait grandi. Sa mère et sa petite sœur y vivaient toujours.

Pour la première fois depuis que nous avions quitté Halcyon Grove, Mr Jazy observait un silence tendu.

– Cet endroit était tellement animé, autrefois... dit sa femme. Ces taudis sont tout ce qui reste des communautés hippies des années 70.

– On devrait lâcher une bombe sur ces tordus, histoire de faire un peu de ménage, gloussa Tristan.

– Ou empoisonner leurs puits, ricana Briony.

Cinq minutes durant, ils évoquèrent joyeusement les atouts et les désavantages de diverses méthodes d'extermination.

– Ça suffit, gronda Mrs Jazy, estimant que la plaisanterie avait assez duré.

À l'approche de la côte, l'île reprit son aspect paradisiaque. La lumière du jour déclinait. Le ciel était zébré de nuages aux couleurs extravagantes.

À cette vue, Mr Jazy retrouva l'usage de la parole et reprit son monologue d'obsédé de l'immobilier.

– Cette villa a été vendue la semaine dernière, dit-il en désignant la clôture d'une vaste propriété. Grosse plus-value. Encore une affaire qui m'a filé entre les doigts. Je n'ai pas eu le nez sur ce coup-là.

– Chéri, nous ne savons déjà pas quoi faire de notre argent... fit observer Mrs Jazy.

Il faisait nuit lorsque nous atteignîmes la maison des Jazy. Derrière un haut mur d'enceinte, je découvris une construction immense à deux étages, pleine de coins et de recoins. Dès que nous eûmes déposé nos bagages dans l'imposant hall d'entrée, Imogen insista pour que Tristan lui montre l'endroit où, selon la légende, avait dormi le Zolt. De mon point de vue, c'était un lit comme les autres, mais pour elle c'était un autel voué au culte de son héros. Elle prit plusieurs clichés avec son iPhone puis elle s'agenouilla, les yeux fermés. Quand Tristan suggéra qu'elle s'étende sur le matelas, elle affirma ne pas en être digne.

Tout cela était absolument consternant. J'avais beau me répéter qu'elle avait de bonnes raisons de céder à la Zoltmania, son comportement commençait sérieusement à me taper sur les nerfs.

Tristan, lui, se comportait comme le pire des hypocrites. Il était évident qu'il se foutait royalement du Zolt, mais il se donnait beaucoup de mal pour parvenir à ses fins avec Imogen. Soudain, j'entrevis la solution au problème qui me préoccupait depuis que j'avais accepté de venir sur l'île.

Comment retrouver le Zolt sans l'aide de Tristan ? Il devait connaître les lieux comme sa poche et avait accès au bateau de son père. Cependant, La Dette m'interdisait d'avoir recours à une aide extérieure.

Mais si Tristan me proposait de lui-même de partir à la recherche du Zolt, je n'aurais rien à me reprocher.

– Quand on pense que le Zolt se trouve sans doute quelque part sur cette île... soupirai-je.

– Qu'est-ce que tu racontes ?

– J'ai mes infos. En fait, j'ai même une idée assez précise de l'endroit où il se cache.

Je savais exactement ce que pensait Tristan : *Toi, le minable, tu essaies juste d'impressionner Imogen.* Mais j'avais aussi le sentiment d'avoir semé le doute dans son esprit.

– Eh, Imogen, dit-il, on se mate un film ?

– Ouais, excellent, lançai-je avant qu'elle n'ait pu répondre.

Tristan m'adressa un regard thermonucléaire. Il n'avait qu'une idée en tête : se retrouver avec Imogen dans une pièce aussi obscure que possible, et ma présence dans sa maison, bien que nécessaire à l'accomplissement de son plan, lui était déjà insupportable. Quelques minutes plus tard, nous nous retrouvâmes tous les trois dans la salle de cinéma des Jazy. Et quand je parle de salle de cinéma, je n'exagère rien. Elle disposait du THX, du Dolby et d'un immense écran incurvé. Tristan avait réussi à se procurer une copie du dernier long métrage des frères Zipser, un film qui n'était pas encore sorti en salle et dont, à dire vrai, j'ignorais complètement l'existence.

Comme moi, il savait qu'Imogen était une grande fan des frères Zipser. Ce qu'il ignorait, c'est qu'elle avait conservé un peu de sens critique et n'appréciait que la moitié de leur œuvre. Et, par chance, le film qu'il avait choisi n'en faisait pas partie. En vérité, il était carrément à mourir d'ennui. En dépit du THX, du Dolby et de l'écran incurvé, Imogen ne tarda pas à montrer de sérieux signes de lassitude.

Je sautai aussitôt sur l'occasion.

– Désolé, mais je suis complètement lessivé, dis-je avant de bâiller à m'en décrocher la mâchoire. Tristan, tu pourrais me montrer ma chambre ?

Je comptais sur un effet de contagion. Si Imogen ne mordait pas à l'hameçon, je n'aurais d'autre choix que de briser le triangle et de les laisser seuls dans cette pièce beaucoup trop sombre à mon goût. Elle, et ce fumier qui parlait d'elle en caressant sa braguette.

– Oui, moi aussi je vais me coucher, dit-elle en quittant son fauteuil.

Tristan m'avait déjà collé un sérieux coup de poing, et je suis convaincu que si Imogen n'avait pas été présente, il n'aurait pas hésité à me tabasser pour de bon. Mais il se contenta de bouillir en silence.

Nous retrouvâmes Mr et Mrs Jazy dans le salon. Cette dernière nous conduisit au premier étage.

– Vous avez l'embarras du choix, dit-elle. Vous pouvez vous installer dans la suite Goa, dans la suite Bali ou dans la suite marocaine.

– Ça t'embête si je prends la suite marocaine ? demandai-je à Imogen.

– Je parie que c'est à cause d'Hicham El Guerrouj, sourit-elle.

Je hochai la tête. À ma connaissance, aucun coureur indien ou indonésien n'avait battu un record du monde. Imogen nous souhaita une bonne nuit puis s'engouffra dans la suite Bali. Je m'éclipsai à mon tour, ôtai mes vêtements puis me glissai entre les draps brodés de motifs orientaux.

Puis j'eus la conviction irrationnelle que Tristan se trouvait toujours dans le couloir, devant ma porte, en état d'ébullition. Alors, je me glissai hors du lit et tournai deux fois la clé dans la serrure.

Lundi

16. BALL-TRAP

Dès mon réveil, j'enfilai mon short, mon T-shirt et mes chaussures de course. Il n'était pas question de sacrifier mon entraînement quotidien, et je comptais bien en profiter pour reconnaître les alentours de la villa des Jazy. N'ayant pas l'intention de quitter le domaine, je n'emportai pas mon iPhone.

Je trouvai Tristan planté en bas de l'escalier.

– Imogen dort encore, dit-il. Ça te dirait de faire un tour en bateau ?

Son air sournois ne me disait rien qui vaille, mais je ne pouvais pas refuser sa proposition. À ma connaissance, Gunbolt Bay n'était accessible que par la mer.

– OK, ça marche, répondis-je.

Nous empruntâmes l'allée menant à une jetée privée, où étaient amarrés un bateau de pêche, un hors-bord à la coque vermillon et plusieurs kayaks.

– Tu penses que ton loser de père pourrait se payer un bijou pareil ? demanda Tristan en désignant le hors-bord.

Nous prîmes place dans l'embarcation aux moteurs disproportionnés. Il s'empara d'une petite clé dissimulée entre les sièges avant.

– Sans doute pas, grommelai-je, comme si ce constat me désespérait.

En vérité, si mon père ne possédait pas de bateau, j'avais découvert que la maison de vacances des Jazy était sensiblement plus petite que la nôtre, mais je me gardai bien d'entrer dans son jeu.

Tristan défit les amarres puis tourna la clé de contact. Les moteurs rugirent, puis le bateau se mit à vibrer. Il s'éloigna de la jetée en marche arrière puis Tristan enfonça la pédale d'accélérateur. La proue du bateau se souleva si brutalement que je dus me cramponner à une poignée de sécurité pour ne pas être précipité à la mer.

Tristan éclata de rire. À cet instant, la pensée qu'il envisageait de m'assassiner me traversa l'esprit. Bien sûr, c'était une idée parfaitement absurde. À moins que… Cette escapade en mer était pour lui l'occasion idéale de se débarrasser de moi. Avait-il seulement averti ses parents qu'il comptait emprunter le bateau ? Un accident était si vite arrivé…

L'espace d'une seconde, je songeai à exiger qu'il me ramène à la jetée, quitte à passer pour un dégonflé, puis je me ravisai. Je devais profiter de cette opportunité unique de découvrir les lieux où Hound de Villiers avait capturé le Zolt.

Tandis que le hors-bord bondissait de vague en vague, je tâchai de me détendre, laissai le vent fouetter mon visage et contemplai les luxueuses demeures bâties en bord de mer. Tristan semblait en connaître tous les propriétaires.

– Ici, c'est la propriété de Cameron Jamison, dit-il en désignant un palais étincelant de blancheur. Il figure en quatre-vingt-septième position sur la liste des plus grosses fortunes australiennes.

À mesure que nous longions la côte, les constructions se faisaient plus rares. Bientôt, nous ne vîmes plus que des falaises blanches couronnées d'une épaisse forêt.

– Imogen est complètement dingue du Zolt, dis-je. Elle est persuadée qu'il est invincible et qu'il échappera toujours à la police.

– Tu étais sérieux, quand tu as dit que tu savais où il se cachait ?

– Disons que j'ai ma petite idée.

– Et comment t'est-elle venue, cette idée ?

Question pertinente. Par quel miracle moi, Dominic Silvagni, aurais-je une idée précise de l'endroit où se trouvait le Zolt, alors que tous les flics étaient dans le brouillard le plus complet ?

– J'ai effectué quelques recherches.

– Dans quel but ?

– J'ai lu un avis de recherche proposant trente mille dollars en échange de toute information permettant son arrestation.

– Et alors ? Je croyais que les Silvagni roulaient sur l'or.

– C'est l'argent de mes parents, pas le mien. J'en ai marre de devoir réclamer et rendre des comptes.

Tristan s'accorda quelques secondes de réflexion.

– OK, dit-il. Si on coince le Zolt, on se partagera le fric. Mais c'est moi qui le remettrai à la police, d'accord ?

– Comme tu voudras.

– Alors, où se trouve-t-il, selon toi ?

– Gunbolt Bay.

– Ce n'est pas la porte à côté, grogna Tristan.

– On n'a pas assez de carburant ?

– Si, suffisamment pour atteindre la Nouvelle-Zélande, dit-il en étudiant l'écran du GPS encastré dans le tableau de bord. Allez, on y va !

Tandis que le hors-bord volait littéralement au-dessus des flots, nous ne croisâmes qu'un chalutier de pêche et un yacht de plaisance.

Tristan semblait savoir ce qu'il faisait, mais notre vitesse avait quelque chose d'effrayant. Que se passerait-il si nous heurtions un objet flottant? J'imaginai la coque du hors-bord éventrée, nos corps déchiquetés, les requins se disputant ce repas providentiel. Lorsqu'il réduisit enfin le régime des moteurs, je lâchai un discret soupir de soulagement.

– C'est ici, dit-il en désignant une plage encadrée de falaises. Alors, qu'est-ce qu'on fait ?

– On va juste jeter un œil.

Tristan enfonça un bouton. Les moteurs basculèrent en avant, et les hélices se trouvèrent hors de l'eau. Emporté par son élan, le hors-bord glissa lentement en direction du rivage.

– Jette l'ancre, ordonna Tristan.

Je lançai un grappin en acier auquel était nouée une solide corde de nylon.

Tristan ôta la clé de contact et la replaça dans sa cachette, puis nous descendîmes du bateau et marchâmes jusqu'à la plage, de l'eau jusqu'à mi-cuisse. Il régnait en ces lieux un calme irréel. On n'entendait que le bruit des vagues se brisant sur le sable et le souffle du vent dans les arbres.

Et si le Zolt se cachait dans les environs ? Et si, comme la police semblait le penser, il était lourdement armé ?

Nous nous trouvions à découvert. En clair, nous étions des plateaux de ball-trap.

Au cours de mes recherches, j'en étais venu à penser que je connaissais bien Otto Zolton-Bander. Certes, il avait volé des avions. Des bateaux. Des voitures. Des lecteurs de DVD. Des Xbox. Des téléphones mobiles. Des iPod. OK, il avait volé un paquet de trucs, mais sans jamais exercer la moindre violence.

Comme la plupart des internautes qui postaient des commentaires sur sa fanpage Facebook, j'étais convaincu qu'il ne possédait pas d'arme. Dans le cas contraire, je n'imaginais pas une seule seconde qu'il pût tirer sur deux garçons sans défense.

Non, je n'avais pas peur du Zolt. C'est de Tristan que je me méfiais. En cet endroit désert, en l'absence de tout témoin, il pouvait me tabasser aussi longtemps qu'il le souhaitait ou m'éclater le crâne sur un rocher.

– Allons chercher cet enfoiré, dit-il, avant d'adopter une posture martiale et de boxer furieusement le vide.

– OK, bégayai-je. Allons le chercher.

Nous eûmes beau arpenter la plage d'un bout à l'autre, nous ne repérâmes aucune trace, aucun sentier s'enfonçant dans la forêt.

– Tu es un gros nul, Silvagni, gronda Tristan. Tu ne survivrais pas à un épisode de *Survivor*.

La phrase du manuel de crochetage téléchargé sur Internet me revint en mémoire : *projetez vos sens dans la serrure puis visualisez la façon dont elle répond à vos manipulations.*

Je n'étais pas en train de crocheter une serrure, mais cette théorie s'appliquait parfaitement au problème auquel j'étais confronté. Je devais cesser de regarder cet endroit avec mes propres yeux, mais le voir avec ceux du Zolt.

Il était inconcevable qu'un garçon aussi intelligent, qui avait jusqu'alors filé entre les doigts des forces de police, ait pu laisser le moindre indice signalant l'emplacement de sa cachette. J'inspectai la plage une seconde fois, *avec les yeux du Zolt*.

– Tu me fais perdre mon temps, grogna Tristan en donnant un coup de pied rageur dans le sable.

Je restai en arrêt devant la falaise qui se dressait à l'est de la baie. Je venais d'y repérer une série d'anfractuosités nettes, régulières, manifestement taillées par la main de l'homme. J'en entamai l'ascension, et m'élevai sans difficulté à cinq mètres du sol.

Je dus m'étirer au maximum pour atteindre certaines prises. Je n'avais plus aucun doute : le Zolt, qui mesurait près de deux mètres, avait creusé ces aspérités.

– Par ici ! lançai-je à l'adresse de Tristan.

J'atteignis une corniche qui me permit de rejoindre la forêt, puis suivis un étroit sentier qui longeait l'envers de la paroi rocheuse. Tristan me rejoignit.

– Dégage de mon chemin, lança-t-il en m'écartant d'un coup d'épaule.

Nous progressâmes en silence, n'entendant que le craquement discret des brindilles sous nos pieds. Après cinq minutes de marche, nous débouchâmes sur une vaste clairière.

– Et après ? demanda Tristan.

Je balayai du regard la lisière de la forêt et repérai un bouquet de fougères couchées.

– Par ici, dis-je, avant de m'engouffrer dans la végétation.

De nouveau, Tristan me grilla la politesse, si bien qu'il fut le premier à découvrir la cachette d'Otto Zolton-Bander.

– Wow ! s'exclama-t-il.

– Wow ! répétai-je.

Wow, wow et re-wow. À cet endroit, l'envers de la falaise formait un auvent naturel. Il y avait là un cercle de pierres noires de suie, des ustensiles de cuisine, des boîtes de conserve et une chaise constituée de rondins de bois. Dans la roche se trouvait l'ouverture d'une caverne.

Je suivis Tristan à l'intérieur.

C'était la cachette idéale. Au-dessus de nos têtes, des fissures laissaient filtrer la lumière du jour. Nous trouvâmes un matelas en mousse et un sac de couchage ; une chaise fabriquée à l'aide de bois flotté ; une caisse retournée faisant office de table sur laquelle étaient posées des cartes.

– Il a foutu le camp depuis un moment, fit observer Tristan en considérant la fine couche de poussière qui recouvrait les documents.

En jetant un œil aux cartes, je constatai qu'y figuraient non seulement le continent, mais aussi les zones maritimes. En mesurant l'état du papier, je compris que certaines d'entre elles étaient anciennes, les autres plus récentes. Leur point commun, elles décrivaient toutes l'endroit où nous nous trouvions.

Je dépliai une carte jaunie. Elle était constellée de marques tracées au feutre, en particulier sur les parties bleues. Certaines étaient numérotées ; les autres portaient des hiéroglyphes inintelligibles.

– Eh, je crois que j'ai trouvé un journal, ou quelque chose comme ça, dit Tristan.

Je levai les yeux et constatai qu'il feuilletait un calepin relié de cuir.

À la télé, quand les flics sont sur la piste d'un criminel, les preuves matérielles sont rares : un mégot de cigarette, un numéro de téléphone griffonné sur un Post-it suffisent souvent à boucler une enquête, mais cette grotte était une véritable foire aux indices.

Je repliai la carte et la reposai là où je l'avais trouvée. Alors, je remarquai une inscription au dos, une inscription au feutre un peu fanée : *Dane G Zolton*.

– Eh, tu sais quoi ? lança Tristan depuis le fond de la grotte. Un tunnel part de ce trou à rats.

– Et il mène où ?

– Je ne sais pas. Pour le moment, il faut que je sorte. J'ai salement envie de pisser.

Dès qu'il eut quitté la caverne, je ramassai le carnet qu'il avait abandonné sur le sable et en tournai la première page.

Au même instant, une détonation retentit à l'extérieur. Tristan déboula dans la grotte, blanc comme un linge, une tache sombre à hauteur de la braguette.

– Le Zolt ! Il m'a tiré dessus !

– Sans déconner ?

Bang ! Un deuxième coup de feu.

– Suis-moi, dis-je en glissant le carnet dans ma poche.

Je courus vers le fond de la caverne et m'engouffrai dans le tunnel que Tristan avait signalé. Au bout de quelques mètres, le conduit se rétrécit, à tel point que nous dûmes nous déplacer à quatre pattes.

– Et si c'est un cul-de-sac ? gémit Tristan.

De mon point de vue, cette théorie ne tenait pas debout. Le Zolt n'était pas un débutant. Il avait forcément prévu un itinéraire de repli.

– Je suis certain que cette galerie débouche quelque part, dis-je en me cognant la tête contre la roche.

Le tunnel était devenu si bas et si étroit que je dus me mettre à plat ventre et poursuivre ma progression en rampant, façon commando.

– Je fais demi-tour, s'étrangla Tristan.

– Non, ne fais pas le con. On doit être tout près de la sortie.

Mais était-ce vraiment le cas ? J'avançais désormais dans l'obscurité totale. L'angoisse commençait à me gagner. Sentant que j'étais sur le point de céder à la panique, je m'efforçai de respirer profondément et de refréner les pensées négatives qui m'assaillaient.

Non, je ne vais pas rester coincé dans ce trou à rats. Et je ne suis pas claustrophobe. Je n'ai pas peur des espaces confinés. Moi, ce sont les cimetières qui me font flipper. Je souffre de coïmétrophobie, comme disent les médecins. Au moins, je ne risque rien de ce côté-là.

Soudain, j'aperçus une lueur droit devant moi.

– C'est bon, Tristan. Je vois le bout du tunnel.

– Merci mon Dieu, dit Tristan.

Abruti. C'est le Zolt que tu devrais remercier d'avoir prévu une sortie de secours.

Je débouchai sur une corniche perchée dix mètres au-dessus de la mer. Elle était si étroite que deux personnes pouvaient tout juste s'y tenir debout.

– Fais gaffe, dis-je lorsque Tristan se glissa à mes côtés.

Lorsqu'il réalisa où nous nous trouvions, son regard se voila. Il crevait de trouille.

Je me penchai prudemment au-dessus du vide, cherchant une voie praticable, et découvris une falaise parfaitement lisse.

– Peux-tu retourner dans le tunnel quelques secondes ? demandai-je à Tristan. J'ai besoin d'un peu de place pour m'étendre et étudier la paroi.

Lorsqu'il eut reculé dans la galerie, je me mis à plat ventre puis avançai centimètre par centimètre au-dessus du précipice.

Là, une tache rouge au pied de la falaise.

– Il y a un kayak en bas, annonçai-je en me redressant. Le Zolt a tout prévu.

– Et comment on descend ? demanda Tristan.

– On a le choix : soit on saute, soit on plonge.

– Tu es un petit comique, Silvagni.

– Tu peux rester ici, si tu préfères te faire canarder.

Sur ces mots, je sautai de la corniche.

Dix mètres plus bas, la semelle de mes chaussures frappa brutalement la surface de la mer, puis, emporté par mon élan, je glissai dans les eaux froides et limpides. Mes pieds s'enfoncèrent dans un lit d'algues.

Sentant l'air me manquer, je battis des bras et des pieds et regagnai la surface au bord de l'asphyxie.

Tristan était penché au-dessus du vide. Je lui adressai un signe de la main pour l'encourager à me rejoindre. Il amerrit à un mètre de moi, soulevant une haute gerbe d'eau. Lorsqu'il refit surface, il m'adressa un sourire radieux.

– Eh, c'était dément ! s'exclama-t-il. On y retourne ?

Nous détachâmes la corde qui retenait le kayak à un anneau vissé dans la roche, puis nous nous entassâmes tant bien que mal dans l'embarcation conçue pour accueillir une seule personne. Tristan s'étant installé à la poupe, je dus m'asseoir entre ses jambes.

– Eh, doucement, Silvagni ! Je ne suis pas ta petite copine.

Je récupérai la pagaie au fond de la coque et mis cap à l'est.

Compte tenu de la distance qui nous séparait de la villa, nous devions impérativement récupérer le hors-bord. Je longeai la falaise et arrivai en vue de Gunbolt Bay. Notre bateau se trouvait à l'endroit où nous l'avions laissé, mais une seconde embarcation flottait à proximité. Un monstre à la coque bleu métallisé, plus long et manifestement plus puissant que le nôtre.

– Tu crois que c'est celui du Zolt ? demanda Tristan.

Un homme était planté sur la plage, tourné vers la forêt. Il tenait un fusil entre les mains. Cette silhouette, ce bandana rouge dans les cheveux : bon sang, c'était le type de la boutique de prêts sur gages, celui qui m'avait bloqué le passage devant les locaux de Coast Surveillance.

– C'est lui ? chuchota Tristan. C'est le Zolt ?

– Non, répondis-je.

Redoutant que l'inconnu ne se retourne, je décrivis une boucle à trois cent soixante degrés et sortis de son champ de vision.

– Je vais nager jusqu'au hors-bord, dis-je lorsque nous fûmes en sécurité.

– Tu vas te faire tuer, dit Tristan.

– Il ne s'attend pas à nous voir arriver depuis la mer, répondis-je. Il surveille la forêt.

– Il va te tirer dessus, je te dis.

– Ça va aller. Attends-moi ici.

– Tu vas mourir, insista Tristan, pâle comme un linge.

Je me laissai glisser hors du kayak et crawlai avec régularité en tâchant de produire le moins de bruit possible. Bientôt, je me trouvai en vue de la plage. Le tueur n'avait pas bougé. Je plongeai sous les flots et rejoignis le hors-bord en apnée.

Lorsque je refis surface derrière la coque, le vent de terre porta jusqu'à mes oreilles l'écho d'une conversation.

– Baisse ton arme, c'est moi.

– Il est toujours à l'intérieur ?

– Ouais. Il ne peut pas nous échapper.

– On pourrait enfumer la grotte pour le forcer à sortir.

– On devra peut-être en arriver là.

Je plongeai de nouveau, suivis le bout auquel l'ancre était attachée puis entrepris de la détacher.

« Si seulement j'avais un couteau », pensai-je.

Je manipulai fébrilement le cordage, sans résultat.

Quelques secondes plus tard, mes poumons s'embrasèrent.

Puis le nœud céda.

J'avais l'impression très nette que mes yeux s'évertuaient à jaillir de leurs orbites.

J'enroulai fermement la corde autour de mon poignet puis regagnai la surface.

Il était hors de question de monter à bord et de démarrer les moteurs, de signaler ma position et de me faire aligner comme un lapin. Je commençai à nager vers le large en espérant tirer le bateau derrière moi. Par chance, il était d'une légèreté surprenante et glissait sans résistance à la surface de l'eau.

J'échappai au champ de vision du tueur. Quelques mètres de plus, le hors-bord aurait disparu à son tour, et je pourrais y embarquer.

À cet instant, une détonation se fit entendre, puis une balle frappa la surface de l'eau.

Soyons clairs. Ce n'était ni un jeu vidéo, ni un film d'action. Il s'agissait d'une véritable balle, et elle m'avait manqué de peu, mais j'étais désormais hors de portée du tireur. Je grimpai à bord, récupérai la clé et démarrai les moteurs.

Je poussai la manette vers l'avant, mais le bateau ne bougea pas d'un pouce.

Bon sang, les moteurs sont relevés ! C'est quel bouton, déjà ?

– Le rouge ! lança une voix tout près de moi.

Tristan pagayait frénétiquement dans ma direction.

Le bouton rouge ? Mais quel bouton rouge ?

Un grondement lointain parvint à mes oreilles. Bordel, les moteurs du bateau ennemi.

Tristan se positionna bord à bord, enjamba le bastingage, m'écarta d'un coup de coude puis s'installa sur le siège passager. Il enfonça un interrupteur et actionna l'accélérateur. Aussitôt, notre embarcation se cabra et bondit en avant.

Le hors-bord ennemi était lancé à nos trousses. Nous filions comme une fusée, et il paraissait impossible qu'on pût nous rattraper. Pourtant, nos poursuivants ne semblaient pas soumis aux lois de la physique. Ils gagnaient peu à peu du terrain.

– Je suis à fond ! cria Tristan. Leur bateau est plus puissant que le nôtre.

Devions-nous nous rendre ? Leur montrer qui nous étions ? Leur prouver qu'Otto Zolton-Bander ne se trouvait pas à bord ?

Tristan consulta le GPS.

– Ici, dit-il en pointant un doigt sur l'écran.

Il donna un brutal coup de volant et lança le bateau vers le rivage. Avait-il l'intention de s'échouer et de prendre la fuite à pied ?

C'est une stratégie à la con, Tristan. Ils vont nous fusiller à distance.

Alors, j'aperçus l'embouchure d'une rivière.

– J'ai fait une balade en kayak dans le coin, il y a quelques mois, dit Tristan. Ce cours d'eau n'est pas très profond.

OK, pigé.

– Pas assez profond pour eux ? demandai-je.

– Ouais, c'est ce que j'espère.

Tristan réduisit légèrement les gaz lorsque nous atteignîmes la rivière. Cependant, compte tenu de l'étroitesse de son lit, les arbres qui l'encadraient défilaient si rapidement que j'eus l'impression que notre vitesse avait décuplé.

Je jetai un œil par-dessus mon épaule. Le hors-bord ennemi ne cessait de gagner du terrain. L'un de ses occupants épaula son fusil et le braqua dans notre direction. Tristan ne quittait pas des yeux l'écran du sonar, le dispositif conçu pour évaluer la profondeur. Sa courbe grimpait de façon vertigineuse : trois mètres, deux mètres, un mètre et demi.

Les moteurs heurtèrent le fond et le bateau bascula brutalement sur la droite. Une vague d'eau brunâtre balaya le pont, mais nous franchîmes l'obstacle et reprîmes aussitôt vitesse et stabilité.

En me retournant, je découvris que nos poursuivants avaient abandonné la partie. Le plan de Tristan avait fonctionné. Bang ! Une détonation lointaine.

Nous baissâmes tous deux la tête mais nous n'entendîmes aucune balle siffler à nos oreilles. Distancés, nos poursuivants ne constituaient plus aucun danger. Quelques centaines de mètres plus loin, Tristan ralentit l'allure puis emprunta un bras de la rivière qui filait vers la mer.

– Bien joué ! m'exclamai-je en lançant une grande claque dans le dos de Tristan.

Il m'imita puis, comme saisi de remords, posa une main sur mon torse et me poussa de toutes ses forces. Je basculai jambes par-dessus tête dans les eaux boueuses de la rivière.

Lundi

17. UN VRAI MIRACLE

Lorsque je regagnai la surface, je constatai que Tristan avait fait demi-tour et que la proue aiguë du hors-bord progressait à vive allure dans ma direction. Je pris ma respiration puis me laissai glisser dans les profondeurs.

Je n'en croyais pas mes yeux : ce salaud essayait bel et bien de m'éliminer. J'entendis le grondement étouffé des moteurs lorsque le bateau passa à ma verticale, puis je sentis les remous produits pas les hélices. J'attendis quelques secondes avant de retrouver l'air libre.

Le hors-bord se trouvait à quatre mètres de ma position. Tristan avait coupé le moteur. Posté à l'arrière, il affichait un sourire moqueur, les mains posées sur la barre permettant d'arrimer la corde lorsque les Jazy pratiquaient le ski nautique.

– Allez, remonte, dit-il.

– Tu as essayé de me tuer ! m'étranglai-je.

– Mais non, arrête de délirer. Je voulais juste te foutre la trouille.

Ah, vraiment ?

Un coup de feu claqua. Tristan s'effondra. Affolé, je nageai jusqu'au bateau et me hissai sur le pont.

– Tristan ? Qu'est-ce qui s'est passé ?

Un gémissement inarticulé jaillit de sa bouche.

Le cuir de la banquette était taché de sang.

Une nouvelle balle siffla au-dessus de nos têtes. Je plongeai à plat ventre, rampai jusqu'au tableau de bord et tournai la clé de contact.

Les moteurs rugirent.

Une main sur la partie inférieure du volant, l'autre sur la pédale d'accélérateur, je lançai le hors-bord en direction de l'est puis levai légèrement la tête.

Une grêle de balles fendit les airs.

Tristan lâcha une plainte lugubre.

En regardant par-dessus mon épaule, je ne vis pas trace de l'ennemi, mais je parcourus plusieurs kilomètres avant d'estimer que nous étions hors de portée des tueurs et d'immobiliser le bateau près de la berge.

– Tristan, tu es conscient ? Parle-moi, bordel.

– J'ai été touché, dit-il.

J'ôtai mon T-shirt et m'en servis pour essuyer son visage maculé de sang, puis remarquai une blessure à la pommette. En levant les yeux, je vis quelques gouttes écarlates sur la barre de ski nautique. Je compris alors ce qui s'était passé : il l'avait heurtée en se baissant précipitamment et s'était ouvert la pommette.

– Je vais crever ?

– Probablement, répondis-je.

– Non, pas maintenant… Pas à mon âge…

Je savourais ma basse vengeance. Après tout, il m'avait poussé par-dessus bord. Je le regardai agoniser quelques minutes avant de mettre fin à son supplice.

– OK, je crois que je me suis suffisamment foutu de ta gueule. En fait, tu n'as pas été touché.

À l'évidence, les inconnus lancés à notre poursuite n'avaient pas eu l'intention de nous liquider. Tous leurs tirs avaient été dirigés largement au-dessus de nos têtes. Pas une balle n'avait touché les moteurs ou la coque du bateau. Ils ne pouvaient pas avoir été aussi maladroits.

– Et ce sang, d'où il vient, ducon ?

– De ta pommette, tête de nœud, répondis-je. Ce genre de blessure pisse le sang, c'est bien connu.

Il ôta son T-shirt puis examina chaque centimètre carré de son anatomie avant de se rendre à mes arguments.

Un peu plus tard, lorsque nous arrivâmes en vue de la jetée, nous y trouvâmes Imogen assise en tailleur.

Elle était d'une beauté renversante. En l'apercevant, je sentis les larmes me monter aux yeux, sans savoir si c'était sa présence ou les mésaventures que nous venions de traverser qui me mettaient dans cet état.

– Où est-ce que vous étiez ? demanda-t-elle.

Je regardai Tristan, la blessure à sa pommette, les taches de sang sur ses vêtements.

– On a fait les cons sur le bateau, répondis-je.

Tristan porta une main à sa joue.

– Qu'est-ce qui lui est arrivé ?

– Il s'est cassé la gueule dans les rochers.

– Tristan ? insista Imogen.

– Ouais, je ne me suis pas raté, confirma-t-il.

Imogen ne semblait guère convaincue.

– Dans les rochers ? Vous êtes descendus du bateau ?

– On a fait une escale pour visiter une petite île, mentis-je. C'est là que Tristan est tombé. C'était assez spectaculaire, je dois dire. C'est un miracle qu'il n'ait rien de cassé.

Tristan observa quelques secondes de silence, puis il ouvrit la bouche. Il était hagard, sous le choc, et je redoutai qu'il ne vende la mèche.

– Ouais, un vrai miracle, dit-il avant de se traîner vers la villa.

Mr et Mrs Jazy terminaient leur petit déjeuner sur la terrasse en compagnie de Briony. Nous présentâmes notre version des faits. Si la mère de Tristan semblait préoccupée par la blessure de Tristan, son père prit l'affaire à la légère.

– Les garçons ne changeront jamais, dit-il en caressant sa barbe. Chérie, il faut qu'on passe chez le traiteur pour vérifier que tout sera prêt pour la soirée de demain. Nous prendrons la Mercedes.

J'étais impatient de m'isoler dans ma chambre pour étudier le carnet trouvé dans la cachette du Zolt. Je craignais que son séjour dans l'eau ne l'ait endommagé.

– Je vais me changer, annonçai-je avant d'entrer dans la villa et de gravir les marches menant à l'étage.

J'entendis des pas précipités dans mon dos, puis Imogen saisit mon poignet.

– Tu vas me dire ce qui s'est vraiment passé ? lança-t-elle sur un ton autoritaire que je ne lui connaissais pas.

– Mais je t'assure que...

– Tu ne sais pas mentir, Dom. Vous vous êtes battus, c'est ça ?

– Tu débloques complètement. Tu me crois capable de lui coller une raclée ? Tu as bien regardé sa taille ?

Compte tenu du coup de poing que Tristan m'avait porté et de la tentative de noyade dont j'avais fait l'objet, ces accusations commençaient sérieusement à m'agacer.

– OK, j'avoue, ricanai-je. J'ai essayé de le buter. Je te voulais rien qu'à moi.

Je regrettai aussitôt d'avoir prononcé ces mots. Ils n'avaient rien d'amusant, et ils n'étaient pas loin de refléter la réalité.

– Très drôle, Dom, gronda Imogen avant de tourner les talons et de me planter sur place.

Lundi

18. UN GUERRIER SOLITAIRE

Dès que je fus dans ma chambre, je sortis le carnet de la poche de mon short. Il était détrempé, saturé d'eau de mer. Ses pages étaient soudées les unes aux autres. Je pensai à tous les indices que nous avions dû abandonner dans la tanière du Zolt. Désormais, ce document dans un état déplorable était tout ce qui me restait.

Je maintins le carnet sous le séchoir de la salle de bains pendant près d'une demi-heure, puis tentai d'en décoller les pages. C'était peine perdue. Après une heure d'effort, je parvins à séparer la couverture de la dernière page. L'encre avait dégouliné, et je ne pus déchiffrer qu'une phrase :

Folle fiesta, impact optimum !

Une allusion à l'un des exploits du Zolt, sans doute. Le plus curieux, c'est qu'il me semblait avoir déjà lu ces mots quelque part... Je m'emparai de mon iPhone et ouvris l'application Facebook.

La fanpage du Zolt comptait désormais 1 466 253 abonnés.

Je commençai à faire défiler les messages postés sur la *timeline*. Des kilomètres de commentaires. Je sélectionnai la fonction « rechercher » et recopiai la phrase trouvée dans le carnet.

Gagné. Je retrouvai l'expression exacte dans le commentaire d'un certain Tailspin posté quelques jours avant l'arrestation du Zolt par Hound de Villiers, à l'occasion d'un vol d'avion très médiatisé.

Folle fiesta, impact optimum ! Un dernier guerrier solitaire nous unit.

Une seule personne avait cliqué sur « j'aime », un internaute portant le pseudonyme Hera.

Pour quelle raison cette phrase se trouvait-elle à la fois sur Facebook et sur le carnet déniché dans la grotte ?

Une seule réponse possible : c'est le Zolt lui-même qui avait posté ce commentaire sous le pseudo de Tailspin. Et Hera était un complice qui, en cliquant sur « j'aime », avait accusé réception du message. Mais pourquoi utilisaient-ils Facebook pour communiquer ?

La réponse coulait de source. Tous les autres moyens de communication – courrier, téléphone, e-mail – étaient sous la surveillance de la police. Si, comme je le soupçonnais, il s'agissait de consignes codées, elles étaient forcément passées inaperçues, noyées dans les milliers d'encouragements postés par les fans.

Mais qui était Hera ?

Une rapide recherche sur Google m'apprit qu'Hera était la mère de plusieurs dieux de la mythologie grecque, dont Arès et Héphaïstos.

OK, le lien était évident.

Hera était la mère du Zolt. Je comprenais à présent pourquoi elle se servait de Facebook : même si la police surveillait son ordinateur, on ne pouvait pas lui reprocher de consulter la fanpage de son fils et de cliquer occasionnellement sur le bouton « j'aime ».

Mais quel était le sens caché du message posté par Tailspin ?

Je le relus un nombre incalculable de fois, sans parvenir à en percer le mystère.

Bientôt, les mots se mirent à flotter sur le papier puis finirent par perdre toute signification. Ce n'était plus qu'une obscure suite de lettres dont je devais découvrir le véritable sens.

Je me concentrai sur la première phrase : *Folle fiesta, impact optimum !*

Je pris un feutre et alignai les initiales : *FFIO.* Aucun sens. Si, comme je le pensais, il s'agissait d'un texte crypté, il obéissait à une séquence plus complexe. Je traçai la lettre *f* puis me concentrai sur *fiesta*.

FF n'avait aucun sens. J'éliminai toutes les consonnes, et obtins trois possibilités : *FI*, *FE* ou *FA*.

En me penchant sur le mot *impact*, je trouvai *FII*, *FEI*, *FAI*, *FIM*, *FEM*, *FAM*, *FIP*... Je baissai les bras. Bon sang, ça faisait beaucoup trop de solutions.

Je tentai d'appliquer les suites logiques les plus simples : garder une lettre sur deux, ou conserver la première, la deuxième, la troisième puis la quatrième lettre... J'obtins *FIPI*, ou *FECM*. Absurde. Ce n'est que lorsque j'alternai la première lettre du premier terme, la dernière du deuxième, la première du troisième et la dernière du quatrième qu'un mot se forma devant mes yeux.

FAIM.

Oh. Était-ce le fruit du hasard ?

Sentant l'excitation monter, j'appliquai ma théorie à la deuxième phrase.

Un dernier guerrier solitaire nous unit.

Je soulignai les lettres correspondantes.

Un dernier guerrier solitaire nous unit.

URGENT.

Le message de Tailspin n'était pas un commentaire enthousiaste, mais un appel au secours.

FAIM. URGENT.

Le Zolt était à court de vivres, et il suppliait sa mère de le ravitailler.

On frappa à ma porte.

– Dom, qu'est-ce que tu fais ? demanda Imogen depuis le couloir. Ça fait une heure qu'on t'attend.

– J'arrive dans une minute.

J'étais ivre de joie. J'avais résolu seul cette énigme, accomplissant ainsi ma première avancée marquante. Je retrouvais l'espoir de réaliser mon premier contrat avant la fin du mois.

Dès le lendemain, je tenterais de rendre une petite visite à Hera.

Mardi

19. AUTO-STOP

Le lendemain, à mon réveil, je trouvai un SMS de Gus : *N'oublie pas ton entraînement !* Il désapprouvait mon séjour sur Reverie Island. Il me soupçonnait d'en profiter pour me la couler douce et entendait bien me rappeler à mes devoirs. Je me vêtis en conséquence puis, contrairement à la veille, passai à mon bras gauche le brassard contenant mon iPhone. Aujourd'hui, j'avais l'intention de concilier enquête et préparation physique.

Je ne trouvai personne au rez-de-chaussée. Tristan semblait avoir baissé la garde, et je pus quitter la maison sans me faire remarquer. Je trottinai jusqu'au portail de la propriété, en composai le code puis réglai ma montre chronomètre sur quarante minutes.

À peine me fus-je élancé sur la route menant à Port Reverie que je croisai le camion d'un traiteur roulant vers la villa.

« Ah oui, c'est aujourd'hui qu'a lieu le pince-fesse humanitaire des Jazy », pensai-je.

Lorsque les quarante minutes se furent écoulées, je m'immobilisai au bord de la route et levai le pouce. Je n'avais jamais eu l'occasion de pratiquer l'auto-stop, mais en l'absence de bus, je n'avais guère le choix.

Par chance, la première voiture qui se présenta s'arrêta à ma hauteur. J'avais touché le gros lot. C'était une bagnole de rêve. Une Ferrari, pour être plus précis.

– Où vas-tu ? demanda le conducteur.

Il avait à peu près l'âge de mon père. Il portait les mêmes lunettes de marque, même Rolex au poignet, même coiffure impeccable.

– Je vais en ville, répondis-je.

– Parfait, moi aussi.

J'ouvris la portière, mais constatai que le siège passager était occupé par une pile de livres.

– Tu n'as qu'à les poser à tes pieds, dit l'homme.

Dès que j'eus bouclé ma ceinture, il se remit en route. Je compris aussitôt que j'avais affaire à un excellent conducteur, pas le genre de maniaque du volant s'offrant un bolide pour battre des records de vitesse sur des routes de campagne.

– C'est une super voiture, dis-je.

Il tourna brièvement la tête pour m'adresser un sourire Colgate.

Ses traits n'étaient pas aussi réguliers que ceux de mon père, mais son expression inspirait la confiance.

– Alors, tu séjournes chez les Jazy ? demanda-t-il.

– Comment êtes-vous au courant ? m'étonnai-je.

– Hier, depuis ma terrasse, je vous ai vus passer, toi et Tristan, dans le hors-bord des Jazy.

Depuis sa terrasse ? Mon conducteur occupait sans doute l'une des villas pour milliardaires que nous avions observées la veille.

– Vous les connaissez bien ?

– Nous nous connaissons tous, de ce côté de l'île. À ce propos, je m'appelle Cameron. Et toi ?

– Dominic.

J'avais vu juste. Cameron Jamison, quatre-vingt-septième au classement des milliardaires australiens.

Impressionné, je baissai les yeux vers les livres entassés à mes pieds et remarquai le titre de l'ouvrage posé en haut de la pile : *Un secret d'État : l'or de Yamashita*.

Je désignai la couverture.

– Quelqu'un m'a parlé de ce trésor, dans une boutique de Port Reverie. Il est intéressant, ce bouquin ?

– Un tissu d'idioties et de contrevérités, grimaça Mr Jamison. Et je connais un peu le sujet, tu peux me croire.

Chose étrange, alors que je m'attendais à entendre quelque révélation sur le légendaire trésor de Yamashita, il s'empressa de changer de sujet.

– Vous êtes allés à la chasse hier, Tristan et toi ? J'ai entendu des coups de feu.

– Non, on s'est fait tirer dessus par des bouseux.

– Des bouseux ?

– Ouais, ces types qui vivent dans des taudis, au centre de l'île.

Là encore, je m'attendais à ce qu'il rebondisse, mais il observa un long silence. Bientôt, il dut ralentir derrière une Mazda qui se traînait sur la route, dans une portion sinueuse interdisant tout dépassement.

– J'aurais mieux fait de prendre l'hélico, dit-il. J'avais un chouette avion, avant, mais Mr Zolton-Bander l'a crashé à l'atterrissage.

À l'évocation du Zolt, un frisson courut le long de ma colonne vertébrale. Reverie Island ne comptait pas beaucoup d'habitants et Otto était un criminel hyperactif. Tôt ou tard, il fallait bien que je croise l'une de ses victimes.

– Et vous avez une idée de l'endroit où il se cache ? Pensez-vous qu'il se trouve toujours sur l'île ?

À l'entrée d'une ligne droite, Jamison enfonça la pédale d'accélérateur. Le moteur de la Ferrari vrombit et nous dépassâmes la Mazda.

– Qu'est-ce que j'en sais ? soupira-t-il.

De nouveau, un silence.

– Au fait, pourquoi descends-tu en ville ?

Je pensai aux innombrables cafés aperçus deux jours plus tôt.

– J'ai besoin d'un cappuccino, mentis-je. Celui des Jazy n'est pas terrible, et je suis un drogué du café.

– Je comprends, dit-il avant de se lancer dans un long éloge du meilleur établissement de Port Reverie.

Lorsque nous atteignîmes la ville, Mr Jamison insista pour m'accompagner dans le café en question. Il m'offrit un cappuccino et une part de tarte aux pommes. Je remarquai qu'un *Zoltoccino* figurait au menu, une double dose de caféine agrémentée d'une larme de guarana. De quoi rester en forme pendant une longue cavale ?

De nombreux clients vinrent saluer Jamison.

– Vous êtes drôlement populaire, fis-je observer.

– Je suis né et j'ai grandi sur cette île. Tu sais quoi ? J'ai quelques courses à faire, mais je n'en ai pas pour longtemps. Si tu veux que je te raccompagne, tu n'auras qu'à me passer un coup de fil.

Il me tendit sa carte.

– Merci, c'est gentil, dis-je en la glissant dans la poche de mon short, mais je ne veux pas vous retarder. J'ai l'intention de visiter le... le musée d'architecture.

– Tu t'intéresses à l'architecture ?

– C'est l'une de mes passions, mentis-je.

– Je resterai en ville pendant environ une heure. N'hésite pas à me faire signe.

Je quittai le café et m'engouffrai dans une boutique dont la vitrine présentait une multitude d'articles de merchandising consacrés au Zolt. Ma visite à Mrs Bander devait rester secrète. Jamison devait croire que je m'étais rendu au musée. Dès qu'il aurait quitté l'établissement, je me remettrais en route.

Une foule dense se pressait entre les rayonnages, comme si chacun souhaitait célébrer le héros du jour. Je saisis un mug *Vole, Zolt, vole* sur une étagère, le retournai et découvrit le nom du fabricant : RBY Enterprises.

– Je peux vous aider ? demanda une vendeuse.

– Vous avez d'autres modèles ? demandai-je.

– Oui, nous venons de recevoir un tout nouveau produit, dit-elle en exhibant une tasse portant l'inscription *Zolt 1 – Police 0.*

Un bref coup d'œil sous l'article m'apprit qu'il provenait du même fabricant.

– Je me demande ce qui arrivera quand il se fera prendre, dis-je.

– Je suppose que tous ces articles retourneront à l'entrepôt, chuchota la vendeuse, et que mon boss sombrera dans la dépression.

Ainsi, le propriétaire de la boutique faisait son beurre sur la Zoltmania. Au moins un qui n'adhérerait jamais au Comité de vigilance de Reverie Island.

– Alors, vous le prenez ? demanda-t-elle.

– Non, répondis-je. Enfin, si. Je dois rendre visite à une amie. Je ne voudrais pas arriver les mains vides. Vous pouvez me l'emballer ?

– Mais certainement.

Paquet-cadeau à la main, je sortis du magasin, quittai la ville et m'engageai sur la route qui traversait l'île du sud au nord. Il ne me restait plus que quelques kilomètres à parcourir pour rejoindre l'endroit où, selon Internet, le Zolt avait passé son enfance.

Un imposant Hummer noir s'immobilisa à ma hauteur puis la vitre fumée du conducteur s'abaissa. Aussitôt, je sentis mon sang se glacer dans mes veines.

– Monte, gronda Hound de Villiers.

– Oh non, je… je ne crois pas, bégayai-je.

Il se pencha au-dessus du siège passager, m'attrapa par le col du T-shirt et me tira d'autorité à l'intérieur de la voiture.

– Mets ta ceinture, petit con. On va faire un tour.

Deux minutes plus tard, nous quittâmes la grand-route, empruntâmes un chemin de terre puis débouchâmes sur une décharge clandestine jonchée d'épaves d'automobiles, de meubles cassés et de déchets de toutes sortes. C'était le genre d'endroit où l'on pouvait cacher un corps. Hound coupa le moteur puis me fusilla du regard.

– Où est mon GPS ?

– Quel GPS ? couinai-je, feignant de ne pas comprendre.

Le regard du mercenaire se fit encore plus dur. Il me considéra longuement, sans cligner une seule fois des yeux.

– Tu as cambriolé mon bureau, sale merdeux.

– Non, non. Enfin si, mais je vous jure que je n'ai rien emporté.

Puis je compris de quoi il retournait, et reconstituai l'enchaînement des causes et des conséquences. Le vampire avait embarqué le GPS et l'avait revendu à Mr Bandana. Ce dernier avait trouvé la photo du Zolt et compris qu'il s'agissait de l'appareil de Hound de Villiers. Il avait constitué une petite bande afin de récupérer la récompense.

– C'est le type au bandana, dis-je. Le prêteur sur gages.

Hound rumina cette information pendant quelques instants.

– Écoute, il est évident que nous recherchons la même personne, toi et moi. Je ne connais pas tes motivations, car un garçon de ton milieu n'a pas besoin d'argent. Mais ce ne sont pas mes oignons, après tout. Je suggère que nous partagions nos informations plutôt que de nous marcher sur les pieds.

– Mais vous avez l'intention de le tuer, dis-je.

– Bien sûr que non. J'ai dit ça pour te foutre la pétoche. Sans blague, j'ai trois ex-femmes et sept gamins à entretenir. J'ai besoin de ces trente mille dollars. Alors crache le morceau. Dis-moi ce que tu sais.

Il fallait que je lui donne un os à ronger.

– Je sais qu'il communique avec un complice via Facebook. Il utilise le pseudo Tailspin.

Hound m'adressa un sourire.

– Tu es un petit malin, Dominic Silvagni. Je vais te dire, si un de ces jours tu en as marre de ta vie de gosse de riche, j'aurai toujours du boulot pour toi.

Il me flatte pour mieux m'embrouiller.

– Et comment en es-tu arrivé à ces conclusions ? demanda-t-il.

– J'ai étudié les posts de sa fanpage, dis-je. Encore et encore, et certains m'ont paru bizarres. Ensuite, je n'ai eu aucun mal à briser le code.

– Pas étonnant. Le Zolt n'est pas très doué pour la cryptographie, mais ça ne diminue pas ton mérite. OK, alors dis-moi, petit génie : avec qui communique-t-il ?

Je m'apprêtais à lui révéler ma découverte, mais je me ravisai. Il avait suggéré de partager nos ressources, mais jusqu'alors, il n'avait pas lâché la moindre information.

– Et vous, comment l'avez-vous laissé filer ?

Son visage rosit imperceptiblement. Ses mains se crispèrent sur le volant, à tel point que je vis ses phalanges blanchir. À l'évidence, Hound avait quelques difficultés à maîtriser sa colère. L'espace d'une seconde, je crus qu'il allait exploser.

Il retint sa respiration pendant quelques secondes, puis expira lentement.

– Excellente question, dit-il. Je le transportais vers le continent à bord d'un hors-bord. Il était menotté. Il n'avait aucune chance de se faire la malle.

– Et pourtant...

– Un zodiac a surgi de nulle part. À bord, des types armés jusqu'aux dents, vêtus de combinaisons noires, façon forces spéciales. Ils m'annoncent qu'ils font partie de l'ASIO[7], que le garçon représente un risque pour la sécurité nationale et qu'ils doivent le prendre en charge immédiatement. Ils ont même promis que je recevrais la récompense et ajouté que j'étais un héros national. Alors je leur ai confié le colis.

– Et ils ne faisaient pas partie des services secrets, n'est-ce pas ?

– Bien sûr que non. Je ne comprends pas comment j'ai pu tomber dans le panneau.

---

7. Australian Security Intelligence Organisation : service de renseignement australien. *(NdT)*

– Ça arrive à tout le monde de commettre une erreur de jugement.

– Dans mon business, ça peut coûter cher. Une erreur de trop, et on termine au cimetière.

– Et pour le Nutella ?

– Des conneries ! tempêta Hound de Villiers. Tu m'entends ? Des conneries ! Un abruti a posté cette rumeur sur Internet, et elle s'est propagée comme une traînée de poudre.

Malgré moi, j'éclatai de rire. La main énorme du chasseur de primes se referma autour de mon cou.

Comme je disais, ce type éprouvait quelques difficultés à conserver le contrôle de ses nerfs.

– Qu'est-ce qui te fait marrer ? gronda-t-il.

– Cette histoire de Nutella qui se répand dans le monde entier... expliquai-je. Il n'y a pas de quoi en faire un drame. Vous feriez mieux d'en plaisanter...

Hound de Villiers lâcha prise.

– Je ne plaisante jamais. Compris ? Jamais.

– OK, c'est compris.

– Maintenant à ton tour : dis-moi avec qui il communique sur Facebook.

– Avec sa mère, évidemment.

Hound se fendit d'un sourire.

– Exactement ce que je pensais. Dans ce cas, il est temps que tu ailles présenter tes hommages à Mrs Bander.

– Pourquoi moi ? m'étonnai-je.

– À vrai dire, nous ne sommes pas en très bons termes, répondit Hound. Tu es le seul à pouvoir l'approcher.

Mardi

20. ZOLTON CITY

Il ne restait plus grand-chose de la joyeuse communauté fondée par une bande de hippies au cours des années 1970 : un grand bâtiment en torchis dont l'un des murs s'était affaissé comme un gâteau mal cuit et une aire de jeux triste à pleurer où le squelette d'un toboggan et un portique sans balançoires achevaient de rouiller.

Il n'y avait ni plaques de rue, ni numéros permettant d'identifier les habitations alignées le long des routes non goudronnées. N'ayant aucun autre moyen de localiser la maison de Mrs Bander, je dus me résoudre à interroger la faune inquiétante qui hantait ce village fantôme.

– Salut, lançai-je à l'adresse d'un garçon obèse qui tétait un tube de lait concentré, assis sur un bidon cabossé.

Pour toute réponse, il se contenta de me jauger de la tête aux pieds.

– Tu ne saurais pas où vit Mrs Bander, des fois ?

– Dégage. Tu me caches le soleil.

Frappé par son hostilité, je tournai les talons et me dirigeai vers un individu aux cheveux gras et aux bras tatoués qui se tenait penché au-dessus du capot d'une voiture de collection, une Holden Monaro à la carrosserie rouge et aux chromes rutilants.

– Pardonnez-moi... lançai-je.

L'homme se redressa puis me considéra d'un œil mauvais, clé à molette à la main.

– Que je te pardonne quoi ? ricana-t-il. Tu t'es tapé ma femme, gamin ?

– Non, je... euh... Pourriez-vous me dire où vit Mrs Bander ?

– Ça dépend.

– Ça dépend de quoi ?

Il leva la main gauche à hauteur de mon visage puis frotta son pouce et son index l'un contre l'autre.

– Un petit billet m'aiderait peut-être à retrouver la mémoire, dit-il.

Toby et Hound de Villiers m'avaient déjà soutiré un paquet de fric. Il était hors de question que je laisse ce plouc me dépouiller.

Je passai mon chemin et me dirigeai vers un vieux bus scolaire qui, posé sur des cales, avait été reconverti en habitation. Devant le véhicule, une fille lisait un roman, assise en tailleur sur une caisse retournée.

Elle avait à peu près l'âge de Toby. À ses pieds un chien maigre et crasseux dormait sur le dos dans la poussière.

– Salut.

Je la reconnus dès qu'elle leva les yeux de son bouquin. Malgré ses tresses et ses lunettes de travers, la ressemblance était frappante. C'était Zoe, la sœur cadette du Zolt.

– Tu es venu parler à ma mère, c'est ça ?

– Oui, si elle est disponible.

– Elle n'est pas encore levée.

Je regardai ma montre. Il était 11 heures passées.

– Elle est rarement debout avant midi, expliqua Zoe Zolton-Bander.

À cet instant, mon téléphone se mit à vibrer. Je le sortis de mon brassard et jetai un coup d'œil à l'écran. C'était un message d'Imogen.

Où es-tu ?

– Eh, c'est le nouvel iPhone ? demanda Zoe.

– Oui, répondis-je.

Elle exhiba un vieux modèle 3G.

– Le mien a deux mille ans.

– Tu veux jeter un œil ? J'ai des super applis.

– Ouah, il est super ton fond d'écran...

– Je peux te l'envoyer par MMS, si tu veux. Tu n'as qu'à me donner ton numéro.

Elle marqua une seconde d'hésitation.

– Ou par Bluetooth, si tu préfères.

Elle récita les dix chiffres de son numéro de mobile.

Je l'enregistrai sous le nom *Zoe*.

« Toi, je te tiens », pensai-je.

Enfin, j'accédai à l'application *photos* et lui transmis le fond d'écran.

Soudain, j'entendis tousser à l'intérieur du bus. Quelques secondes plus tard, un bruit de chasse d'eau retentit.

– Ça y est, elle est réveillée, dit Zoe.

Je vis une silhouette se mouvoir derrière une vitre du véhicule.

– Où est mon putain de café ? lança Mrs Bander d'une voix éraillée.

– Dans le micro-ondes, maman. Comme d'habitude.

J'entendis des pas traînants, puis le son d'assiettes qui s'entrechoquent.

– À qui tu parles ?

Zoe m'interrogea du regard.

– Dom, chuchotai-je.

– Un garçon, dit Zoe. Il s'appelle Dom.

– Dom comment ?

– Silvagni, articulai-je en silence.

– Dom Silvagni, lança Zoe.

– Il est de la famille de Bobby Silvagni, le bookmaker ?

Je secouai la tête.

– Il dit que non, répondit Zoe.

– Tant mieux. Cet enfoiré me doit du pognon.

Mrs Bander marqua une pause, sans doute pour avaler une gorgée de café.

– Alors, tu es qui, Dom Silvagni ?

– Je tiens la page Facebook de votre fils, mentis-je.

Hound de Villiers avait suggéré cette approche. Je redoutais d'être démasqué, mais je n'avais rien trouvé de plus convaincant.

Mrs Bander apparut à la porte du bus, mug en main et ordinateur portable sous le bras. J'avais déjà étudié des photos d'elle sur Internet, et je savais à quoi m'attendre.

Cheveux longs et blonds séparés par une raie au milieu, lunettes de soleil carrées de dimension irréelle, bouche pincée. Elle portait un haut léopard, un pantalon noir et des boucles d'oreilles en toc. Il émanait d'elle une telle autorité naturelle que je baissai instinctivement les yeux.

Elle remit l'ordinateur à sa fille.

– Relève les e-mails, dit-elle. Je ne comprendrai jamais rien à ces machines.

Zoe m'adressa un sourire complice. Son message était éloquent : « Ma mère est un boulet en informatique. »

Mrs Bander se tourna vers moi et prit le temps de me jauger.

– C'est sûr, tu es drôlement plus mignon que cet abruti de Bobby Silvagni.

Je lui tendis le mug acheté dans la boutique de Port Reverie.

– Tenez, c'est pour vous, bredouillai-je en le lui tendant. Au nom de tous les fans.

Elle déchira le papier de ses interminables ongles écarlates puis le retourna.

– Qu'est-ce qui est marqué ? dit-elle en le remettant à sa fille. Je n'y vois rien sans mes lunettes.

– *RBY Enterprises*, lut Zoe.

– Et nous ne touchons rien sur ces produits, n'est-ce pas ?

– Non, pas un sou.

– Bande de voleurs ! aboya Mrs Bander.

J'eus un mouvement de recul. Bon sang, j'étais heureux de ne pas faire partie de cette *bande de voleurs*. Cette folle aurait été foutue de me crever les yeux.

– Montre-lui les tarifs, dit-elle à Zoe.

Cette dernière pianota sur le clavier puis orienta l'écran dans ma direction : *interview presse $500 ; interview presse (+ photo) $650 ; interview TV $2000 ; visite de la chambre d'Otto $250.*

– Oh, je ne suis pas ici pour réaliser une interview, dis-je.

– Ah bon ? s'étonna Mrs Bander en tendant à sa fille un paquet de tabac. Dans ce cas, qu'est-ce qui t'amène ?

– Comme vous le savez sans doute, votre fils compte aujourd'hui près d'un million et demi de supporters. Ils souhaiteraient en savoir davantage sur Otto.

Zoe roula une cigarette entre ses doigts agiles et la remit à sa mère. Mrs Bander la glissa entre ses lèvres, l'alluma, inspira profondément puis souffla la fumée par les narines.

– Tous les prix sont là, dit-elle en désignant l'ordinateur.

– Je crois que vous ne comprenez pas bien ce que...

– Ne me fais pas perdre mon temps, s'il te plaît. Je suis une femme d'affaires très occupée.

– OK, je comprends, soupirai-je. Je suis navré de vous avoir dérangée.

Puis je me tournai vers Zoe, dont le regard était braqué sur son iPhone.

– Content d'avoir fait ta connaissance, ajoutai-je.

Je quittai le village fantôme d'un pas nerveux et retrouvai le Hummer garé au bord de la route, un kilomètre plus loin. Un ordinateur portable relié à un boîtier équipé d'une antenne était posé sur le tableau de bord. Hound portait une oreillette.

– Alors, tu l'as rencontrée ? demanda-t-il.

– Rencontrée, oui, mais je n'ai rien pu en tirer. Et je n'ai rien observé qui puisse nous mettre sur la piste du Zolt. Je ne sais même pas si elle possède une voiture.

Hound lâcha un grognement.

– De mon côté, j'ai piraté l'antenne relais la plus proche. Je peux maintenant surveiller toutes les communications via mobile dans le périmètre.

Soudain, une pensée me frappa. Nous faisions fausse route, c'était évident.

Le Zolt ne communiquait pas avec sa mère par Facebook. Cette dernière était archinulle en informatique. Elle n'était même pas capable de relever ses messages. Comment aurait-elle pu poster ne serait-ce qu'un « j'aime » ? En outre, elle semblait davantage se préoccuper de son compte en banque que du sort de son fils.

Non, il communiquait avec une autre personne.

Une personne familière des réseaux sociaux.

Plus futée.

Plus jeune.

Aucun doute, le Zolt communiquait avec sa sœur.

Mardi

21. DANS LE DÉCOR

Alors que le Hummer ralentissait à l'approche de la propriété des Jazy, mon iPhone vibra à deux reprises contre mon bras. Je jetai un coup d'œil à l'écran et constatai que Zoe venait de m'adresser un SMS vierge. Curieux. Peut-être voulait-elle simplement me faire un signe amical, un peu comme si elle m'envoyait un *poke* sur Facebook.

– Te voilà arrivé à destination, dit Hound de Villiers en pilant devant le portail du domaine.

– Merci, répondis-je.

C'était un « merci » sans conviction, celui que les parents exigent de leur enfant lorsque quelqu'un lui offre un cadeau embarrassant.

À l'instant où je posai la main sur la poignée de la portière, je reçus une formidable claque à la tempe.

– Eh, qu'est-ce que j'ai fait ? gémis-je.

J'étais sous le choc. Ce geste était aussi gratuit qu'inattendu.

– Prends ça comme un encouragement. Joue-la franc jeu avec moi, gamin, ou tu le regretteras.

Je descendis du Hummer, m'éloignai en titubant, composai le code d'accès puis poussai le portail. Aussitôt, je vis Mr Jazy fouler l'allée d'un pas nerveux. Ses traits étaient tendus, sa barbe en bataille. Il marchait droit dans ma direction.

– Bordel, où est-ce que tu étais passé ?

– Je suis allé courir.

– Toute la matinée ?

– Oui. Comme je ne me suis pas entraîné hier, j'ai décidé d'en mettre un coup.

– Tu réalises que tu te trouves sous ma responsabilité ? Tu ne peux pas te barrer comme ça, sans prévenir personne !

– Je suis désolé, Mr Jazy. Je n'ai pas réfléchi. Ça ne se reproduira pas.

Son expression se radoucit. Il pencha la tête, esquissa un sourire puis posa une main sur mon épaule.

– Bon, l'essentiel, c'est que tu sois ici, et en un seul morceau, dit-il. Allez, viens, et tâche de profiter de la fête.

Des dizaines de véhicules étaient garés de part et d'autre de l'allée. Un groupe d'hommes était rassemblé autour d'une voiture noire aux lignes agressives. Ils la caressaient, lui parlaient, la comblaient d'affection.

J'avais l'impression d'être en compagnie de schizophrènes échappés de l'asile. En les écoutant, j'appris qu'il s'agissait d'une Maserati Quattroporte dont le prix s'élevait à deux cent cinquante mille dollars.

Je regagnai ma chambre, pris une douche puis passai des vêtements propres. Tandis que je boutonnais ma chemise, on frappa à la porte.

– Dom, tu es là ?

– Oui, tu peux entrer.

Dès qu'elle apparut, je remarquai la ride qui barrait son front. Quelque chose la préoccupait.

– Je voulais te parler de ce qui est arrivé à Tristan hier, annonça-t-elle.

– Ah oui, sa chute dans les rochers, dis-je.

En savait-elle davantage ? Tristan avait-il lâché le morceau ?

– Vous aviez pris de la drogue, c'est ça ?

– Non, bien sûr que non ! Pourquoi cette question ?

– Tristan n'est pas dans son état normal. Il est surexcité, presque exalté.

– Rien de nouveau sous le soleil, fis-je observer.

– Non, sérieusement. Il y a quelque chose qui ne tourne pas rond chez lui.

Devais-je me sentir responsable de son état ? Certainement pas. Il avait accepté de son plein gré de se rendre à Gunbolt Bay. Et puis, je ne lui avais toujours pas pardonné de m'avoir poussé du bateau.

Pourtant, malgré moi, j'éprouvais un vague sentiment de culpabilité.

– Je vais aller lui parler, dis-je.

Tout le gratin de Reverie Island s'était donné rendez-vous au barbecue de charité des Jazy. Une vingtaine de bateaux mouillaient près de la jetée. Installés sur une petite estrade, des musiciens enchaînaient les standards de jazz. Les enfants pouvaient se faire maquiller par une professionnelle, se défouler dans un château gonflable ou se promener à dos de poney.

Je trouvai Tristan étendu sur la berge, figé dans une pose élégante, presque héroïque. Vêtu d'un simple short de bain, il contemplait l'océan.

– Salut Tristan. Comment tu vas ?

– À mon réveil, ce matin, j'ai réalisé que j'avais failli mourir, dit-il sans même tourner la tête.

Il avait prononcé ces mots sur un ton joyeux, comme s'il était fier d'avoir été pris pour cible.

J'étais désormais convaincu que les tireurs avaient volontairement visé au-dessus de nos têtes. Nous ne devions pas notre survie à une intervention divine, mais à la clémence de nos agresseurs.

– Tu connais Nietzsche ? demanda Tristan.

– Bien sûr, répondis-je.

En vérité, si j'avais déjà entendu prononcer ce nom, j'ignorais de qui il était question.

– Nietzsche a dit que les règles ordinaires ne s'appliquent pas aux personnes exceptionnelles.

– Ah d'accord, lâchai-je, ignorant totalement où il voulait en venir.

Imogen avait raison, Tristan ne tournait pas très rond.

Il pivota vers moi et m'adressa un sourire éclatant :

– Deviens ce que tu es, dit-il.

Puis il me prit dans ses bras. Je ne plaisante pas : il m'infligea une longue et chaleureuse accolade.

– Hier, j'ai vécu le plus beau jour de ma vie, conclut-il.

Le son produit par le moteur d'un hélicoptère mit un terme à cet échange absurde. En levant les yeux, je ne vis pas un, mais deux appareils qui réduisaient progressivement leur altitude. Je contournai la maison puis courus jusqu'à l'immense pelouse qui faisait office d'héliport.

Du premier hélicoptère débarqua Cameron Jamison, l'homme qui m'avait conduit à Port Reverie. Du second descendit ma famille : mon père, ma mère, Miranda et Toby. Je comprenais à présent pourquoi mon absence avait mis Mr Jazy dans tous ses états. Il s'apprêtait à recevoir mes parents, et se voyait mal leur annoncer que j'avais disparu de la circulation.

Ma mère me serra longuement dans ses bras. Mon père m'ébouriffa affectueusement les cheveux. Toby se planta devant moi, narines dilatées.

– Où est le buffet ? demanda-t-il avant de se diriger vers les convives comme un automate.

J'étais ravi de retrouver Miranda.

– Il est à qui, cet hélico ?

– Papa l'a emprunté à Rocco Taverniti, répondit-elle.

Puis, baissant la voix, elle ajouta :

– Le vol était carrément flippant. Pire que tout ce que j'avais imaginé.

Tandis que les couples Jazy et Silvagni entamaient leur habituelle comédie de l'admiration mutuelle, j'entraînai Miranda derrière la maison, à l'écart des invités.

– Tu te rends compte que le Zolt est sûrement dans les parages ? dit-elle, tout excitée.

– Non, il s'est barré.

– Qu'est-ce que tu en sais ?

– Tu oublies le témoignage du pompiste.

– Il s'est rétracté. Il n'est plus certain d'avoir reconnu le Zolt.

– De toute façon, il finira bien par refaire parler de lui un jour ou l'autre, dis-je, feignant l'indifférence. Tiens, au fait, je voulais te demander un truc...

– Vas-y, je t'écoute.

– Y a-t-il un moyen de savoir si un téléphone a été placé sur écoute ?

C'était un prétexte, évidemment. En vérité, j'espérais que Miranda lâche quelques tuyaux qui me permettraient de surveiller les conversations de Zoe Zolton-Bander.

– Pourquoi cette question ?

– Mon iPhone se comporte bizarrement, mentis-je. Il s'éteint tout seul, il se rallume. Des fois, j'entends des grésillements.

Miranda haussa les sourcils.

– Et pourquoi ton téléphone aurait-il été placé sur écoute ? demanda-t-elle.

– C'est arrivé à des potes, au lycée.

Un autre mensonge.

– OK, je veux bien y jeter un œil, dit-elle.

Je lui confiai mon iPhone puis regardai ses pouces courir sur le clavier virtuel.

– Il faudrait que je le jailbreake.

– C'est absolument nécessaire ?

J'avais entendu pas mal d'histoires concernant des iPhone plantés à mort par cette procédure de déverrouillage non autorisée par le fabricant.

– J'ai besoin d'accéder aux fichiers internes, et c'est le seul moyen.

Je ne mettais pas en doute les compétences de geek de Miranda, mais mon smartphone était indispensable à la poursuite de ma mission.

– T'inquiète, je vais y aller en douceur.

– OK, fais ce que tu as à faire.

Je m'étais toujours imaginé que le jailbreak était une opération lourde et complexe, aussi risquée qu'une intervention de neurochirurgie. En vérité, elle n'avait rien de spectaculaire. Quelques lignes de code tapées sur le clavier virtuel, quelques coups d'œil à son propre iPhone, un redémarrage forcé…

– Voilà, c'est fait.

– Je ne vois rien de changé, dis-je en étudiant l'écran.

– Normal. La seule différence, c'est qu'on peut maintenant voir ce qu'il a dans le ventre.

Pendant une dizaine de minutes, elle analysa les fichiers internes de l'appareil.

– Tu pensais être infecté par un spyware ? Eh bien non.

Je me sentais un peu coupable de l'avoir fait bosser pour rien : je savais bien que je n'étais pas sur écoute, et j'avais à présent compris que je n'étais pas en mesure de pirater le mobile de Zoe.

– En fait, ce sont *deux* spywares qui tournent sur ton téléphone, poursuivit Miranda.

Je crus d'abord qu'elle blaguait, mais les geeks de son espèce ne plaisantent jamais sur des sujets aussi sérieux.

– L'un d'eux relaie tes mails, tes SMS et toutes sortes de données vers un ordinateur, quelque part dans le monde.

– Mais comment est-il arrivé dans mon iPhone ?

– Tu as ouvert un SMS vide ?

Zoe Zolton-Bander !

– Oui, répondis-je.

– Eh bien, c'est à ce moment-là que le programme s'est installé. Concrètement, celui qui a fait ça peut très bien écouter notre conversation via le micro intégré.

– Sans déconner ?

– T'inquiète. Pour le moment, le micro est désactivé. Ton autre problème, c'est que tu es connecté à une fausse antenne relais, un IMSI-catcher, comme on dit dans notre jargon. Ce qui signifie qu'on surveille aussi tes appels, et que tu peux même être localisé.

– Sans déconner ?

Ça, c'était forcément un coup de Hound de Villiers. Il avait avoué en ma présence être en mesure de trafiquer une antenne relais.

– Ils te tiennent, dit Miranda.

Je mis quelques instants à digérer l'information.

– OK, ils me tiennent. Mais il n'y aurait pas un moyen de renverser la situation sans qu'ils le sachent ?

– Qu'est-ce qui se passe, Dom ? Tu as des ennuis ?

– Il y a une rumeur au lycée concernant un type qui pirate les mobiles et…

– Juste au cas où tu ne l'aurais pas remarqué, je ne suis pas complètement idiote. Il se passe quelque chose d'important, je le sais. Gus, papa et toi, vous partagez un secret.

Je brûlais de lui dire toute la vérité. De lui parler de La Dette. De la jambe de Gus. De notre père. Elle était ma sœur, qu'est-ce qui m'en empêchait ? J'aurais voulu me délivrer de ce fardeau. Ouvrir la bouche et laisser les mots se former, tout simplement.

– Laisse-moi deviner, dit-elle. Tu n'as pas le droit de me parler de ce qui t'arrive.

Je hochai la tête.

– Pas pour le moment.

Elle observa quelques secondes de silence.

– OK, dans ce cas, voyons déjà ce que je peux faire pour ton iPhone.

Elle entama une procédure compliquée qui dura près d'un quart d'heure. Elle dut même appeler un ami pour lui demander son avis.

– Voilà. Maintenant, tu peux facilement contrôler l'activité de tes pirates. Laisse-moi t'expliquer comment ça marche...

Lorsqu'elle eut terminé, elle me rendit l'appareil, puis nous rejoignîmes la pelouse où les invités étaient rassemblés. Je scrutai la foule et aperçus Imogen plantée près du château gonflable.

Je lui adressai un signe, mais elle demeura figée. Je vins à sa rencontre.

– Qu'est-ce qui ne va pas ? demandai-je.

– Est-ce que tu as vu…

Ses derniers mots se perdirent dans le rugissement d'un moteur V8.

Les convives se précipitèrent vers l'allée où étaient garés les véhicules. Je leur emboîtai le pas.

– Quelqu'un s'est barré avec ma Maserati ! hurla un des invités.

Bientôt, un nom fut sur toutes les lèvres.

– Le Zolt !

Le Zolt. Le Zolt. Le Zolt.

Je courus jusqu'à la large zone gazonnée où les hélicoptères avaient atterri. J'y trouvai Cameron Jamison, qui venait d'embarquer à bord de son appareil.

– Je peux venir avec vous ? dis-je.

– Bien sûr, répondit-il en lançant le moteur. Grimpe.

Je sautai sur le siège passager, puis réalisai qu'Imogen courait dans notre direction.

– Attendez-moi ! cria-t-elle.

Si, comme je l'espérais, cette escapade aérienne me permettrait d'affronter le Zolt, il était hors de question qu'elle nous accompagne. Je feignis de n'avoir rien vu ni entendu et fis coulisser la porte de plexiglas. Aussitôt, l'hélicoptère prit les airs.

Elle me lança un regard douloureux, puis à mesure que nous prenions de l'altitude, son visage ne fut plus qu'une tache pâle et floue. Enfin, elle disparut de ma vue.

– Les flics de l'île n'ont pas de moyens aériens ? demandai-je, tandis que nous survolions la route côtière en direction de l'est.

Jamison éclata de rire.

– Il y a en tout et pour tout quatre policiers sur Reverie Island, et ils n'ont pas grand-chose au rayon neurones.

– Vous êtes un peu dur, non ?

– Tu penses vraiment que des individus possédant un QI digne de ce nom laisseraient un gamin les faire passer aussi longtemps pour des demeurés ?

– Là, regardez ! m'exclamai-je.

Droit devant nous, la Maserati quitta la route principale et s'engagea sur une voie secondaire menant vers l'intérieur des terres.

Mon iPhone se mit à vibrer. C'était Mr Jazy.

– Dom ?

– Oui.

– Tu es dans l'hélico ?

– Affirmatif, répondis-je, adoptant pour quelque obscure raison le vocabulaire des films de guerre.

– Tu l'as vu ?

À l'évidence, les mâles dominants restés au sol, avec leurs Jaguar et leurs Mercedes, étaient prêts à se lancer dans une chasse à l'homme. Ils comptaient sur moi pour leur donner des consignes.

Capture le Zolt ! avait ordonné La Dette. C'est moi qui avais reçu cette mission. Ni Jazy, ni Hound, ni les flics décérébrés chargés de faire régner l'ordre dans une communauté de millionnaires.

– Désolé, mais la ligne est mauvaise. Je ne vous entends pas.

Sur ces mots, je mis fin à la communication.

Jamison réduisit l'altitude à une cinquantaine de mètres puis se cala dans le sillage de la Maserati.

– Il roule trop vite, dit-il. Au moins cent quatre-vingt à l'heure.

Droit devant nous apparut une intersection en forme de T.

Ralentis, Zolt. Ralentis.

Mais le Zolt ne ralentit pas.

La voiture partit dans le décor, effectua un dérapage, se retourna, fit trois tonneaux puis s'immobilisa dans un nuage de poussière.

Jamison posa l'appareil sur la route. Je débarquai avant même que les patins n'aient touché le sol puis courus vers l'épave de la Maserati.

Je me penchai pour regarder à l'intérieur de la cabine puis écartai l'airbag à demi dégonflé qui cachait le visage du conducteur.

Bordel, Tristan !

Il me lança un regard torve puis grimaça un sourire.

– Deviens ce que tu es, dit-il.

Sur ces mots, ses paupières se fermèrent et il bascula en avant. Je sprintai vers l'hélico.

– Ce n'est pas le Zolt, haletai-je. C'est Tristan.

– Son père est déjà en route.

Quelques minutes plus tard, une première voiture arriva sur les lieux de l'accident, une BMW.

Puis Mr Jazy, dans sa Mercedes. De plus en plus de bagnoles. La police. Une ambulance. Une seconde ambulance.

Lorsque je vis Imogen débarquer de la voiture de Mr Jazy, je courus à sa rencontre.

– C'est Tristan, mais Dieu merci, il est vivant, dis-je en m'apprêtant à la prendre dans mes bras.

Mais Imogen fit un pas en arrière.

– Qu'est-ce qui s'est passé hier ?

– Comme je t'ai dit. Un accident. Il s'est mélangé les pinceaux et…

– Dis-moi la vérité !

Je restai muet.

– Si tu me mens encore une fois, je ne t'adresserai plus jamais la parole de ma vie, dit-elle en me fusillant du regard.

Mercredi

22. FROIDE COMME LA MORT

Malgré moi, mes paupières se fermèrent, et j'eus les plus grandes difficultés à les rouvrir. Depuis plusieurs heures, je luttais contre le sommeil, effondré sur une banquette de la salle d'attente de l'hôpital Mater.

– Mon chéri, on devrait rentrer à la maison, dit ma mère en me caressant la joue.

Depuis combien de temps n'avait-elle pas eu un tel geste de tendresse à mon égard ? Il me ramenait au temps de mon enfance, à cette époque un peu floue, cotonneuse, où je me sentais totalement en sécurité en sa présence.

L'hôpital Mater était le plus luxueux de Gold Coast, un hôtel cinq étoiles dont le personnel portait blouse blanche et stéthoscope autour du cou. La salle d'attente disposait d'un large écran LCD diffusant des chaînes câblées, d'une machine à expresso et d'une vitrine réfrigérée où les visiteurs pouvaient piocher snacks, club sandwichs et paquets de gâteaux.

Il était un peu plus de 1 heure du matin. La veille, aux alentours de 18 heures, nous nous étions posés sur le toit de l'hôpital à bord de l'hélicoptère de Rocco Taverniti.

– Tu as entendu ce qu'a dit Mr Jazy ? dit ma mère. Nous ferions mieux de retourner à Halcyon Grove.

Une heure plus tôt, Mr Jazy avait quitté la chambre de Tristan pour nous informer de la situation.

– Il est dans le coma, mais son état est stable. Nous vous remercions du fond du cœur pour votre soutien, mais vous pouvez regagner Halcyon Grove, à présent. Nous vous donnerons régulièrement des nouvelles.

Mon père, Toby, Miranda et Imogen avaient suivi son conseil.

– Allez Dom, on rentre, insista ma mère, une note d'impatience dans la voix.

– Vas-y si tu veux. Moi, je reste ici.

– Tu n'as que quinze ans, dit-elle. Je ne peux pas te laisser seul.

Je me calai contre le dossier de la banquette et croisai les bras.

– Je reste, je te dis.

Ma mère lâcha un soupir agacé. Je crus un instant qu'elle allait laisser éclater sa colère, mais elle sortit son Blackberry de sa poche et quitta son fauteuil.

– Je reviens dans cinq minutes.

Elle s'absenta un peu plus longtemps que prévu, mais un large sourire illuminait son visage lorsqu'elle regagna la salle d'attente.

– Ça y est, j'ai trouvé une solution, dit-elle. Hue Lin vit tout près d'ici. Elle a accepté de te tenir compagnie.

Un quart d'heure plus tard, Hue Lin, notre femme de ménage, prit le relais.

– Je suis désolé de te déranger à une heure pareille, lui dis-je dès que ma mère eut quitté l'hôpital.

– Ne t'en fais pas pour moi, répondit-elle. Je suis payée double tarif.

Sur ces mots, elle sortit de son sac un épais bouquin intitulé *Chromatographie préparative des agents pharmaceutiques*, l'ouvrit à une page marquée par un signet et se plongea dans sa lecture. Je saisis la télécommande de la télé, fis défiler les chaînes sans rien trouver d'intéressant puis sombrai malgré moi dans un profond sommeil.

Quelques heures plus tard, à mon réveil, j'entrepris le pillage en règle de l'armoire réfrigérée. Je dévorai une part de gâteau à la noix de coco, liquidai deux barres au chocolat et à la menthe, puis m'attaquai à un paquet de gaufrettes. Bientôt, victime d'une overdose de sucre, je me sentis gagné par la nausée.

Alors que je quittais la salle d'attente pour me rendre aux toilettes, je croisai Mrs Jazy.

– Dominic ? Tu es encore là ? Ce n'est vraiment pas nécessaire, tu sais...

Que savait-elle ? Tristan lui avait-il parlé de notre virée en hors-bord ? Son instinct maternel lui avait-il permis de deviner que quelque chose clochait dans notre version des faits ?

– Je veux être là quand il se réveillera, dis-je.

Mrs Jazy leva les yeux au ciel.

– Mais il pourrait rester inconscient pendant plusieurs jours, Dominic.

Elle marqua une pause puis ajouta :

– Si je t'autorise à le voir, accepteras-tu de rentrer chez toi ?

Je hochai la tête.

– Très bien. Alors suis-moi.

Nous empruntâmes le couloir qui traversait le bâtiment de part en part jusqu'à une porte portant l'inscription *Soins intensifs 2B*.

Je suivis Mrs Jazy à l'intérieur de la chambre.

Tristan était étendu sur son lit. Son visage était aussi blanc que son oreiller. Ses yeux étaient clos. Il était parfaitement immobile.

Seuls les appareils placés à son chevet prouvaient qu'il était toujours en vie. Je contemplai la courbe régulière qui défilait sur l'écran du moniteur cardiaque. Son cœur battait. Le sang circulait dans ses veines.

Assis près de son fils, Mr Jazy ne dit pas un mot. Il se contenta de désigner une chaise placée de l'autre côté du lit. Je m'y installai.

– Je suis désolé, Tristan, chuchotai-je. Je suis vraiment désolé.

Des images défilèrent dans mon esprit : mon arrivée à Reverie Island, la virée en bateau, notre fuite sous un déluge de balles, la Maserati quittant la route…

Je posai ma main sur celle de Tristan. Elle était froide comme la mort.

Une infirmière entra dans la chambre.

– Vous êtes de la famille ? me demanda-t-elle avec un fort accent irlandais.

– Non, juste un ami.

– Je suis navrée, mais le règlement interdit que vous vous trouviez ici à cette heure de la nuit.

– Bien, je comprends, dis-je en me levant.

– Tu vas enfin pouvoir rentrer chez toi, Dominic, sourit Mrs Jazy.

Mr Jazy se gratta la barbe puis me serra longuement la main.

De retour dans la salle d'attente, je trouvai Hue Lin plongée dans son livre.

– Je rentre, annonçai-je.

– Je vais t'appeler un taxi, dit-elle en dégainant son téléphone mobile.

Elle m'accompagna devant l'hôpital et s'assura que je prenais bien place à bord du véhicule.

– Où allez-vous ? demanda le chauffeur.

– Gold Coast. Halcyon Grove.

Nous nous engageâmes sur l'autoroute. Le soleil se levait sur notre gauche, surgissant de l'océan. Bercé par les mouvements de la voiture, je me mis à somnoler.

Mon iPhone émit un discret signal sonore. Un SMS. Ma mère, sans doute. Ou Mrs Jazy me donnant des nouvelles de Tristan.

Je sortis l'appareil de ma poche et en regardai l'écran. Je venais de recevoir un message de Zoe Zolton-Bander.

Je dois te parler. C'est urgent. Retrouve-moi à la gare routière centrale à 8 heures.

– Pour Halcyon Grove, je dois prendre la sortie de Robina, n'est-ce pas ? demanda le chauffeur.

– Changement de programme, répondis-je. Déposez-moi à la gare routière centrale.

– Mais la Chinoise de l'hôpital a insisté pour que je vous conduise à Halcyon Grove.

Je sortis les billets que m'avait confiés ma mère et les brandit devant ses yeux.

– La Chinoise de l'hôpital est cambodgienne, dis-je. Et ce n'est pas elle qui paie la course, que je sache.

– OK, comme vous voudrez, dit le chauffeur en empruntant la première bretelle de sortie.

Mercredi

23. KALACHNIKOV ET COMMANDO

J'entrai dans la cafétéria et trouvai Zoe assise dans un coin, à l'écart de la vitrine.

Je demeurai près de la porte pendant quelques minutes afin d'observer son comportement. Je redoutais qu'elle n'ait fait appel à des complices et que ce rendez-vous ne soit qu'un moyen de m'attirer dans un guet-apens.

Franchement, au nom de quoi lui aurais-je fait confiance ? Elle avait placé mon iPhone sur écoute, son frère était un criminel notoire, et sa mère était… À vrai dire, je ne savais pas au juste comment la qualifier, mais je la croyais prête à tout pour se faire du pognon.

Tous les clients de la cafétéria pouvaient être de mèche avec Zoe. Cette randonneuse qui avait déposé son sac à dos près des toilettes. Cet employé de bureau parlant à voix basse au téléphone. Ou même ce type chaussé d'énormes lunettes, qui accompagnait un groupe de touristes japonais...

OK, j'étais en train de dérailler. Je sombrais dans la paranoïa. Et puis, dans ma situation, il fallait bien tôt ou tard que je me fie à quelqu'un.

Je marchai vers la table qu'occupait Zoe.

– Salut, lançai-je.

Immédiatement, elle bondit de sa chaise.

– Il faut qu'on se taille, chuchota-t-elle.

– Pourquoi ?

– On nous surveille.

D'un hochement de tête, elle désigna le client attablé à deux mètres de notre position. Un individu anonyme, gras et dégarni, entre deux âges, qui feuilletait les pages sportives d'un quotidien.

– Tu peux m'expliquer ce qui se passe ? lui demandai-je lorsque nous eûmes quitté la cafétéria.

– Nous devons être extrêmement prudents, dit Zoe en réajustant ses lunettes.

– Alors, où est-ce qu'on va ?

– Il nous faut un endroit à ciel ouvert, d'où l'on puisse voir venir l'ennemi.

L'ennemi ? Et moi qui me trouvais parano...

– Pourquoi pas le zoo ? suggérai-je. Ce n'est qu'à dix minutes de marche.

– Parfait.

En cette période de vacances scolaires, une longue file d'attente s'était formée devant l'entrée du parc.

Après avoir fendu la foule en prétextant devoir retrouver notre famille, nous nous glissâmes dans un groupe de collégiens et ne patientâmes que quelques minutes avant d'entrer.

Je ne m'étais pas rendu au zoo depuis des années. Il avait beaucoup changé. Les murets en béton et les barreaux avaient été remplacés par des enclos discrets et des parois de plexiglas.

– As-tu un endroit préféré ? demandai-je.

– Si on pouvait éviter les babouins… dit Zoe.

– Qu'est-ce qui te dérange, chez eux ?

– Leur cul en Technicolor.

Nous nous assîmes sur un banc, devant les tortues des Gálapagos.

Il n'y avait pas grand monde dans les parages. Il faut dire que l'immobilité parfaite des deux animaux qui occupaient l'enclos n'avait pas de quoi susciter l'enthousiasme.

– Tout d'abord, j'ai quelques questions à te poser, annonçai-je. Comment savais-tu que j'étais revenu à Gold Coast ?

– Reverie est une petite île.

– Alors tu as pris le ferry et un bus de nuit juste pour me rencontrer ?

Zoe hocha la tête.

– À mon tour, à présent.

Elle observa les environs puis lâcha :

– Tu es un menteur. Tu n'as rien à voir avec la fanpage de mon frère.

– Oui, j'ai menti. Mais toi, tu as piraté mon téléphone.

– Parce que tu avais l'intention de pirater le mien, répliqua Zoe. J'ai préféré dégainer la première.

Un couple de retraités approcha. Elle se raidit.

– C'est bon, détends-toi, dis-je.

Ils marchèrent jusqu'à l'enclos d'un pas traînant.

– Qu'est-ce qu'on est censés voir ? demanda l'homme.

– Ce sont des tortues des Galápagos, monsieur, expliquai-je.

– Et elles ne font rien ? demanda la femme.

– Pas grand-chose. Elles mangent de l'herbe et des fruits, c'est à peu près leur seule activité.

– Sans intérêt, dit l'homme.

Le couple passa son chemin.

– Et si on repartait sur des bases saines ? dit Zoe lorsqu'ils eurent quitté notre champ de vision.

– Excellente idée. Alors pourquoi m'as-tu contacté ?

Zoe me dévisagea longuement. Je compris qu'elle n'était toujours pas convaincue de pouvoir se confier à moi.

– Parce que je pensais que tu saurais où se trouve Otto, dit-elle.

– Quoi ? m'exclamai-je, sans tenter de dissimuler ma stupeur. Mais je pensais que tu étais en contact avec lui !

– Non, plus maintenant.

– Depuis quand n'as-tu pas eu de nouvelles de lui ?

– Depuis qu'il a échappé à cet abruti de Hound de Villiers.

– C'est un salaud, peut-être, mais pas un abruti. Je te rappelle qu'il est le seul à avoir retrouvé ton frère.

– Ça, c'est parce que quelqu'un l'a balancé.

– Qui ça ? demandai-je, même si j'avais déjà ma petite idée. Ta mère ?

Zoe hocha la tête.

– Elle essaie de se faire du fric sur sa célébrité. Je crois qu'elle est de mèche avec des complices. Otto ne s'est pas échappé. Il a été enlevé.

– D'où sors-tu cette théorie ? demandai-je.

Mais cette théorie collait avec le récit de Hound, avec l'intervention du faux commando de l'ASIO.

– Tu as vu la liste de tarifs de ma mère ? Et puis, s'il s'était évadé, il m'aurait contactée.

– En utilisant votre code sur Facebook ?

Zoe écarquilla les yeux sous l'effet de la surprise.

– Oh, tu es au courant ?

Je réfléchis quelques instants puis répondis en utilisant le code en question.

– Obscur gourou innommable.

Zoe sourit.

– C'est bien ça, tu as tout pigé. Bref, si Otto était libre de ses mouvements, il ne m'aurait pas laissée sans nouvelles.

– Et qu'est-ce que tu fais de sa démonstration aérienne au-dessus de la mairie ?

– Ce genre de provocation ne lui ressemble pas.

– J'étais sur les lieux. Je l'ai vu de mes propres yeux.

– Ah bon, tu l'as vu ? Alors qu'il se trouvait dans un cockpit, à une centaine de mètres de hauteur ?

Bon Dieu, il fallait que je prenne un moment pour réfléchir. Mon cerveau était comme saturé de nouvelles informations.

– Alors tu affirmes que ton frère a été enlevé ?

– J'en suis certaine.

– Mais par qui ?

– Ça, je n'en ai aucune idée. Mais je pense que ces types sont en rapport avec ma mère.

Zoe détacha l'élastique qui retenait ses cheveux.

– Pourquoi es-tu à la recherche de mon frère ? demanda-t-elle.

J'aurais pu lui répondre que je m'intéressais à la récompense, mais quelque chose me dit qu'elle ne mordrait pas à l'hameçon. Elle était supérieurement intelligente, et mes fringues de marque trahissaient mes origines sociales.

– Pas pour le fric, si c'est ce que tu penses, dis-je. Dans ma famille, nous n'avons pas ce genre de problème. Non, je me suis fixé un défi : réussir là où Hound et tous les flics du pays ont échoué. Et je crois vraiment en être capable.

Zoe rumina longuement mes explications, à la manière d'une des tortues qui, dans l'enclos, se bagarrait mollement avec un chou-fleur.

– Mais qui peut avoir intérêt à retenir Otto prisonnier, et pour quelle raison ?

– Je ne sais pas... Il détient peut-être des informations sensibles.

– Je commence à croire qu'il n'y a plus qu'un seul endroit où il serait en sécurité : la prison.

À cet instant, deux hommes portant jean et blouson de cuir déboulèrent près de l'enclos des suricates et accoururent dans notre direction.

– Les flics ! dit Zoe en se dressant d'un bond.

Mais il était trop tard. Les policiers en civil étaient déjà sur nous.

– Police fédérale, annonça le plus grand d'entre eux, un individu athlétique aux cheveux blonds et ras, en exhibant une plaque d'identification.

Bordel. Zoe avait raison de se montrer aussi prudente.

– Dominic Silvagni ? lança le flic.

– Lui-même.

Comment connaissait-il mon nom ?

– Suis-nous. Nous aimerions te poser quelques questions.

– Je crois que vous vous trompez de personne, fis-je observer.

Je me tournai vers Zoe. C'était elle, la sœur et la complice du tristement célèbre Otto Zolton-Bander.

– Dominic Silvagni, résident d'Halcyon Grove, né le 17 février 1997 ?

– C'est bien moi, mais...

– Alors tu es celui que nous recherchons, dit le second policier, un homme râblé aux cheveux bruns. Allez, en route.

– Tu es mineur, Dom ! cria Zoe. Ils n'ont pas le droit de t'interroger en l'absence d'un représentant légal.

– Ne t'inquiète pas, lui dis-je. Je n'ai rien à me reprocher. On reste en contact, d'accord ?

Les flics m'escortèrent jusqu'à leur véhicule garé devant l'entrée du parc zoologique.

– Où m'emmenez-vous ? demandai-je, lorsqu'ils m'eurent installé sur la banquette arrière.

– Tu verras bien, dit le blond.

Dix minutes plus tard, la voiture s'immobilisa sur le parking d'un bâtiment moderne et anonyme. Je reçus l'ordre de descendre. Je suivis les policiers jusqu'à une porte de service. Nous la franchîmes, parcourûmes un long couloir puis entrâmes dans une salle aux murs nus meublée d'un bureau métallique et de quelques chaises.

– Assieds-toi, ordonna le brun.

Bon sang, qui étaient ces types ? Nous n'avions pas croisé âme qui vive, ni sur le parking, ni dans le couloir. Rien ne prouvait que je me trouvais dans un bâtiment gouvernemental.

– Pourrais-je jeter un coup d'œil à vos plaques d'identification ? demandai-je.

Le blond glissa une main dans sa poche, en sortit un étui de cuir, l'ouvrit puis le promena devant mon visage. Le badge semblait authentique : un kangourou et un émeu encadrant un blason, ainsi que les mots *Police fédérale australienne*.

– OK, dis-je.

Même s'il s'agissait d'un faux, même si ces deux types jouaient les agents fédéraux, j'étais impatient de savoir ce qu'ils attendaient de moi.

– Dominic, nous sommes ici pour parler d'Otto Zolton-Bander, commença le petit brun.

– D'accord, dis-je, estimant qu'il était inutile de prétendre ne rien savoir à son sujet.

– D'après ce que nous savons, Tristan Jazy et toi avez visité sa planque.

– Possible, répondis-je.

Comment pouvaient-ils être au courant? Surveillaient-ils Hound de Villiers, qui leur avait grillé la politesse en capturant Otto ? Je n'y comprenais strictement plus rien. J'avais l'impression très nette d'avoir perdu pied.

– Puis il y a eu cet accident. Pourrais-tu nous en expliquer les circonstances.

– Prends ton temps, dit son collègue.

Je n'avais pas seulement perdu pied. J'étais en train de me noyer.

Je m'efforçai de remettre de l'ordre dans mes souvenirs.

Je survole la route en hélicoptère avec Cameron Jamison.

Je cours vers l'épave.

Je me baisse pour regarder par la fenêtre brisée.

Je repousse l'airbag dégonflé.

Je reconnais Tristan.

« Deviens ce que tu es », murmure-t-il.

Je retourne à l'hélicoptère.

Je retrouve Cameron, mobile vissé à l'oreille.

« Ce n'est pas le Zolt, dis-je, c'est Tristan. »

« Son père est déjà en route », répond-il.

Oh, il n'avait pas manifesté la moindre surprise. À l'évidence, contrairement à tous les invités de Jazy, il savait depuis le début de l'incident qu'Otto n'avait pas piqué la bagnole. Mais pourquoi ?

Il n'y avait qu'une réponse à cette question. Il savait que le Zolt *n'avait pas pu* piquer la Maserati. Il savait où il se trouvait, pour la bonne et simple raison qu'il l'avait enlevé et le retenait prisonnier.

– Dominic ? dit le flic brun. Tu as perdu ta langue ?

Je me rappelai ce qu'avait dit Zoe : ils n'avaient pas le droit de m'interroger en l'absence d'un représentant légal. Cependant, mes parents étaient les dernières personnes que je souhaitais avoir à mes côtés en ces instants cauchemardesques.

– Je ne devrais pas me trouver ici, dis-je. Je veux parler à mon avocat.

Les deux policiers échangèrent un regard interdit.

– Tu ne crois pas qu'il vaudrait mieux laisser les avocats en dehors de tout ça ? soupira le blond. Nous souhaitons juste obtenir ton témoignage. Tu n'es pas inculpé. Tu n'as aucune raison de t'affoler.

– Je veux parler à mon avocat, répétai-je.

Le flic brun haussa les épaules.

– Comme tu voudras.

Le problème, c'est que je n'avais pas d'avocat.

Je fis défiler le répertoire de mon iPhone à la recherche d'un contact lié de près ou de loin à cette profession. La mère de Jeremy Gallard était conseillère juridique, mais ce dernier s'était fait pincer à deux reprises en train de piquer de la bouffe à la cantine, et il était privé de téléphone mobile jusqu'à nouvel ordre. Non, vraiment, je pouvais oublier cette histoire d'avocat.

Mais rien ne m'empêchait de laisser croire aux flics que j'avais un ténor du barreau dans la poche. Ainsi, peut-être se décideraient-ils à me foutre la paix.

Je composai le numéro de Gus. Aussitôt, le policier brun quitta la pièce.

– Dom ?

– Maître Giuseppe ? dis-je. Dominic Silvagni à l'appareil.

– Dom, qu'est-ce que tu racontes ?

– C'est exact, maître Giuseppe, poursuivis-je.

Mais la communication fut interrompue.

J'étais sur le point de renouveler mon appel quand le flic blond dit :

– On ne peut pas te retenir, Dominic. Si tu veux t'en aller, libre à toi. Je regrette simplement que tu aies refusé de coopérer.

– Sans blague ? Je peux partir ?

Le policier brun regagna la salle d'interrogatoire. Était-ce un effet de mon imagination, ou venait-il d'adresser un clin d'œil discret à son collègue ?

– Nous allons te reconduire au zoo, si tu le souhaites, dit-il.

– Vous ne pouvez pas me ramener directement chez moi ?

– Comme tu voudras.

Lorsque nous rejoignîmes le parking, je constatai que le vent s'était levé et que des nuages noirs s'accumulaient au-dessus de l'océan. Les flics me déposèrent devant le poste de sécurité d'Halcyon Grove.

Tandis que je marchais vers la villa de mes parents, mon iPhone émit un signal sonore.

C'était un SMS de Zoe : *Tout va bien ?*

Alors que je m'apprêtais à répondre, un autre son d'alerte se fit entendre, différent du précédent. Le message d'alerte occupait tout l'écran.

Attention : une station relais non autorisée tente d'accéder à votre appareil. Accepter/Rejeter ?

C'était une fenêtre de notification générée par le programme antipiratage installé par Miranda.

Mais oui, bien sûr. Le flic brun avait quitté la pièce au moment où je téléphonais à Gus. Il avait sans doute activé un dispositif permettant d'identifier mon signal, de le dériver vers un IMSI-catcher puis de surveiller mes communications.

Comment osaient-ils ?

J'étais sur le point de sélectionner l'option *Rejeter*, mais je me ravisai. Après tout, je pouvais bien les laisser m'espionner pendant quelques jours. Ils ne tarderaient pas à être convaincus que je n'avais rien à me reprocher, et ils me foutraient la paix.

Je cliquai sur *Accepter*.

De retour dans ma chambre, j'allumai mon ordinateur et créai un nouveau profil Facebook sous le pseudo TechnicolorBabouin auquel j'associai une photo de singe trouvée sur Google. Enfin, j'accédai à la fanpage du Zolt et postai un commentaire à la suite d'un interminable fil de discussion ouvert quelques heures plus tôt.

Zolt, ego énorme !

Aussitôt, plusieurs internautes réagirent par diverses insultes. Je patientai une demi-heure sans que Zoe se manifeste puis, tombant de sommeil, je me décidai enfin à me mettre au lit.

À mon réveil, je trouvai un post de Hera.

Oh, tu insultes !

J'écrivis le message suivant, sans me soucier de lui donner le moindre sens.

Je proteste ! Sale corrida, infâmes salauds, ketchup, spaghetti. Amie, dresse notre autel. Ensemble, Kalachnikov et commando, tout, tout obéira.

OK, il n'y avait pas de quoi remporter un concours de poésie, mais Zoe réagit une dizaine de minutes plus tard.

Vilain pabo ! Youpi, bravo, nous irons nager. Bingo ! Ultimes bisous !

Puis, en quelques messages, nous convînmes d'un rendez-vous…

■■■

Je trouvai Gus en train de lire un magazine devant sa maison, assis sur un pliant.

– Ils organisent une course de demi-fond ouverte à tous, à Reverie Island, samedi prochain, annonçai-je. Tu pourrais m'y conduire ?

Bien entendu, il était opposé à ce projet. Il avança un millier de raisons, dont certaines n'étaient pas totalement dénuées de fondement.

– Très bien, grognai-je. Si tu ne veux pas m'accompagner, je ferai de l'auto-stop. Reste à espérer que je ne tomberai pas sur un tueur psychotique.

Gus observa quelques secondes de silence, puis lâcha un soupir résigné.

– Nous partirons samedi matin à 6 heures.

– Que ferais-je sans toi, Gus ? dis-je en souriant.

Samedi

24. CIRCUIT PRO

Pour un homme qui avait passé sa vie à se battre contre le chronomètre, à pousser ses élèves à courir toujours plus vite, Gus conduisait avec une lenteur exaspérante. Même la musique diffusée par le vieil autoradio – du delta blues datant de la préhistoire – se traînait misérablement.

Durant le trajet, nous n'abordâmes qu'un seul sujet : la course de Reverie Island. Gus m'avertit que je serais en compétition avec des professionnels, des types fauchés qui participaient à des épreuves aux quatre coins de l'Australie dans l'espoir d'emporter les maigres primes offertes par les organisateurs. Selon lui, ils étaient prêts à tout pour gagner, y compris à employer les méthodes les plus déloyales. Pour illustrer son propos, il me raconta plusieurs anecdotes croustillantes.

Nous débarquâmes du ferry une heure avant le départ de la course. La rue principale de Port

Reverie avait été fermée à la circulation. Des barrières ornées de guirlandes et de fanions multicolores étaient installées de part et d'autre de la chaussée. En me dirigeant vers la tente où était dressée la table d'inscription, je sentis mon ventre se serrer et mon rythme cardiaque s'accélérer légèrement. Même si cette épreuve n'était qu'un prétexte pour me rendre sur l'île, j'étais à la fois impatient et anxieux de me mesurer pour la première fois à des professionnels.

– On se retrouve près de la ligne de départ.

– Entendu, répondit Gus.

Gus avait rapidement plié devant mon insistance à me rendre à Reverie Island. En vérité, il savait que cette escapade avait un lien avec La Dette, mais les clauses du *Pagherò Cambiaro* nous interdisaient d'évoquer ma mission.

Après avoir remis mon formulaire d'inscription, je courus jusqu'à l'établissement où j'avais bu un cappuccino avec Cameron Jamison.

Je n'y trouvai que trois clients : deux amoureux qui roucoulaient au comptoir, et une fille au look débraillé attablée dans un coin de la salle. Ses vêtements étaient crasseux. Ses cheveux en bataille lui masquaient la moitié du visage.

Je commandai un zoltoccino, m'assis dans un coin et patientai en jouant avec mon iPhone.

Zoe avait déjà cinq minutes de retard. Or, notre plan reposait sur un timing précis. Au bout d'un quart d'heure, je commençai à regretter de lui avoir accordé ma confiance.

La hippie quitta sa chaise et se traîna vers ma table. Voulait-elle me taper du fric ? Me vendre de la drogue ? Je repoussai ma chaise et m'apprêtais à quitter le café lorsqu'elle déclara :

– Ça va, Dom ?

Comment cette hippie connaissait-elle mon nom ?

– Eh, je t'ai bien eu, sourit Zoe Zolton-Bander.

– La vache, tu es méconnaissable, dis-je en me rasseyant. Alors, tu les as ?

Elle hocha la tête, glissa une main dans sa poche et en sortit cinq cartes SIM provenant de quatre opérateurs différents.

– Au boulot, dit-elle.

Nous passâmes une demi-heure à installer et désinstaller les cartes dans le mobile de Zoe, de façon à envoyer des messages bidons sur mon numéro personnel. Lorsque nous eûmes achevé l'opération, je replaçai ma SIM dans mon iPhone.

– Tu es certain qu'ils surveillent tes SMS ? demanda-t-elle.

J'ouvris l'application installée par Miranda.

Attention : une station relais non autorisée tente d'accéder à votre appareil.

– Absolument, répondis-je.

Je composai un message que j'adressai aux numéros correspondant aux cinq cartes SIM : *Première réunion de la société des hackers aujourd'hui à 4 h @ 242 Esplanade Road, Reverie Island.*

Après avoir passé une dernière fois notre plan en revue, je confiai mon sac à dos à Zoe puis quittai le café, un quart d'heure avant le début de la course. Je fendis la foule dense qui se pressait derrière les barrières le long de la rue principale, me présentai à la table d'appel puis rejoignis les participants rassemblés derrière la ligne de départ.

Gus, installé au premier rang des spectateurs, me fit signe d'approcher.

– Considère cette compétition comme une simple course d'entraînement, me dit-il. Tu n'es pas là pour la gagne.

– Mais si j'arrive à faire jeu égal avec les meilleurs ?

– Écoute, je connais bien le circuit des courses de charité. Des types pleins aux as mettent quelques billets pour attirer les participants, mais les coureurs pros qui se disputent ces primes ne roulent pas sur l'or. Ils sont prêts aux pires coups bas pour l'emporter. Ne te frotte pas à eux, Dom. Ce sont des tueurs. Tu n'en sortirais pas indemne.

Dès qu'il eut terminé sa tirade, une annonce jaillit des haut-parleurs.

– Mesdames et messieurs, nous vous informons que Mr Cameron Jamison a décidé de doubler la prime initiale. Nos compétiteurs concourront aujourd'hui pour la somme de deux mille dollars.

J'aperçus Jamison, qui observait les participants depuis une petite estrade dressée en retrait du public. Nos regards se rencontrèrent. Un sourire narquois flottait sur son visage.

– Ce sont des tueurs, répéta Gus.

Lorsque je rejoignis la ligne de départ, je jetai un œil neuf sur mes adversaires : avec leur silhouette émaciée et leur regard farouche, ils me faisaient penser à des chiens errants prêts à fondre sur le plus faible de la meute.

– À vos marques ! lança le starter. Prêts ! Partez !

Nous nous élançâmes dans la rue principale sous les acclamations de la foule.

Aussitôt, mes adversaires jouèrent des coudes pour se porter en tête de la course. Je les laissai prendre quelques mètres d'avance avant de me décaler sur le côté de la chaussée.

Ce n'est qu'une balade d'un mile. Je n'ai qu'à profiter du paysage. Pas question de me frotter à ces tarés.

Lorsque nous atteignîmes la pancarte indiquant que nous nous trouvions à cinq cents mètres de l'arrivée, un groupe de cinq coureurs se détacha du peloton. Malgré mes bonnes résolutions, malgré les avertissements de Gus, j'accélérai et me calai dans leur sillage.

L'un des hommes de tête tourna la tête dans ma direction et me lança un regard noir.

– Garde tes distances, merdeux, gronda-t-il.

Je ralentis légèrement la cadence, et un coureur se porta à ma hauteur. Il ne ressemblait pas à mes autres adversaires. Il était grand, mince, tout en tendons. Son visage était avenant. Il n'avait rien d'un chien errant.

– Tu sais combien il reste ? demanda-t-il.

– Environ quatre cents mètres, je pense.

– Merci, dit-il avant de produire son effort et de se porter au contact des échappés.

Sa foulée était simple et fluide, sa force d'accélération impressionnante. À mes yeux, il était un possible vainqueur, mais à l'instant où il s'apprêtait à prendre la tête, l'un de ses adversaires directs laissa traîner un pied sur sa trajectoire.

Il bascula en avant, heurta violemment la chaussée, roula sur lui-même puis termina à plat ventre.

– Rien de cassé ? demandai-je en ralentissant à sa hauteur.

– Ça va, dit-il. Méfie-toi de ces salauds, gamin. Si tu comptes aller les chercher, je te conseille de passer au large.

Je levai les yeux. Le groupe de tête avait pris une confortable avance.

Ce n'est qu'une course d'entraînement.

Un simple prétexte pour me trouver sur cette île.

J'avais beau me répéter ces arguments, quelque chose en moi brûlait d'en découdre, de montrer ce que j'avais dans les jambes. Malgré moi, mon cerveau passa en pilotage automatique.

Je mis la gomme et repris progressivement du terrain sur les échappés. Par chance, ils étaient demeurés groupés et se disputaient les positions stratégiques à coups de coude et d'épaule. Cette compétition ressemblait davantage à un match de catch mobile qu'à une course de demi-fond.

Après avoir décrit une large boucle, nous abordâmes l'ultime courbe menant à la rue principale. Je me tenais en embuscade, à deux mètres derrière les hommes de tête. Lorsqu'ils aperçurent la ligne d'arrivée, ils placèrent leur accélération avec une parfaite simultanéité.

Je m'attendais à un tel démarrage. J'accélérai à mon tour, tout en me déportant sur la gauche. Aussitôt, quatre concurrents se mirent à boire la tasse. À cinquante mètres du but, nous n'étions plus que deux à pouvoir l'emporter : moi et le salaud qui m'avait traité de merdeux quelques minutes plus tôt.

Vingt mètres. Je tournai la tête et vis mon adversaire grimacer. Sa respiration était hachée. Sa tête ballait violemment de gauche à droite.

Quant à moi, sans blague, je me sentais en pleine forme.

Je pensai aux deux mille dollars. À ce que représentait cette somme pour les fauchés du circuit pro. Je ralentis et laissai mon adversaire me rattraper, mais lorsque je sentis la ligne d'arrivée à ma portée, un second souffle, un sentiment de puissance, de fierté, de je ne sais quoi, me précipita vers la victoire.

Dès que je l'eus emporté, mon rival vint à ma rencontre.

– Bien joué, dit-il, tout sourire.

Puis il se pencha à mon oreille et ajouta :

– T'es mort, merdeux.

– Je ne veux pas de cet argent, répliquai-je. Je vous le laisse.

– Garde-le, ton putain de fric.

Gus boita dans ma direction.

– Tu n'as pas écouté ce que je t'ai dit ?

– Eh, j'ai gagné la course. Quel est le problème ?

– D'accord. J'ai pissé dans un violon, si je comprends bien.

Je jetai un coup d'œil à ma montre.

– Il faut que j'y aille.

– Fais ce que tu as à faire, maugréa-t-il. Où veux-tu qu'on se retrouve ?

J'aurais tellement voulu m'en remettre à Gus, qu'il me prenne sous son aile... Mais j'avais une mission à remplir. Je devais capturer le Zolt, et ne pouvais en parler à personne.

– Ne t'embête pas pour moi, dis-je. Je m'arrangerai pour retourner à Gold Coast pas mes propres moyens.

Gus ouvrit la bouche, mais aucun son n'en sortit.

– Tu peux récupérer ma prime ? J'ai précisé que tu étais mon entraîneur et mon grand-père, lorsque je me suis inscrit.

Il me lança un regard noir. Eh ! Étais-je censé cracher sur deux mille dollars sous prétexte que mes parents roulaient sur l'or ? Les laisser à un type qui m'avait insulté publiquement ? Pour ma part, je devais trois cents dollars à mon escroc de frère, sans compter les intérêts.

Samedi

25. SABORDAGE

Comme prévu, je retrouvai Zoe devant la boutique de souvenirs où Imogen avait fait le plein de cartes postales. Au moment où elle me remettait mon sac à dos, une voiture aux chromes étincelants ralentit à notre hauteur.

Je reconnus aussitôt le conducteur. C'était l'homme aux bras tatoués et aux longs cheveux gras qui avait tenté de me soutirer de l'argent lorsque je cherchais à rencontrer Mrs Zolton-Bander.

Un peu inquiet, je me tournai vers Zoe.

– Monte, dit-elle. C'est notre taxi.

– Tu es sûre qu'on peut lui faire confiance ?

– Tout va bien. C'est mon oncle Doug. Il a accepté de nous filer un coup de main.

Bien que cette information ne soit pas de nature à me rassurer, je me glissai à l'arrière du véhicule. Zoe prit place à mes côtés.

– Faites gaffe à ne pas dégueulasser la banquette, grogna Doug avant d'écraser la pédale d'accélérateur.

Sa conduite était radicalement différente de celle de Gus. Il *pilotait* à la manière des pros, naviguant de file en file au mépris du code de la route, maîtrisait la technique complexe du double débrayage et boxait littéralement le levier à chaque changement de vitesse.

Après avoir traversé l'île du sud au nord pied au plancher, il pila devant le portail de la propriété des Jazy. Nous débarquâmes sans nous faire prier. Il jeta un regard soupçonneux sur la banquette arrière puis reprit la route.

– Il connaît nos projets ? demandai-je à Zoe.

– Non, je ne lui ai rien dit.

– Et il n'a pas posé de questions ?

– Chacun mène ses petites affaires, dans la famille. Nous sommes du genre discret.

Je composai le code d'accès du portail. Nous nous glissâmes dans la propriété puis courûmes jusqu'au ponton.

Je trouvai la clé du hors-bord à sa place habituelle, entre les sièges avant. Les moteurs démarrèrent dès ma première tentative. Zoe détacha l'amarre. Je manipulai le levier de vitesse et enfonçai la pédale d'accélérateur. Aussitôt, l'embarcation bondit en avant et la proue heurta violemment la jetée.

– Qu'est-ce que tu fous ? demanda Zoe qui avait roulé sur le pont. Tu m'avais dit que tu savais le piloter !

– J'avoue que je manque peut-être un peu d'expérience, bredouillai-je en modifiant la position du levier.

Je lançai prudemment les gaz. Le bateau se déplaça lentement vers l'arrière.

Lorsque nous nous trouvâmes à une dizaine de mètres de la jetée, je passai la première et mis le cap sur la villa de Cameron Jamison.

J'avais attentivement observé la façon dont Tristan manœuvrait le hors-bord, lors de notre escapade à Gunbolt Bay. À mes yeux, il n'y avait pas plus simple : aucune signalisation à respecter, aucun trafic, rien qu'une très large autoroute dépourvue du moindre obstacle.

Mais depuis que j'avais pris les commandes, l'exercice me semblait singulièrement plus délicat. Les moteurs, d'une puissance inouïe, réagissaient brutalement à la moindre sollicitation. En outre, la mer n'était pas aussi calme que le jour où nous avions visité la planque du Zolt. Le bateau rebondissait de vague en vague de façon imprévisible, soulevant des gerbes d'eau salée qui nous fouettaient le visage.

Au passage d'un cap, nous découvrîmes la villa et la plage privée de Jamison. Je réduisis le régime des moteurs. Zoe sortit une paire de jumelles de son sac.

– Je ne vois qu'un hors-bord amarré au ponton, dit-elle en me passant les jumelles. Pour le reste, aucun signe d'activité.

J'effectuai une manœuvre en marche arrière afin de positionner notre embarcation à l'abri d'un éperon rocheux, puis je jetai l'ancre.

– Tu comptes y aller à la nage ? s'étonna Zoe.

– Si on s'approche davantage, on risque de se faire repérer, répondis-je en ôtant mon T-shirt.

Je vérifiai le contenu de mon sac – une paire de pinces, un bouchon en caoutchouc attaché à une solide cordelette de nylon –, puis en serrai les sangles autour de mes épaules. Enfin, j'enjambai le bastingage et sautai à l'eau.

■ ■ ■

Vingt minutes plus tard, lorsque je remontai à bord, le vent avait faibli. La mer était calme. Rien ne bougeait sur le rivage. Le paysage ressemblait à un décor, à la toile de fond d'un théâtre.

– Un problème ? demanda Zoe.

– Non, tout est en place.

Zoe jeta un œil à son mobile.

– 16 h 02, dit-elle. Et toujours personne. Tu ne trouves pas ça bizarre ?

Notre plan était à la merci d'innombrables impondérables. Tant de choses pouvaient mal tourner. L'inquiétude de Zoe était parfaitement légitime.

Nous patientâmes près d'un quart d'heure sans prononcer un mot.

– C'est foutu, soupira-t-elle. Tu t'es cassé pour rien, mon pauvre. Allez, on se tire.

– Encore quelques minutes, dis-je. Il est logique que la police n'intervienne pas à l'heure pile. Ils ne veulent pas manquer les retardataires.

Zoe leva les yeux au ciel.

– Dom, sois réaliste. Tu vois bien que…

– Chut !

– Quoi ? Qu'est-ce que…

– Silence, je te dis.

Zoe se tut.

– Tu as entendu ? chuchotai-je.

En tendant l'oreille, nous perçûmes des crissements de pneus, des claquements de portières, des cris lointains. Comme nous l'espérions, un détachement de police avait investi Esplanade Road, de l'autre côté de la maison, l'endroit où, selon les faux SMS que nous avions échangés, les hackers de l'île s'étaient donné rendez-vous.

Zoe chaussa les jumelles.

– Excellent ! s'exclama-t-elle.

Les occupants de la villa avaient mordu à l'hameçon. Trois individus venaient de quitter le bâtiment en empruntant la porte donnant sur la plage. L'un d'eux, pieds nus, dépassait les deux autres d'une tête. Ils se dirigèrent vers le ponton et embarquèrent à bord du bateau de Jamison. Mon plan avait parfaitement fonctionné : l'arrivée des policiers les avait forcés à évacuer les lieux.

– C'est ton frère, le grand ?

Zoe hocha la tête.

– Je crois qu'ils pointent une arme sur lui, dis-je.

– Je les connais, annonça Zoe. Ce sont les frères Mattner.

– Et ce ne sont pas des tendres, j'imagine...

– Quand ils étaient au lycée, ils capturaient des serpents et s'amusaient à les décapiter avec les dents.

– Je vois.

Le hors-bord de Jamison quitta la jetée et fila vers le large.

– Phase deux, dis-je.

– Combien de temps ça va prendre ? demanda Zoe.

– Environ cinq minutes, selon mes calculs.

Je relançai les moteurs puis me dirigeai dans la direction des fuyards en prenant soin de garder mes distances.

– Je parie que les frères Mattner sont un peu pyromanes sur les bords, dis-je.

– Comment le sais-tu ?

– C'est un loisir typique des psychopathes.

Pyromanie, cruauté envers les animaux : tous les symptômes étaient réunis. Ces cinglés manquaient totalement d'empathie et n'éprouvaient aucun remords. Ils n'hésiteraient pas une seconde à nous liquider.

– Ça marche, dit Zoe. La ligne de flottaison a disparu sous la surface.

Je lui empruntai ses jumelles. Elle avait vu juste. Le bateau des frères Mattner prenait l'eau. Dans quelques minutes, il allait terminer au fond de l'océan.

Un peu plus tôt, après avoir rejoint le ponton, j'avais remplacé le bouchon de drain par un morceau de caoutchouc que j'avais attaché à un pilotis à l'aide d'une cordelette. Dès que le hors-bord avait pris la mer, le câble s'était tendu puis le dispositif avait sauté, provoquant une importante voie d'eau.

– On ne devrait pas se rapprocher ? demanda Zoe.

– Pas tant qu'ils peuvent nous tirer dessus, répondis-je. On n'est jamais trop prudents avec les psychopathes.

Bientôt, la proue s'enfonça, les moteurs hoquetèrent puis le bateau tout entier disparut sous la surface, laissant ses passagers patauger lamentablement.

Leurs armes ayant été immergées, les frères Mattner n'étaient plus en mesure de nous prendre pour cible. Lorsque nous nous fûmes approchés, je remarquai qu'ils avaient enfilé des brassières de sauvetage, laissant leur prisonnier se maintenir à flot par ses propres moyens.

– Otto ! cria ma complice.

– Zoe ? C'est toi ?

C'était la première fois que j'entendais la voix du Zolt.

Sachant qu'il mesurait près de deux mètres et qu'il était le criminel le plus célèbre d'Australie, je m'étais toujours figuré un timbre grave et viril propre à terroriser les honnêtes citoyens. Mais sa voix était étonnamment haut perchée, semblable à celle du personnage secondaire d'un dessin animé de Walt Disney.

– Tu vas bien ? demanda Zoe.

– Un peu humide, couina Otto.

– Cool. On va te tirer de là.

– Mais je ne veux pas d'eux dans notre bateau, criai-je en désignant les frères Mattner.

Aussitôt, Otto plongea sous la surface. Une minute s'écoula sans qu'il réapparaisse.

– Il sait ce qu'il fait, j'espère, m'inquiétai-je.

– T'inquiète, me rassura Zoe. C'est un excellent nageur.

Le Zolt refit surface à bâbord. Nous l'aidâmes à se hisser à bord. J'éprouvais un sentiment irréel : celui que je n'avais vu que sur Internet, sur des avis de recherche et sur Fox News se tenait devant moi, en chair, en os et en 3D.

Les Zolton-Bander s'enlacèrent. Je songeai à mon frère, qui préférait le fric aux gestes d'affection, et éprouvai un léger sentiment de jalousie. Zoe se tourna dans ma direction.

– Merci, murmura-t-elle, la gorge serrée par l'émotion.

Je mis cap à l'est.

– Eh, ne nous laissez pas ici ! hurla l'un des frères Mattner.

– À l'aide ! s'étrangla l'autre.

L'espace d'une seconde, j'envisageai de leur porter secours.

Puis je me ravisai. Certes, ils nageaient comme des fers à repasser, mais ils disposaient de gilets de survie, et la température de l'eau était amplement supportable. Otto et Zoe adressèrent un doigt d'honneur aux deux naufragés lorsque nous passâmes à leur hauteur.

Tandis que nous filions vers la propriété des Jazy, Otto et Zoe discutaient à voix basse, assis à la poupe du hors-bord. En rassemblant les rares paroles intelligibles qui parvenaient à mes oreilles, je compris que le Zolt n'était pas prêt à se rendre à la police.

– Mais les Mattner te tueront ! plaida Zoe.

Otto répondit par une longue tirade dont je ne compris que les derniers mots :

– ... vivre vite et mourir jeune.

Bouleversée, Zoe se jeta à son cou et éclata en sanglots. Je vis le Zolt pâlir. Ils poursuivirent leur conciliabule pendant quelques minutes, puis Zoe se déplaça jusqu'au poste de pilotage.

– Otto a accepté d'être livré, mais pas aux flics locaux, dit-elle.

Je me tournai vers le Zolt. Il me dévisagea avec gravité, comme s'il essayait de lire dans mes pensées.

– Si je me rends, je veux que nous partagions la prime.

– Et au nom de quoi ? m'étranglai-je.

– C'est la moindre des choses, vu que je t'ai facilité la tâche.

Pardon ? Facilité la tâche ?

Je songeai à Tristan sur son lit d'hôpital. À sa main glacée. Aux coups de feu que nous avions essuyés. À Imogen, qui ne m'adressait plus la parole.

– C'est hors de question, dis-je.

De nouveau, Otto me jaugea.

Il devinait sans doute que je n'étais pas armé. Il lui suffisait de sauter par-dessus bord et de rejoindre le rivage. Je ne pourrais rien faire pour l'en empêcher.

– C'est ta sœur qui devrait empocher la récompense, dis-je.

Otto se tourna vers Zoe.

– Tu es certaine qu'on peut lui faire confiance ? demanda-t-il.

– Je n'ai confiance en personne, répondit-elle. Mais si tu veux savoir si je crois qu'il partagera l'argent, alors oui, j'en suis convaincue.

– Bon, comment on procède ? demandai-je.

– Quand on sera à terre, il faudra qu'on se procure une bagnole, répondit Otto.

Dès que nous eûmes débarqué, nous courûmes jusqu'au garage de Mr Jazy et ôtâmes la bâche qui protégeait sa Mercedes.

– Tu peux la faire démarrer ? demandai-je, tandis que le Zolt enfilait une paire de bottes en caoutchouc trouvée près de la porte communiquant avec l'habitation. Les clés sont dans la villa, mais je suppose que l'alarme doit être branchée.

– Ne te fatigue pas, dit le Zolt. C'est un modèle de collection, un vieux machin sans protection électronique.

Il dénicha un morceau de fil de fer sur l'établi qui occupait un angle du garage, façonna un crochet et le glissa entre la vitre et la portière conducteur. Étant venu à bout de la serrure, il se baissa sous le volant, détacha le couvercle du boîtier électrique et tira deux fils gainés de plastique dont il dénuda les extrémités avec les dents. Dès qu'il les mit en contact, le moteur démarra. L'opération n'avait pas duré plus de quatre minutes.

– On se tire, lança-t-il avant de se glisser derrière le volant et de reculer son siège d'une trentaine de centimètres.

Je m'installai à ses côtés. Zoe prit place sur la banquette arrière.

Otto remonta l'allée menant au portail. Je descendis de la Mercedes pour composer le code puis me rassis à la place du mort. Le panneau de métal coulissa lentement... révélant un Hummer stationné en travers de la chaussée.

Hound de Villiers, tout sourire, était campé devant le véhicule, fusil d'assaut en main. Il leva son arme et la braqua en direction du Zolt.

Comment me serais-je comporté si je m'étais trouvé à la place de ce dernier ? Aurais-je pissé dans mon froc ? Probablement. Aurais-je levé les mains en signe de reddition ? Sans aucun doute. Ce qui est certain, c'est que je n'aurais pas réagi comme Otto. Il poussa un hurlement suraigu, écrasa la pédale d'accélérateur et fonça droit sur l'ennemi. Nullement paniqué, Hound ajusta sa visée et pressa la détente.

Zoe hurla à son tour. Le pare-brise vola en éclats. Je plaçai un bras devant mon visage puis, quand les fragments furent retombés en pluie dans la cabine, je me tournai vers le Zolt.

Miraculeusement indemne, il n'avait pas cessé de crier. Son pied était resté collé à l'accélérateur.

Hound, lui, n'avait pas bougé d'un centimètre. Il visa de nouveau, mais n'eut pas le temps de faire feu. Il fit un pas de côté une fraction de seconde avant que le capot de la Mercedes ne percute le flanc du Hummer.

Nullement ébranlé par le choc, Otto passa la marche arrière puis cibla le véhicule ennemi, le chassant sur la partie droite de la route.

Une balle siffla à nos oreilles. Zoe et moi hurlâmes de concert.

Tandis que la Mercedes s'élançait sur la chaussée, je jetai un coup d'œil à la lunette arrière.

Hound de Villiers baissa son arme et prit place à bord du Hummer. À peine eut-il parcouru une dizaine de mètres qu'un panache de fumée s'échappa du capot, le forçant à abandonner la poursuite.

– Il est en rade, dis-je.

– Bon sang, je n'aurais jamais cru qu'il nous tirerait dessus à balles réelles ! dit le Zolt en se débarrassant des éclats de verre qui parsemaient ses cheveux.

Son visage était exsangue.

– Il a vraiment une dent contre toi.

Au loin, une sirène se fit entendre, puis nous croisâmes un véhicule de police qui fonçait vers la villa des Jazy, gyrophare allumé.

– Nous n'arriverons jamais à quitter l'île, dis-je.

Le Zolt sourit.

– Pas en voiture, c'est vrai, mais j'ai une autre solution.

26. CONFRONTATION

Tandis que nous filions vers Port Reverie par les routes intérieures, Otto Zolton-Bander m'expliqua pour quelles raisons et dans quelles conditions il avait été retenu prisonnier. Cameron avait conçu un projet invraisemblable : entretenir et amplifier la légende du Zolt, charger ses complices d'orchestrer de fausses prouesses – comme ce survol très médiatique de la mairie de Gold Coast –, puis les exploiter financièrement au travers du merchandising et de la production d'œuvres littéraires et audiovisuelles. Pour cela, il devait impérativement faire disparaître sa poule aux œufs d'or, la réduire au silence et éviter qu'elle ne soit capturée par les autorités avant que le filon commercial ne soit définitivement épuisé.

– Il t'a fait du mal ? demandai-je.

– L'oncle Cam ? Me faire du mal ?

– Comment ça, l'oncle Cam ?

– Bon, d'accord, ce n'est pas vraiment mon oncle. C'est mon parrain.

– Autrefois, Cameron et notre père étaient associés en affaires, expliqua Zoe.

– Et puis notre vieux est mort, et l'oncle Cam a fait fortune, ajouta Otto.

Toutes ces nouvelles informations s'entrechoquaient dans mon esprit. Je souffrais d'une véritable indigestion cérébrale.

À son tour, Otto me bombarda de questions. Il s'intéressait en particulier à la façon dont j'étais parvenu à remonter sa piste, et à la méthode employée pour saboter le hors-bord de Jamison.

– Excellent, lança-t-il.

J'étais ivre de fierté. Je venais de recevoir les félicitations d'un des criminels les plus célèbres du pays.

– Et tu as fait tout ça pour trente mille dollars ? ajouta-t-il.

Je hochai la tête.

– Trente mille dollars, ça fait un paquet de fric.

– Je ne te crois pas, dit Otto.

– Ma famille ne roule pas sur l'or, tu sais.

Il éclata de rire.

– Mais oui, bien sûr. Tu me prends pour un débile ? Tes fringues de marque te trahissent. Tu portes l'uniforme des gosses de riches qui envahissent cette île lors des vacances scolaires.

Nous franchîmes le pont qui enjambait une large rivière, empruntâmes la route sinueuse menant au sommet d'une colline puis nous garâmes derrière un abri de tôle piquée de rouille. À l'intérieur, on entendait des pigeons roucouler.

– Restez ici, dit Otto en quittant la voiture.

Il disparut derrière la construction. Qu'avait-il en tête ? Mon imagination se mit à galoper. Cachait-il des armes dans ce cabanon ? Allait-il s'en servir pour se soustraire à sa promesse, me refroidir et se lancer dans une nouvelle cavale ?

– L'aérodrome est de l'autre côté, dit-il lorsqu'il rejoignit la Mercedes. Il vaut mieux continuer à pied.

Dès que Zoe et moi fûmes descendus de la voiture, un grondement de moteur se fit entendre. Une seconde plus tard, un véhicule s'immobilisa à notre hauteur.

Je reconnus aussitôt la carrosserie rouge de la Morano de Doug, l'oncle d'Otto et de Zoe. Mrs Bander, cigarette au bec, était assise à ses côtés.

Deux secondes plus tard, la Ferrari de Cameron surgit de nulle part puis se gara devant le hangar dans un nuage de poussière. Trois hommes accompagnaient le milliardaire : les frères Mattner, furieux et trempés jusqu'aux os, et un individu de petite taille portant une casquette rouge.

Doug et Mrs Bander mirent pied à terre. Jamison et ses complices l'imitèrent.

Pendant près d'une minute, ils se dévisagèrent dans un silence absolu. À l'évidence, chacun tentait d'évaluer le rapport de forces.

De notre côté, le compte était vite fait. Doug tenait un vieux fusil de chasse à double canon. L'un des frères Mattner brandissait un AK-47.

Cameron Jamison hocha la tête dans notre direction.

– Shoote-les, lança-t-il à l'inconnu à la casquette rouge.

Eh, qu'est-ce qui ne tournait pas rond chez lui ? Pourquoi voulait-il liquider le Zolt, tuer la poule aux œufs d'or ? Terrorisée, Zoe tomba à genoux. J'étais glacé d'horreur, incapable de contrôler le tremblement de mes mains.

Le complice de Jamison fit deux pas dans ma direction puis brandit une caméra vidéo compacte.

– Pas de panique, sourit le milliardaire. Nous réalisons un documentaire sur le Zolt. Ses fans vont se l'arracher.

Puis il se tourna vers Mrs Bander.

– Comme tu le vois, notre projet suit son cours, dit-il.

– Mais nous n'avons pas encore touché un sou ! répliqua-t-elle. Nous avions pourtant un accord !

À ces mots, je compris de quoi il retournait : Mrs Bander avait livré son propre fils à deux reprises. À Hound de Villiers, puis à Cameron Jamison.

– Maman ! s'écria Zoe. Comment as-tu pu faire une chose pareille ?

– Eh, pas ce petit ton-là avec moi ! gronda Mrs Bander. Tu aurais agi de la même façon, si tu te trouvais dans ma situation. Sale merdeuse ingrate !

– C'est comme ça que tu parles à ta fille ? rugit Otto.

– Où est le fric que vous nous aviez promis ? rugit Doug, en braquant son arme sur le frère Mattner qui tenait le fusil d'assaut.

– Ne pointe pas cette pétoire dans ma direction, espèce de clodo, répliqua ce dernier.

– Comment tu m'as appellé, tête de nœud ? aboya Doug.

Le frère Mattner épaula son AK-47.

– Allons, allons, ne nous emballons pas, dit Cameron Jameson. Tout le monde aura sa part du gâteau. Vous aurez bientôt du cash. Mais vous devriez aussi envisager les choses à long terme. Bientôt, nous tirerons des revenus d'Internet, des vidéos et même des jeux en ligne.

– Je veux mon pognon tout de suite, ajouta Doug en serrant la poignée du fusil de chasse. Nous avions un accord.

– OK, je comprends. Alors, dis-moi, combien te faut-il exactement ?

Le visage de Doug exprimait la cupidité à l'état pur.

– Cinq mille, dit-il. Non, dix mille !

– C'est tout de même une somme... soupira Cameron Jamison.

Doug ne semblait pas réaliser que ces dix mille dollars ne représentaient rien pour l'un des hommes les plus riches d'Australie.

– Rien à foutre ! tempêta-t-il. Donne-moi ce qui me revient !

– Très bien, comme tu voudras. Si tu baisses ce flingue, j'irai chercher mon carnet de chèques dans la bagnole.

L'oncle de Zoe obtempéra. Soudain, une idée un peu folle me traversa l'esprit. Avais-je une chance d'exploiter le différend qui opposait les deux clans à notre avantage ?

– Vous ne voyez pas qu'il cherche à gagner du temps, Doug ? dis-je. Il m'a confié qu'il ne comptait pas respecter votre accord.

– Hein ? Qu'est-ce qu'il a dit, exactement ?

– Qu'un bouseux dans votre genre ne méritait pas de toucher un dollar.

– Un bouseux ? cria-il en pointant son fusil dans ma direction.

– Eh, je ne fais que répéter les mots qu'il a employés, expliquai-je en désignant Jamison.

– Je n'ai jamais dit une chose pareille, répliqua l'intéressé d'une voix parfaitement assurée. Ce gamin essaie juste de pourrir la situation. Ne fais pas attention à lui, Doug. Je vais aller chercher mon chéquier et notre problème sera réglé.

– OK, mais magne-toi.

Zoe, qui lisait clair dans mon jeu, décida d'enfoncer le clou.

– Oncle Doug, je ne voulais pas t'en parler de peur que tu ne te mettes en colère, mais il a dit que ta Monaro était un tas de boue.

Doug réagit au quart de tour.

– CET ENFOIRÉ A TRAITÉ MA BAGNOLE DE TAS DE BOUE ?

– Ouais, je confirme, dit le Zolt. Et pas qu'une fois.

Ivre de rage, Doug se tourna vers Jamison.

– Eh, connard, regarde ce que je fais de ta chiotte de rital ! hurla-t-il avant de caler son fusil contre la hanche et d'enfoncer la détente.

Le pare-brise de la Ferrari vola en éclats. Mattner épaula son AK-47 et le braqua sur la Monaro.

– Non, ne fais pas ça ! cria Cameron Jamison.

Mais il était trop tard. Pas d'empathie, pas de remords, et un cerveau de taille réduite. Le psychopathe lâcha une grêle de balles sur la voiture de collection, la transformant instantanément en passoire.

Blanc comme un linge, Doug fit basculer le double canon de son arme, y glissa deux cartouches neuves, puis cribla le capot de la Ferrari.

L'œil vissé à son caméscope, l'homme à la casquette rouge immortalisa toute la scène.

Je me penchai à l'oreille de Zoe et murmurai :

– Profitons de ce foutoir pour nous tirer d'ici, chuchotai-je.

Elle prit son frère par la main, puis nous reculâmes discrètement jusqu'à la Mercedes. Otto se glissa derrière le volant puis mit les câbles électriques en contact.

– Accrochez-vous, dit-il lorsque nous eûmes pris place dans le véhicule.

Il passa la première et mit la gomme. Convaincu que nous allions essuyer des tirs, je me recroquevillai dans mon fauteuil. Pourtant, nous n'entendîmes aucune détonation. Je jetai un œil à la lunette arrière. Les deux armes étaient braquées sur nous, mais, à l'évidence, il était plus facile de faire un carton sur un pare-brise ou une carrosserie que d'ouvrir le feu sur un véhicule occupé par trois adolescents.

Nous parcourûmes quelques kilomètres à tombeau ouvert, puis Otto se rangea sur le bas-côté.

– Prenons un peu de temps pour réfléchir, dit-il. Zoe, à quelle heure arrive le prochain ferry ?

– De mémoire, à 16 h 47, répondit-elle.

– Merde. Je suis certain qu'on va voir débarquer des renforts de police. Le port et l'aérodrome doivent déjà être placés sous surveillance.

– Pour l'instant, vu les effectifs des flics locaux, il ne doit pas y avoir foule, fit observer Zoe.

– Attends, j'ai une idée... Passe-moi ton téléphone, s'il te plaît.

Otto prit l'appareil et composa le numéro des services d'urgence.

– Ici Jack, de l'agence de location de bateaux, dit-il en baissant artificiellement sa tessiture. Zolton-Bander vient de nous piquer un hors-bord.

J'entendis la voix de son interlocuteur grésiller dans l'écouteur.

– Si si, c'est bien lui, je suis formel. On ne voit que lui à la télé, ces temps-ci. Il n'y a pas d'erreur possible.

Il marqua une pause pour écouter le policier à l'autre bout du fil.

– Mais je vous en prie, c'est la moindre des choses, dit-il. Et j'espère que cette fois, vous finirez par attraper ce petit con.

Sur ces mots, le Zolt mit fin à la communication. Quelques minutes plus tard, un concert de sirènes se fit entendre. Conformément au plan improvisé par Otto, les véhicules de patrouille postés à l'aérodrome fonçaient vers l'agence de location de bateaux, située à l'ouest de l'île.

Je comprenais désormais comment le Zolt avait pu échapper aussi longtemps à la police. Les flics locaux n'étaient peut-être pas aussi stupides que le prétendait Cameron Jamison. Leur proie, en revanche, était diaboliquement intelligente.

Il effectua un large détour de façon à rejoindre l'aérodrome sans être vus par nos ennemis qui, à n'en point douter, devaient continuer à s'entredéchirer à l'endroit où nous les avions abandonnés, véhicules hors service.

Nous fîmes halte à une centaine de mètres d'un hangar d'entretien situé à proximité d'une petite tour de contrôle.

– Tu peux conduire la bagnole ? lança Otto à l'adresse de sa sœur.

– Bien sûr, dit Zoe en haussant les épaules.

À mes yeux, le petit monde de Reverie Island était un univers parallèle, sans aucun lien avec Halcyon Grove, un endroit sauvage où les gamins de douze ans se foutaient royalement du code de la route et conduisaient des véhicules volés.

– Alors, c'est ici que l'on se quitte, petit sœur, dit Otto.

– Je veux venir avec vous.

– Trop risqué, dit-il. Au cas où ça t'aurait échappé, je ne suis pas un as de l'atterrissage.

Il m'adressa un sourire malicieux.

– Quant à mon chasseur de primes, dit-il, à lui de décider s'il souhaite m'accompagner.

Le Zolt avait dérobé quatre avions, et avait raté son atterrissage à quatre reprises. Ce taux d'échec de cent pour cent n'avait rien de très rassurant.

Jusqu'alors, il s'en était sorti indemne, mais la chance finirait tôt ou tard par tourner. Bref, j'avais le choix entre périr dans un crash aérien ou offrir l'une de mes jambes à La Dette.

– Alors, à quel point tiens-tu à cette récompense ? demanda le Zolt.

Zoe secoua la tête.

– N'y va pas, je t'en supplie, murmura-t-elle.

Le Zolt avait piqué quatre avions et les avait tous démolis à l'atterrissage.

En considérant les choses sous un angle positif, il jouissait désormais d'une certaine expérience. Après tout, si sa chance ne tournait pas, peut-être finirait-il par poser proprement son appareil.

Peut-être. Peut-être pas. Mais avais-je vraiment le choix ?

– OK, je viens avec toi.

Samedi

27. BONANZA

Nous patientions depuis près d'une demi-heure dans la pénombre du hangar d'entretien. L'atmosphère empestait l'huile de vidange. Nous avions revêtu des combinaisons frappées du logo Reverie Air Services dénichées dans l'un des casiers réservés aux membres du personnel. Otto portait un bonnet enfoncé jusqu'aux sourcils. Il avait insisté pour que je lui confie mes Asics – plus confortables pour actionner les pédales du palonnier – et m'avait confié ses affreuses bottes en caoutchouc.

J'éprouvais une telle trouille à l'idée de m'envoler avec le Zolt que mes mains tremblaient comme des feuilles. Otto, lui, affichait un calme olympien.

– Mon père m'emmenait souvent ici quand j'étais môme, dit-il. Nous passions la journée à regarder les avions atterrir et décoller. Il pouvait reconnaître un appareil au seul bruit de son moteur. Il était génial, mon père.

Il tendit l'oreille. Un avion effectuait son approche finale.

– Un bimoteur, dit-il. Trop compliqué pour moi.

Quelques minutes plus tard, un autre appareil se posa sur l'unique piste de l'aérodrome. Otto poussa la double porte coulissante de quelques centimètres et jeta un coup d'œil à l'extérieur du hangar.

– Cessna 152, dit-il. Trop fragile pour mon style d'atterrissage.

Le Zolt n'était pas un casse-cou. Manifestement, il avait conscience de ses limites, et ce constat était plutôt rassurant.

– Mon père rêvait que je devienne pilote, dit-il, pour pouvoir embarquer à bord d'un 747 et entendre mon nom dans l'intercom : « Le capitaine Otto Zolton-Bander et son équipage sont heureux de vous accueillir à bord de leur appareil. » Il aurait voulu se pencher vers son voisin et lui dire fièrement : « Nous sommes en de bonnes mains. Mon fils est aux commandes. »

J'étais sur le point de l'interroger sur son père, sur la façon dont il avait perdu la vie, quand un troisième avion se présenta à basse altitude à l'extrémité de la piste.

– Parfait, dit Otto. C'est un Bonanza. Tu es prêt pour quelques sensations fortes, chasseur de primes ?

– Oui, je suis prêt.

– C'est parti !

Lorsqu'il fit coulisser la porte, un flot de lumière orangée inonda l'intérieur du hangar.

Chaque minute passée auprès du Zolt me conduisait à réviser mon jugement le concernant. Lorsque je l'avais rencontré en chair et en os pour la première fois, il m'avait fait l'effet d'un délinquant de base, à la voix ridiculement haut perchée. Désormais, j'admirais sa témérité, l'aplomb invraisemblable avec lequel il marchait tranquillement vers le Bonanza immobilisé en bout de piste. Il était parfaitement crédible, et personne n'aurait pu douter qu'il faisait partie de la société chargée de l'entretien et de la révision des appareils de l'aérodrome.

Deux quinquagénaires descendirent de l'avion. Otto se dirigea vers le pilote.

– Le vol s'est bien déroulé ? demanda-t-il.

– Du velours, répondit l'individu sans même croiser son regard, avant de lui remettre les clés du Bonanza.

Lorsque les deux hommes eurent disparu à l'angle de la tour de contrôle, Otto s'installa derrière le manche à balai.

– En piste, dit-il.

Je marquai une hésitation. Jusqu'alors, je n'avais emprunté que d'imposants avions de ligne. Celui-là me semblait trop petit et trop fragile pour se maintenir dans les airs.

– Je ne voudrais pas t'affoler, déclara le Zolt d'une voix blanche, mais je vois deux 4×4 de la police près du hangar.

Merde. Le ferry de 16 h 47 était arrivé à l'heure, avec son contingent de flics débarqués du continent. Je sautai sur le siège passager. Otto tourna la clé de contact. Le moteur toussota, puis l'hélice se mit à tourner paresseusement.

– Où est le starter sur ce modèle ? demanda-t-il en étudiant le tableau de bord.

Aussitôt, le hurlement des sirènes nous perça les tympans. Nous étions repérés. Les véhicules de patrouille filaient dans notre direction, gyrophares allumés.

– Descendez de cet avion ! lança une voix amplifiée par un porte-voix. Vous vous rendez coupables d'une violation des lois fédérales. Obtempérez immédiatement !

– Ah, le voilà, dit Otto.

Il tourna un bouton, et le moteur s'emballa. La cabine se mit à vibrer, puis l'hélice ne fut plus qu'un disque flou.

Les 4×4 se trouvaient presque à notre hauteur.

Otto relâcha le frein de parking et poussa légèrement la manette des gaz. Il effectua un demi-tour afin d'aligner l'avion dans l'axe de la piste.

– Vous vous rendez coupables d'une violation des lois fédérales, répéta le policier.

Le Zolt poussa la manette à fond, et l'appareil prit rapidement de la vitesse. Lorsqu'il atteignit deux cent quatre-vingts kilomètres heure, Otto tira sur le manche et l'avion prit les airs.

Après environ une minute d'ascension, il réduisit les gaz et positionna le Bonanza à l'horizontale.

– Tu t'en es tiré comme un chef ! m'exclamai-je.

– Le décollage, c'est du gâteau. C'est l'atterrissage que je dois encore travailler.

Après avoir survolé le bras de mer qui séparait l'île du continent, nous obliquâmes au sud en direction de Gold Coast.

La chance finirait bien par tourner, mais je pouvais encore lui donner un petit coup de pouce. Je connaissais bien la ville et ses environs. Si je dénichais un endroit convenable où poser le Bonanza, le Zolt pouvait espérer accomplir son premier atterrissage en douceur.

28. DERNIÈRE SOMMATION

Diffusée par le haut-parleur de la radio de bord, la voix du contrôleur aérien traduisait un état de panique absolue. Cet affolement était parfaitement justifié : à six reprises, nous avions survolé la plage à basse altitude afin de saluer les centaines de supporters qui battaient des bras et clamaient le slogan désormais célèbre : *Vole, Zolt, vole !* À l'évidence, tout le pays savait déjà qu'Otto Zolton-Bander avait une nouvelle fois échappé aux autorités.

– Vous devez vous poser immédiatement ! dit la voix. Déroutez-vous vers le nord en direction de l'aéroport de...

Otto enfonça le bouton *off*.

– Cet abruti va finir par me rendre nerveux, grogna-t-il.

Il prit de l'altitude, inclina l'appareil sur la droite et se dirigea vers l'intérieur des terres. Quatre cents mètres plus bas, je reconnus Coast Grammar, les rues animées de Chevron Heights, puis Halcyon Grove, petit paradis verdoyant ceinturé d'une haute clôture.

– C'est ici que je vis, souris-je en pointant du doigt la villa de mes parents.

– Sérieux ? s'étonna le Zolt. Quand je pense que tu as essayé de me faire croire que tu étais fauché... La vache, ta piscine est carrément immense !

Il observa quelques secondes de silence puis ajouta :

– Tu crois que je pourrais y jeter une pièce, d'ici ?

– Une pièce ?

– Ben oui, c'est censé porter chance, non ? Je crois qu'on va en avoir besoin...

– Non, laisse tomber. On est beaucoup trop haut.

Otto tapota le cadran de la jauge de carburant du plat de l'ongle. L'aiguille tressauta puis revint à sa position initiale, au centre de la zone rouge.

– Dans moins d'un quart d'heure, on sera à sec, soupira-t-il. Il va falloir penser à se poser.

– On oublie les aéroports, j'imagine...

– Évidemment. Tu as une suggestion ?

– Par ici, dis-je en désignant un immense rectangle de verdure sur notre gauche. C'est la réserve d'Ibbotson.

– Et il y a une piste, dans cette jungle ?

– Oui. C'est un aérodrome qui date de la Seconde Guerre mondiale. Les bâtiments sont déglingués, mais la piste est plane et dégagée, à l'exception de quelques touffes d'herbe et de quelques mottes de terre. Je pense que ça fera l'affaire.

– Tu connais ton territoire, chasseur de primes, sourit Otto.

Il effectua un premier passage au-dessus de la réserve, frôlant la cime des arbres et la surface du lac, puis il survola à basse altitude la base aérienne désaffectée.

– Ça m'a l'air correct, dit-il. Maintenant, c'est l'heure de vérité.

Mes mains se remirent à trembler.

– Qu'est-ce que ça a de si compliqué, l'atterrissage ? demandai-je tandis qu'il plaçait le Bonanza dans l'axe de la piste et réduisait la puissance du moteur.

– Trop de paramètres à prendre en compte : vitesse, assiette, angle de descente. Sur Flight Sim, je ne me débrouille pas trop mal, mais dans le monde réel, soit je tape beaucoup trop fort, soit je me pose trop court et je me fous dans le décor. Dans tous les cas, je pète le train d'atterrissage et je démolis l'avion.

À cet instant, nous traversâmes une sévère zone de turbulences. Tandis que le Zolt se bagarrait avec le manche et les pédales du palonnier, j'eus la nette impression que mes organes internes n'avaient plus de position fixe.

Tandis que le sol se rapprochait à vitesse grand V, Otto se mit à marmonner. Sa voix avait dégringolé de deux octaves.

– Réduire les gaz, garder le nez levé. Réduire les gaz, garder le nez levé.

Une image vue sur Internet me revint en mémoire : l'un des appareils volés par le Zolt, amputé d'une aile, la queue en l'air et le nez planté dans la terre. Par quel miracle avait-il pu se tirer vivant de ce désastre ?

La chance va finir par tourner. La chance va finir par tourner. C'est l'atterrissage de trop.

Les roues heurtèrent violemment la piste. Le Bonanza rebondit à trois mètres de hauteur puis pencha dangereusement sur l'aile droite. Mon estomac obstruait ma gorge. Mes poumons avaient glissé au fond de mes bottes en caoutchouc.

Voilà. C'est terminé. La chance a tourné. On est morts, tous les deux.

Otto rétablit fébrilement l'assiette. À nouveau, le train d'atterrissage entra en contact avec le sol. Un nouveau bond, d'à peine un mètre.

– Garder le nez levé, garder le nez levé…

Enfin, je sentis que l'avion roulait sur le sol inégal. Mieux, il ralentissait.

Mes entrailles retrouvèrent leur emplacement initial. Un sentiment d'exaltation me submergea, une émotion qu'il me fallait exprimer sur-le-champ.

– Otto, tu es le meilleur ! hurlai-je à pleins poumons.

– Nom de Dieu, je me suis posé pour de vrai, bredouilla-t-il en étudiant le tableau de bord d'un œil incrédule.

Dès qu'il eut coupé le moteur, nous entendîmes des sirènes dont le volume s'amplifiait à chaque seconde, signe que des véhicules de patrouille fonçaient dans notre direction.

J'aurais pu placer mon rush et courir droit devant moi pour échapper à nos poursuivants, mais je devais encore livrer le Zolt à La Dette. En outre, je me refusais à le laisser seul face aux maniaques de la gâchette de la police de Gold Coast.

À l'instant où nous descendîmes du Bonanza, trois motos pilotées par des hommes gainés de cuir noir jaillirent d'un sentier forestier.

La Dette. Forcément La Dette. Mais comment nous avaient-ils retrouvés ? Comment savaient-ils que nous avions atterri dans cet endroit isolé ?

– Des amis à toi ? demanda Otto, tandis qu'ils ralentissaient à notre approche.

Je haussai les épaules.

Pour la première fois depuis que je l'avais rencontré, son visage trahissait un léger sentiment d'anxiété. Cette expression était celle d'un petit garçon abandonné et trahi.

J'avais capturé le Zolt.

J'avais accompli ce que La Dette exigeait.

– Monte derrière moi, lança l'un des motards à l'adresse d'Otto.

Était-ce le salaud qui avait tué Elliott ?

Otto observait les environs d'un œil nerveux. Il évaluait la situation, cherchait un moyen de fuir.

Une voiture de police apparut à l'angle d'un bâtiment en ruines accolé à la tour de contrôle. Trois véhicules identiques étaient lancés dans son sillage.

Comme moi, Otto comprit qu'il n'y avait pas d'échappatoire.

Il grimpa à l'arrière de la moto.

– Eh, vous n'allez pas me laisser ici ? m'étranglai-je.

Le pilote qui emportait Otto tourna la poignée d'accélérateur et s'élança dans le vaste espace découvert qui entourait la piste. L'un de ses complices l'imita. Ils étaient pressés d'atteindre la lisière de la forêt, là où les voitures de patrouille ne pourraient pas les prendre en chasse.

Je m'adressai au dernier motard demeuré à mes côtés.

– S'il vous plaît, suppliai-je.

– OK, grimpe.

Je montai à l'arrière de la selle sans me faire prier. L'homme relâcha l'embrayage et le bolide se mit en mouvement.

J'étais frappé par sa vitesse et par l'habileté du pilote sur ce terrain accidenté. À quatre cents mètres, droit devant nous, la forêt. Dès que nous aurions rejoint l'un des chemins qui la sillonnaient, les flics ne pourraient plus nous rattraper. Je jetai un coup d'œil en arrière et constatai que l'une des voitures gagnait rapidement du terrain.

– Halte ! fit une voix jaillie du porte-voix. Nous allons ouvrir le feu.

Je ne pouvais pas croire qu'ils puissent tirer sur un garçon de mon âge à balles réelles. Sans doute avaient-ils l'intention d'employer du gaz lacrymogène ou des balles en caoutchouc. Quoi qu'il en soit, le véhicule de patrouille était presque sur nous. Dans le doute, se constituer prisonnier semblait être l'option la plus raisonnable. Mais mon chauffeur ne voyait pas les choses de cette manière.

– Accroche-toi, dit-il.

Je passai les bras autour de son ventre et le serrai solidement.

– Dernière sommation ! hurla le flic.

La voiture se trouvait à notre hauteur, sur notre droite. Le policier qui occupait le siège passager braquait un pistolet automatique dans notre direction sans cesser de brailler dans son micro.

– Je vous donne trois secondes, dit-il. Un... Deux...

À *trois*, le pilote de la moto freina brutalement, laissa la voiture prendre quelques mètres d'avance, puis obliqua à droite. Désormais, le flic qui nous menaçait n'était plus en position d'ouvrir le feu dans notre direction sans atteindre son collègue.

Quelques secondes plus tard, nous atteignîmes la lisière de la forêt, nous engageâmes dans un sentier et disparûmes du champ de vision de nos poursuivants.

Bientôt, nous rattrapâmes la moto qui emportait Otto. La troisième se positionna dans notre sillage, puis nous slalomâmes longuement entre les gommiers.

Soudain, alors que je redoutais qu'Otto, victime de sa grande taille, ne se fracasse le front contre une branche basse, je le vis s'accrocher à l'une d'elles, s'arracher en un clin d'œil à la selle de sa moto, se laisser tomber au sol puis rouler sur le bord du sentier. Mon pilote le dépassa d'une bonne dizaine de mètres avant de pouvoir faire demi-tour.

Le troisième motard fonçait droit vers le Zolt. Ce dernier ramassa un solide morceau de bois, l'empoigna à la manière d'une batte de base-ball et frappa son adversaire en pleine poitrine. Éjecté de son véhicule, l'homme termina sa course dans un taillis.

Otto redressa la moto, l'enfourcha, tourna la poignée d'accélérateur et s'engagea pleins gaz à travers bois.

J'étais sidéré et plus admiratif que jamais. C'était l'acte le plus téméraire auquel j'eusse jamais assisté, une scène qui, dans un studio hollywoodien, aurait exigé plusieurs jours de tournage et l'expertise d'une équipe de cascadeurs professionnels. Puis une question s'imposa dans mon esprit : *Si le Zolt échappe aux hommes de main de La Dette, considéreront-ils que j'ai rempli mon contrat ou aurai-je accompli tout cela en vain ?*

Le motard accidenté se remit péniblement sur pied. Son bras gauche pendait lamentablement le long du corps. Son coude décrivait un angle insolite. Le pilote dont Otto avait trompé la vigilance se lança à sa poursuite.

Mon chauffeur s'immobilisa.

– Descends, ordonna-t-il.

Je ne me le fis pas répéter deux fois.

Le motard au bras cassé prit ma place à l'arrière de la selle.

Lorsque les deux hommes eurent disparu de ma vue, je me mis à courir, malgré mes inconfortables bottes en caoutchouc. À courir comme un dératé, sans me retourner, l'esprit vide et la trouille au ventre.

Dimanche

29. DOMMAGES COLLATÉRAUX

Le lendemain, je me réveillai tard, hanté par une idée terrifiante : *Tu n'as pas accompli ton contrat !*

Lorsque je me fus tiré péniblement hors du lit, on frappa à la porte.

– Oui, qui est-ce ?

Mon père entra dans la chambre. Son visage était grave, ses traits inhabituellement tirés.

– Ton grand-père et moi aimerions te voir, tout à l'heure, annonça-t-il.

– Pour quelle raison ?

Puis je me souvins : si j'avais bouclé ma mission, j'étais condamné à être marqué au fer.

– Alors, j'ai réussi ? demandai-je.

Il hocha la tête.

Mais comment est-il au courant ? Qui l'a informé ?

Cette pensée fut instantanément balayée par un sentiment étrange où se mêlaient soulagement et effroi. L'avenir était sombre. Je pouvais encore espérer conserver ma jambe, mais il me faudrait accomplir cinq contrats et subir le supplice du fer à six reprises.

Pourquoi mon père restait-il planté comme un piquet ? Son visage était figé, inexpressif. Ne méritais-je pas quelques félicitations ? Bon sang, pourquoi ne me prenait-il pas dans ses bras ?

– On se retrouve dans une demi-heure, dit-il.

– On est obligés de le faire aujourd'hui ?

– Oui, Dom.

– Bon, eh bien, si vous tenez absolument à organiser un barbecue...

Mon père m'adressa un sourire bizarre. Une idée absurde me traversa l'esprit : *Eh, mais on dirait que ça ne le traumatise pas plus que ça !* J'étais en train de devenir cinglé. Quel père prendrait plaisir à torturer son fils ?

– OK, papa, je serai à l'heure.

Lorsqu'il eut quitté la chambre, j'allumai la télé et fis défiler les chaînes sans y prêter la moindre attention.

Oui, j'avais rempli le premier contrat.

Mais Tristan était dans le coma.

Et Imogen ne m'adressait plus la parole.

Quant au sort du Zolt, je préférais ne pas y penser.

J'avais le sentiment d'avoir sacrifié trois êtres pour échapper à la menace que La Dette faisait peser sur moi. Quelle expression employaient les journalistes, déjà, lorsqu'ils parlaient de conflits armés ? Ah oui, des dommages collatéraux.

Des victimes innocentes, sans lien avec des objectifs de guerre.

Je m'arrêtai sur Fox News. L'écran était un vrai sapin de Noël. Des bandeaux défilant dans tous les sens. Flash spécial ! Alerte info ! Dernière minute !

Un tsunami ?

Un nouveau 11 septembre ?

Plein cadre, des débris éparpillés dans le désert. Je poussai le volume.

Selon le journaliste, un avion de tourisme volé s'était abîmé au cœur de l'Outback. Selon la police, Otto Zolton-Bander se trouvait à son bord. Un employé d'une mine de nickel avait été témoin du drame. L'appareil avait piqué à la verticale avant d'être pulvérisé au moment de l'impact. Selon lui, il était impossible que le pilote ait survécu à un tel accident.

C'était comme si j'avais reçu un coup de poing à l'estomac.

Et ce coup était infiniment plus douloureux que celui que m'avait porté Tristan.

Terminé, le Zolt. Évaporé, dispersé aux quatre coins du désert. Un dommage collatéral. Au train où allaient les choses, tous ceux qui avaient le malheur de croiser ma route auraient disparu avant que j'aie remboursé La Dette, et la vie ne vaudrait tout simplement plus la peine d'être vécue.

Un visage familier apparut à l'écran. Hound de Villiers, le célèbre enquêteur privé, le seul à avoir passé les menottes à Otto Zolton-Bander, s'exprimait au micro du journaliste.

– Qui vit par l'épée périt par l'épée… dit-il.

Ce visage buriné, ces traits grossiers me collaient la nausée. Ne pouvant en supporter davantage, j'éteignis la télévision.

Il était déjà l'heure de recevoir ma marque.

■■■

Ne faiblis pas.

Le fer incandescent n'était plus qu'à quelques centimètres de ma cuisse. À son extrémité, la lettre P étincelait comme un rubis. Quand mes poils commencèrent à grésiller, malgré moi, je me raidis.

– Pour l'amour de Dieu, tiens-toi tranquille, dit mon père.

De nouveau, cette idée dingue me traversa l'esprit : *Ce salaud est en train de prendre son pied.*

Penché au-dessus de son épaule, Gus pleurait à chaudes larmes.

– Ne rends pas les choses plus difficiles, s'agaça mon père.

À ces mots, mes soupçons s'envolèrent. Nous voulions juste tous les deux en terminer au plus vite.

– OK, lâchai-je sans desserrer les mâchoires.

Je tendis la jambe et fermai les yeux à m'en faire mal.

La chaleur, de plus en plus vive, la morsure du feu, cette souffrance indicible, puis l'odeur écœurante de la chair brûlée.

Une, deux, trois secondes, puis le fer se sépara de ma peau. Alors, j'entendis un grondement lointain. Je dus me concentrer pour dissocier toutes ces sensations – la peur, la douleur, la puanteur – et réaliser que ce son provenait d'un point élevé, au-dessus de la maison de Gus.

– Qu'est-ce que c'est ? bredouillai-je.

– Un abruti de touriste qui vole trop bas, dit Gus.

Un abruti de touriste ?

Je remontai mon short et me ruai vers la porte.

– Reste ici, ordonna mon père.

Mais je quittai le bureau, sourd à la douleur qui irradiait de ma cuisse martyrisée. Je traversai la cuisine, quittai la maison puis boitai sur l'immense pelouse que se partageaient Gus et mes parents. Le son se faisait plus lointain. Je levai les yeux vers le ciel. Rien.

À cet instant, du coin de l'œil, je repérai un objet brillant.

Oh, ce n'est pas possible. Ce serait trop beau.

Je déposai mon iPhone sur une chaise longue puis plongeai dans la piscine. Là, tout au fond, un minuscule disque doré. Je m'en emparai puis remontai à la surface.

J'ouvris la paume de ma main et découvris une pièce d'or de vingt dollars frappée d'un aigle et des mots *United States of America* et *In God We Trust.*

Le rapace semblait se battre pour s'arracher à la surface étincelante.

Je levai la tête. Là-bas, au loin, en direction de l'ouest, j'aperçus un petit avion à l'assiette incertaine qui filait vers le soleil.

Ivre de joie, je suivis sa trajectoire jusqu'à ce qu'il disparaisse à l'horizon.

Non, la chance n'avait pas tourné. Otto Zolton-Bander était toujours en cavale.

Vole, Zolt, vole !

TABLE DES CHAPITRES

BONUS

INÉDIT

UN NOUVEAU MONDE

Lorsque j'eus douze ans, ma mère m'annonça qu'il était temps pour moi de quitter l'école pour entrer au service de Nazzareno.

C'était le propriétaire de l'unique moulin à huile d'olive de San Luca, petite commune calabraise perdue sur les hauteurs de l'Aspromonte, au sud de l'Italie, ce qui faisait de lui l'homme le plus riche des environs. Si un producteur d'olives de la région essayait de vendre sa récolte à un autre moulin, il risquait de gros ennuis, entre autres de perdre la vie dans des circonstances inexpliquées. À San Luca, tout le monde savait que Nazzareno était lié à la 'Ndrangheta, une organisation criminelle. Et personne ne plaisantait avec cela.

Je m'étais plié à l'ordre de ma mère sans discuter. J'avais toujours su que je devrais commencer à travailler dès que je serais en âge de le faire, afin de l'aider à assurer les revenus du foyer.

Mon dernier jour d'école fut le plus triste de ma vie. Je ne pus pas m'empêcher de pleurer un peu, ce qui ne manqua pas de faire rire tous mes camarades de classe. Avant mon départ, la signora Trimarchi, l'institutrice, me fit venir à son bureau :

– Dominic Corona, j'ai quelque chose pour vous.

Elle me remit un exemplaire de *La Divine Comédie* de Dante entre les mains, avant de me souhaiter bonne chance. Je remarquai qu'elle aussi avait les larmes aux yeux.

– Non, c'est beaucoup trop, lui répondis-je.

À San Luca, les livres étaient rares et coûtaient très cher. Je ne pouvais donc pas accepter un tel cadeau.

Mais la signora Trimarchi insista :

– Promets-moi seulement que tu en liras au moins quelques pages tous les jours.

Je lui fis cette promesse, que j'honorai toute ma vie durant.

En chemin pour rentrer chez moi, j'ouvris l'ouvrage et vis que la signora Trimarchi avait recopié une citation du livre sur la page de garde : « Segui il tuo corso, e lascia dir le genti ».

Suis ton chemin et laisse dire les gens.

Le lendemain, ma mère me réveilla avant l'aube. Frigorifié, j'avalai le morceau de pain qui me faisait office de petit déjeuner en pensant à mes camarades de classe qui se trouvaient encore bien au chaud dans leurs lits. Mais je savais que cela ne servait à rien de m'apitoyer sur mon sort. Telle était ma vie désormais, et je n'avais pas d'autre choix que de faire au mieux.

– Dominic, il y a des choses importantes dont je dois te parler au sujet de ton père, me dit ma mère.

Je ne savais rien de mon père, Salvatore Corona, si ce n'est qu'il était né en Sicile. Il avait trouvé la mort dans un accident survenu sur une exploitation agricole, alors que j'étais encore petit.

Ma mère me raconta qu'ils s'étaient rencontrés à l'église et qu'ils étaient tombés amoureux. Mais la famille de ma mère avait refusé de la laisser épouser un homme qui n'était pas originaire de Calabre. Ils s'étaient donc mariés en secret, et ma mère avait été reniée par toute sa famille. Elle n'avait jamais pu revoir ses parents, même après la mort de son époux, ni se rendre à leur enterrement.

À la fin de son récit, de grosses larmes coulaient sur ses joues.

– Dominic, j'ai eu beaucoup de mal à te trouver ce travail, poursuivit-elle. Pendant des mois, je suis allée frapper à la porte de Nazzareno, mais on ne me laissait jamais entrer. Alors quand il a accepté de me recevoir, je l'ai supplié à genoux de t'engager. Et il a fini par accepter de te laisser travailler au moulin.

Je serrais les poings en imaginant l'humiliation qu'avait due subir ma mère.

– Ne t'en fais pas, je travaillerai dur, lui assurai-je.

– Tu es un bon garçon, Dominic, mais...

Sa voix se brisa.

Je n'étais encore qu'un gamin, mais je compris ce qu'elle essayait de me dire. Nazzareno faisait partie de la 'Ndrangheta : être à son service, c'était être également à celui de la 'Ndrangheta.

– Je travaillerai dur, lui répétai-je, catégorique.

■■■

Mon travail au moulin consistait à décharger de lourdes caisses d'olives dans le pressoir. Au début, je peinais à y arriver, car à seulement douze ans, je manquais encore de force. Mais au gré des jours, puis des semaines, je m'habituai à cette rude tâche. Les autres travailleurs ne faisaient jamais un geste pour m'aider et prenaient au contraire plaisir à me jouer des tours. Alors pendant les pauses, je ne me joignais jamais à eux. Je préférais m'asseoir dans un coin pour lire un passage de *La Divine Comédie*.

– Hé, les gars, regardez un peu Corona ! ne manquait jamais de s'exclamer Francesco Strangio. Il trouve son bouquin plus intéressant que nous !

Plusieurs années s'écoulèrent ainsi, et lorsque j'eus quinze ans, Nazzareno me fit appeler chez lui. C'était la première fois que je me rendais dans sa demeure, et je fus subjugué par la taille imposante et l'opulence des lieux.

Nazzareno commença par me parler du moulin et d'autres sujets sans importance. Puis son visage se fit soudain plus sérieux.

– Je dois reconnaître que je m'étais trompé sur ton compte. Quand ma sœur était venue me supplier de te donner du travail, je lui avais répondu qu'un fils de Sicilien ne valait rien.

Sa sœur ?

Je savais que bon nombre de rumeurs couraient sur moi, au moulin, bien que je n'y prêtais aucune attention. Strangio répétait notamment à qui voulait l'entendre que je bénéficiais d'un traitement de faveur. À cet instant, je compris qu'il disait vrai : Nazzareno, l'homme le plus riche et le plus puissant de San Luca, était mon oncle !

– Tu as prouvé que tu savais travailler dur et avec rigueur, poursuivit-il.

Je ne répondis rien, trop estomaqué par la situation. Je repensai à toutes les fois où ma mère et moi avions souffert de la faim, alors qu'à seulement quelques pas de chez nous vivait un oncle aussi fortuné.

– Tu es un Silvagni, comme moi. Tu fais partie de la famille, conclut-il avant de me prendre dans ses bras pour me planter un baiser sur chaque joue. Et à compter de demain, tu travailleras pour elle.

– Mais je suis heureux, au moulin, lui fis-je savoir.

– À compter de demain, Dominic Silvagni, tu travailleras pour la famille, répéta-t-il d'un ton sans appel. Je veux te voir ici à huit heures.

Et c'est ainsi que de Dominic Corona, je devins Dominic Silvagni, homme de main de la 'Ndrangheta.

Je préfère ne pas évoquer les services que mon oncle me demandait de lui rendre. Il n'y a pas de quoi en être fier. J'ai commis en son nom des péchés mortels qu'il me serait impossible de confesser à un prêtre.

Mais à l'âge de vingt-neuf ans, lors de la célébration annuelle de la Madone de Polsi, je rencontrai Maria Barassi, et ma vie en fut bouleversée. Un an après, nous étions mariés.

Vue de l'extérieur, notre famille était prospère : mon épouse devenait plus belle de jour en jour, nous habitions l'une des plus grandes demeures du village, et les meilleures tables nous étaient toujours réservées dans les restaurants locaux.

Pourtant, à chaque fois que j'ouvrais mon exemplaire de *La Divine Comédie* pour y lire ce que la signora Trimarchi avait écrit, « Suis ton chemin et laisse dire les gens », je ne ressentais que de la honte.

Je me sentais perdu dans les ténèbres, incapable de retrouver le droit chemin. Néanmoins, je ne pouvais pas envisager d'arrêter de travailler au service de mon oncle. Un dicton célèbre dans notre village disait : « on ne quitte la 'Ndrangheta qu'avec son dernier souffle ». Autrement dit, tous les hommes qui avaient voulu rompre leur engagement avec cette organisation y avaient également laissé leur vie.

Un jour, mon collègue Luigi Taverniti et moi rendîmes visite à un Sicilien qui venait de s'installer à San Luca pour y ouvrir un restaurant. Nous lui expliquâmes qu'il devait s'acquitter d'une certaine somme tous les mois, et qu'en retour mon oncle ferait en sorte qu'il n'ait jamais d'ennuis. Mais le Sicilien nous répondit qu'il n'avait pas les moyens de payer une telle somme. Alors, Luigi Taverniti le passa à tabac pour lui faire comprendre qu'il n'avait pas le choix. Tout à coup, le Sicilien se tourna vers moi, la bouche ensanglantée :

– Comment pouvez-vous le regarder faire sans lever le petit doigt ? Vous êtes un Corona ! N'est-ce pas du sang sicilien qui coule dans vos veines ?

– Comment savez-vous cela ? lui demandai-je.

– J'étais un ami de votre père.

En entendant cela, je fis aussitôt signe à Luigi d'arrêter.

– Mais que dira le patron ? protesta-t-il.

– C'est moi qui me charge de la situation. Va m'attendre dehors.

Mais Luigi ne voulut pas obtempérer.

– Nazzareno est mon oncle, pas le tien. Et si tu lui en touches ne serait-ce qu'un mot, je te ferai exécuter, le menaçai-je alors.

Lorsque Luigi se fut enfin décidé à nous laisser, le Sicilien et moi, nous pûmes discuter. Il me raconta que mon père et lui avaient quitté la Sicile pour se rendre à Rome. Mais arrivés en Calabre, ils s'étaient fait détrousser par des bandits de grand chemin, et avaient dû rester dans la région de San Luca pour travailler à la récolte des olives. C'est là que mon père avait rencontré puis épousé ma mère, en dépit des menaces verbales et physiques qu'on lui avait fait subir. Après avoir été reniée par sa famille et mise au ban du village, ma mère n'avait réussi à trouver qu'un emploi de blanchisseuse. Quant à mon père, il lui était devenu plus difficile de jour en jour de parvenir à trouver du travail.

– Et puis ils l'ont tué, conclut le Sicilien.

– Tué ? Mais mon père a perdu la vie dans un accident, sur une exploitation agricole.

– Ce n'était pas un accident. Ils l'ont tué.

– Qui, ils ?

– La 'Ndrangheta. Votre oncle.

Pouvais-je croire ce que venait de me révéler ce Sicilien ?

Le soir même, je posai la question à ma mère : comment mon père avait-il trouvé la mort ?

– Par accident, en travaillant dans une exploitation agricole, me répondit-elle.

– Quel genre d'accident ? m'enquis-je.

Mais elle fut incapable de me donner le moindre détail. Alors je me mis à lui rabâcher ma question, comment est-il mort ? comment est-il mort ? jusqu'à ce qu'elle finisse par m'avouer, en pleurant :

– La 'Ndrangheta l'a tué.

À cet instant, je pris une décision irrévocable que j'annonçai à mon épouse en rentrant chez moi :

– Nous allons quitter San Luca.

– Parle moins fort ! fit-elle. Personne ne peut quitter San Luca.

À voix basse, je lui racontai toutes les horreurs que j'avais dû commettre au nom de mon oncle et qui nous avaient permis d'obtenir cette belle demeure, puis lui parlai de mon père, persécuté puis tué par la 'Ndrangheta. À la fin de mon récit, elle serrait mon bras si fort que ses ongles s'étaient enfoncés dans ma chair jusqu'au sang.

– Mais comment faire pour partir ? gémit-elle.

– Je trouverai un moyen.

Pendant des mois, je planifiai notre départ tout en travaillant assidûment pour mon oncle, afin de ne pas éveiller ses soupçons. Dès que des voyageurs faisaient halte à San Luca, je m'empressais d'aller leur parler pour connaître le trajet qu'ils avaient emprunté.

Ils me répondirent tous la même chose : il fallait deux jours de marche pour atteindre la côte, le chemin était long et périlleux, truffé de bandits et d'animaux sauvages.

Je donnai pour consigne à mon épouse de dépenser le moins d'argent possible, afin de mettre de côté de quoi payer notre voyage vers l'Amérique. Car je savais que nous ne pourrions pas rester en Italie. Si nous voulions partir, il nous fallait fuir jusqu'au Nouveau Monde.

Je ne parlai de ce projet qu'à une seule autre personne : ma mère.

Malgré mes recommandations de dépenser le moins possible, je fis l'acquisition d'une oliveraie située à l'extérieur du village. Mon oncle avait approuvé cet achat, sans se douter que celui-ci allait permettre notre fuite.

Comme bon nombre de familles de la région, nous passions tous nos dimanches à travailler dans notre oliveraie. Mais un soir, je déterrai un sac contenant tout notre argent, que j'avais emporté et caché dans le sol le matin même. Puis, au lieu de retourner vers San Luca, Maria et moi partîmes à pied dans la direction opposée, tirant notre cheval sur lequel nous avions chargé l'argent, de l'eau et de la nourriture.

Nous marchâmes toute la nuit, ne nous autorisant un arrêt qu'au petit matin pour nous reposer et nous restaurer. C'est alors que deux voyageurs à l'accent étranger vinrent à notre rencontre.

Comme l'exigeait la coutume, nous partageâmes notre repas avec eux, et ils nous parlèrent de la route qui nous attendait :

– C'est très dangereux, nous mit en garde le premier.

– Votre cheval ne fera que vous encombrer, un faux pas et vous pourriez trouver la mort, nous dit le second, lorgnant l'animal.

J'ignorais s'il nous disait la vérité, ou s'il ne s'agissait que d'une ruse pour que je lui vende le cheval. Alors, malgré notre grande fatigue, nous leur souhaitâmes bon voyage et reprîmes notre route.

Il s'avéra que les deux hommes avaient raison : le chemin se fit de plus en plus étriqué et des pierres se détachaient à notre passage.

J'avais trop peur de regarder par-dessus mon épaule gauche, du côté où la falaise plongeait abruptement vers le fleuve, situé loin en contrebas.

À la tombée du jour, nous atteignîmes une petite cavité creusée à flanc de montagne et décidâmes d'y passer la nuit.

J'attachai le cheval et montai un camp de fortune. Puis, après nous être restaurés, nous ne tardâmes pas à trouver le sommeil, blottis l'un contre l'autre, malgré les hurlements des loups.

Lorsque j'ouvris les yeux, il faisait encore nuit.

Des bruits m'avaient réveillé. Des voix.

Était-ce mon oncle, Nazzareno ? Nous avait-il suivis jusque-là, avec ses hommes de main ?

Je tendis l'oreille et crus reconnaître les voix des deux hommes que nous avions rencontrés plus tôt.

Je m'emparai de ma machette.

Le cheval poussa un hennissement et se mit à piétiner le sol caillouteux.

S'ils étaient revenus pour l'animal, j'étais décidé à le leur laisser. Nous pouvions continuer notre voyage sans lui.

Mais je n'entendais plus rien. Même le cheval était redevenu silencieux.

– Ils sont partis ? demanda Maria.

– Oui, et nous ferions mieux de faire de même.

Maria se leva et ramassa le sac qui contenait notre argent. Au même instant, un homme surgit de l'ombre, un couteau à la main.

C'était Francesco Strangio.

Bien que je préfère ne pas évoquer les services que j'ai rendus à mon oncle, je dois reconnaître une chose : ils m'avaient permis d'apprendre à manier une machette.

Je me jetai sur Francesco, et fis en sorte qu'il ne puisse plus jamais voir la lumière du jour.

Quant à l'autre homme de main que mon oncle avait envoyé à mes trousses, il déguerpit sans demander son reste, en voyant quel sort j'avais réservé à son collègue.

Maria jeta un regard vers le corps qui gisait par terre, puis fit un signe de croix.

– Tu ne pouvais pas faire autrement, me dit-elle en se mettant en route. Maintenant, partons.

Elle avait raison : il n'y avait plus une minute à perdre. D'autres hommes de main de Nazzareno se trouvaient sûrement à notre poursuite.

Mais nous avancions avec difficulté, et à chaque pas je regrettais d'avoir pris cette décision, de faire subir une telle épreuve à mon épouse. Tout cela pourquoi ? Parce que je m'étais cru différent des autres habitants de San Luca. Parce que je voulais être plus respectable qu'eux.

Lorsque le soleil surplomba les montagnes, irradiant l'horizon de couleurs flamboyantes, Maria déclara :

– C'est là-bas que nous attend la liberté.

Cette idée nous redonna du courage.

Une heure plus tard, nous aperçûmes une oliveraie, la première depuis que nous avions quitté San Luca, et puis, plus loin, un groupe d'ouvriers agricoles.

Ils nous expliquèrent que la côte ne se trouvait qu'à sept heures de marche, et que si nous nous dépêchions, nous pourrions embarquer le jour même sur un navire en partance pour le Nouveau Monde.

Mon regard se posa sur Maria. Pas une seule fois pendant notre voyage elle ne s'était plainte. Mais ses chevilles avaient triplé de volume, ses pieds étaient recouverts d'ampoules. Nous ne pourrions jamais arriver au port à temps. Un ouvrier nous dit alors qu'il nous serait possible de louer une carriole et un cheval dans le village voisin.

– Nous ne pouvons pas nous le permettre, dit Maria.

Mais j'insistai pour le faire, et quelques heures plus tard nous entrions dans le port de Siderno. Lorsque j'aperçus le grand mât du navire, je me sentis rempli d'espoir. Je payai même le cocher en lui donnant un peu plus que la somme convenue. Puis on nous apprit rapidement que le navire quitterait le port le soir même.

Un nouveau pays, une nouvelle vie !

Je pris Maria dans mes bras. Comme Dante, nous avions réussi à fuir l'Enfer.

À cet instant, j'entendis une voix familière me demander :

– Mais où comptes-tu aller, mon neveu ?

Je fis volte-face et me retrouvai nez à nez avec mon oncle Nazzareno, accompagné de plusieurs de ses hommes de main.

Je savais qu'ils portaient tous sur eux un couteau.

Et qu'ils s'en étaient servis bon nombre de fois.

– Nous vous attendons depuis un moment, reprit mon oncle.

De fait, au vu de l'air frais et dispos qu'ils affichaient, ils n'avaient sûrement pas voyagé nuit et jour comme Maria et moi.

Mais alors, comment avaient-ils eu vent de notre départ ?

Seule une autre personne était au courant. Je dus donc me rendre à l'évidence : ma mère leur avait tout raconté. Au fond, cela ne me surprenait pas vraiment : c'était une Silvagni, liée à la 'Ndrangheta jusqu'à sa mort.

Je fixai mon oncle droit dans les yeux et lui répondis :

– Nous partons pour le Nouveau Monde.

– Non, me contredit-il, tu vas retourner là où est ta place : auprès de ta famille et de ta mère. On ne quitte la 'Ndrangheta qu'avec son dernier souffle

Mon oncle ne me laissait pas le choix. Désemparé, je jetai un regard à Maria et je vis de la défiance dans ses yeux.

– Moi vivante, jamais je ne retournerai à San Luca, affirma-t-elle.

– Et moi non plus, renchéris-je.

Les hommes de main de mon oncle se rapprochèrent pour nous encercler. Un signe de sa part, et nous étions morts. Mais je vis son regard se porter sur le navire et la foule qui grouillait sur le quai.

– Et si nous passions un marché ? proposa-t-il.

Le ton de sa voix me laissait espérer une chance de nous en sortir, Maria et moi.

– Vous voulez de l'argent ? demandai-je.

Il eut un petit rire moqueur.

– Je sais combien tu gagnes, et cela ne suffirait même pas à acheter le tabac que je mets dans ma pipe.

– C'est vrai que nous ne gagnions pas beaucoup à San Luca, intervint Maria, mais on dit qu'en Amérique les rues sont pavées d'or.

Ce n'était évidemment pas la vérité, mais cela n'avait aucune importance : les paroles de Maria avaient fait mouche.

– Pavées d'or ? répéta mon oncle. Alors le prix de votre liberté s'élèvera à cinq lingots.

– Personne ne possède autant d'or ! m'écriai-je.

Mon oncle leva la main, comme pour me demander de me calmer.

– Dans ce cas, j'ai une proposition à te faire, dit-il avant de plonger la main dans sa poche pour en sortir deux feuilles de papier et un stylo. Tu vas signer ces contrats.

– Je veux les lire d'abord.

– Comme tu voudras, cela te changera de Dante, répliqua-t-il en souriant, avant de me tendre les documents sur lesquels figuraient en en-tête les mots Pagherò Cambiaro.

Lorsque j'eus fini de les parcourir, je me sentis complètement confus.

Le contrat précisait que ma dette s'élevait à cinq lingots d'or. Néanmoins, en cas de défaut de paiement, tous les héritiers mâles de la lignée Silvagni, à l'âge de quinze ans, devront s'acquitter de six tâches, sous peine de perdre une livre de chair.

Les termes de ce contrat étaient ridicules, je ne pouvais pas faire courir un tel risque à mes futurs enfants.

Mais même si je parvenais à persuader mon oncle de modifier les clauses, cela prendrait plusieurs heures pour faire rédiger un nouveau document.

Je lançai un regard vers le navire. Toutes les marchandises avaient été chargées, et les derniers passagers se pressaient pour monter à bord. Le départ serait donné d'une minute à l'autre.

Les rues du Nouveau Monde n'étaient peut-être pas réellement pavées d'or, mais il ne devait pas être si difficile que cela d'arriver à mettre la main sur cinq lingots. Et puis, une fois établis là-bas, personne ne pourrait nous retrouver, Maria et moi.

J'apposai donc ma signature au bas des deux exemplaires du contrat.

Avec un sourire, mon oncle rangea le sien dans sa poche et fit signe à ses hommes de main de s'écarter.

Je pliai le mien en deux avant de le placer dans mon exemplaire de *La Divine Comédie*. Puis, enfin libres, Maria et moi nous hâtâmes de rejoindre le navire. En chemin, elle me demanda ce que stipulait le contrat, ce à quoi je répondis simplement qu'il nous faudrait travailler dur.

– Je voudrais deux billets pour l'Amérique, demandai-je à l'employé chargé de l'embarquement.

– Mais signore, ce bateau ne va pas en Amérique mais en Australie.

– Et quand part le bateau pour l'Amérique ?

– Pas avant deux semaines.

Je lançai un regard à Maria. Elle m'encouragea d'un hochement de tête.

– L'Australie, c'est aussi un nouveau monde, dit-elle avec un grand sourire.

– Alors deux billets pour l'Australie, demandai-je à l'employé, en serrant la main de mon épouse dans la mienne.

■ ■ ■

Lorsque le navire quitta le port, toutes voiles dehors, je me tenais sur le pont avec les autres passagers.

Certains adressaient de grands signes à leurs familles restées à quai. D'autres se mettaient à prier.

Les larmes me montèrent aux yeux, puis roulèrent le long de mes joues avant de tomber dans la mer en contrebas.

– Adieu, mon vieux pays, fit une voix derrière moi.

Une voix à l'accent calabrais.

Je fis volte-face.

C'était Luigi Taverniti.

PHILLIP GWYNNE

Phillip Gwynne est un auteur et scénariste australien très célèbre dans son pays. Il écrit aussi bien des romans pour les plus jeunes que des polars pour les adultes.

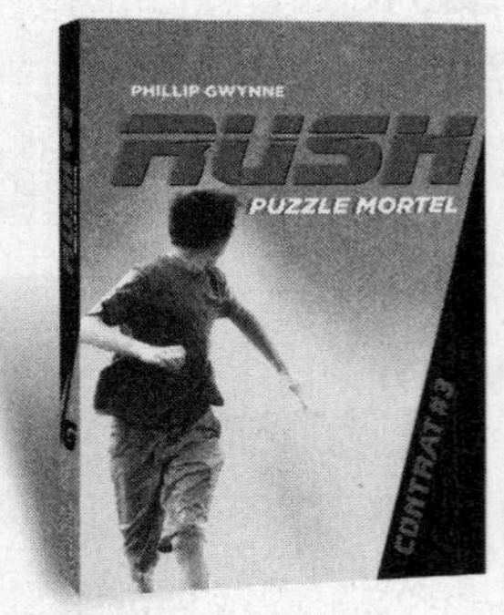

RUSH, LA COLLECTION

PHILLIP GWYNNE
RUSH
CONTRAT
#1
DETTE
DE SANG

PHILLIP GWYNNE
RUSH
CONTRAT
#2
NUIT
NOIRE

PHILLIP GWYNNE
RUSH
CONTRAT
#3
PUZZLE
MORTEL

PHILLIP GWYNNE
RUSH
CONTRAT
#4
CHASSE
À L'HOMME

LA MUSIQUE ÉTAIT LEUR PASSION, ELLE EST DEVENUE LEUR COMBAT

Par l'auteur de CHERUB

DÉCOUVREZ UN EXTRAIT D'UNE SÉRIE QUI VA FAIRE DU BRUIT !

PROLOGUE

La scène est semblable à un immense autel dressé sous le ciel étoilé du Texas. De part et d'autre, des murs d'images hauts comme des immeubles diffusent un spot publicitaire pour une marque de soda. Sur le terrain de football américain où est parqué le public, une fille de treize ans est juchée en équilibre précaire sur les épaules de son frère.

— JAY! hurle-t-elle, incapable de contenir son excitation. JAAAAAY, JE T'AIME!

Mais son cri se noie dans le grondement continu produit par la foule chauffée à blanc. Une clameur s'élève lorsqu'une silhouette apparaît sur la scène encore plongée dans la pénombre. Fausse alerte : le roadie place un pied de cymbale près de la batterie, s'incline cérémonieusement devant le public puis disparaît dans les coulisses.

— JET! scandent les fans. JET! JET! JET!

Côté backstage, ces cris semblent lointains, comme le fracas des vagues se brisant sur une digue. À la lueur verdâtre des boîtiers indiquant les sorties de secours, Jay vérifie que les straplocks de sa sangle sont correctement fixés. Il porte des Converse et un jean déchiré. Ses yeux sont soulignés d'un trait d'eye-liner.

Un décompte apparaît dans l'angle de l'écran géant : 30... 29... 28... Un rugissement ébranle le stade. Des centaines de milliers de leds forment le logo d'une célèbre marque de téléphones portables, puis les spectateurs découvrent un Jay de vingt mètres de haut dévalant une pente abrupte sur un skateboard, une meute d'adolescentes coréennes à ses trousses.

— TREIZE ! clament les spectateurs en frappant du pied. DOUZE ! ONZE !

Bousculé par ses poursuivantes, Jay tombe de sa planche. Un smartphone s'échappe de sa poche et glisse sur la chaussée. Les Coréennes se figent. Elles se désintéressent de leur idole et forment un demi-cercle autour de l'appareil.

— TROIS ! DEUX ! UN !

Les quatre membres de Jet déboulent sur scène. Des milliers de flashs leur brûlent la rétine. Les fans hurlent à s'en rompre les cordes vocales.

En se tournant vers le public, Jay ne voit qu'une masse noire ondulant à ses pieds. Il place les doigts sur le manche de sa guitare et éprouve un sentiment de puissance familier. Au premier coup de médiator, les murs d'amplis aussi larges que des semi-remorques cracheront un déluge de décibels.

Puis les premiers accords claquent comme des coups de tonnerre, et la foule s'abandonne à une joie sauvage...

PLAY-BACK

Quartier de Camden Town, Londres

Il y a toujours ce moment étrange, quand on se réveille dans un endroit inhabituel. Ces quelques secondes où l'on flotte entre rêve et réalité sans trop savoir où l'on se trouve.

Lorsqu'il ouvrit les yeux, Jay Thomas, treize ans, réalisa qu'il était effondré sur un banc, dans un angle de la salle des fêtes. L'atmosphère empestait l'huile de friture. Seul un quart des chaises en plastique disponibles étaient occupées. Une femme de ménage à l'air maussade pulvérisait du produit d'entretien sur le buffet en Inox placé contre un mur latéral. Au-dessus de la scène était accrochée une banderole portant l'inscription *Concours des nouveaux talents 2014, établissements scolaires de Camden*.

Constatant que ses cheveux bruns savamment hérissés, son jean noir et son T-shirt des Ramones étaient constellés de miettes de chips, il jeta un regard furieux autour de lui. Trois garçons le considéraient d'un œil amusé.

— Putain, les mecs, quand est-ce que vous allez vous décider à grandir ? soupira Jay.

Mais il n'était pas réellement en colère. Il connaissait ces garçons depuis toujours. Ensemble, ils formaient un groupe de quartier baptisé Brontobyte. Et si l'un d'eux s'était endormi à sa place, il lui aurait sans doute fait une blague du même acabit.

— Tu as fait de beaux rêves ? demanda Salman, le chanteur du groupe.

Jay étouffa un bâillement puis secoua la tête afin de se débarrasser des miettes restées coincées dans son oreille droite.

— Je n'ai presque pas dormi la nuit dernière. Ce sale con de Kai a joué à la Xbox jusqu'à une heure du matin, puis il a décidé de faire du trampoline sur mon matelas.

Salman lui adressa un regard compatissant. Tristan et Alfie, eux, éclatèrent de rire.

Tristan, le batteur, était un garçon un brin rondouillard qui, au grand amusement de ses copains, se trouvait irrésistible. Alfie, son frère cadet, n'avait pas encore douze ans. Excellent bassiste, il était sans conteste le meilleur musicien du groupe, mais ses camarades se moquaient de sa voix haut perchée et de sa silhouette enfantine.

— Je n'arrive pas à croire que tu laisses ce morveux te pourrir la vie, ricana Tristan.

— Kai est balaise pour son âge, fit observer Alfie. Et Jay est maigre comme un clou.

L'intéressé les fusilla du regard.

— Bon, on peut changer de sujet ?

Tristan fit la sourde oreille.

— Ça lui fait combien de lardons, à ta mère, Jay ? demanda-t-il. Quarante-sept, quarante-huit ?

Salman et Alfie lâchèrent un éclat de rire, mais le regard noir de Jay les convainquit qu'il valait mieux calmer le jeu.

— Laisse tomber, Tristan, dit Salman.

— Ça va, je rigole. Vous avez perdu le sens de l'humour ou quoi ?

— Non, c'est toi le problème. Il faut toujours que tu en fasses trop.

— OK, les mecs, le moment est mal choisi pour s'embrouiller, intervint Alfie. Je vais chercher un truc à boire. Je vous ramène quelque chose ?

— Un whisky sans glace, gloussa Salman.

— Une bouteille de Bud et un kilo de crack, ajouta Jay, qui semblait avoir retrouvé sa bonne humeur.

— Je vais voir ce que je peux faire, sourit Alfie avant de se diriger vers la table où étaient alignés des carafes de jus de fruits et des plateaux garnis de biscuits bon marché.

Au pied de la scène, trois juges occupaient des tables d'écolier : un type chauve dont le crâne présentait une tache bizarre, une Nigérienne coiffée d'un turban traditionnel et un homme à la maigre barbe grise portant un pantalon de cuir. Ce dernier était assis à califourchon sur sa chaise retournée, les coudes sur le dossier, dans une attitude décontractée en complet décalage avec son âge.

Lorsque Alfie revint avec quatre verres d'orangeade, les joues gonflées par les tartelettes à la confiture qu'il y avait logées, cinq garçons à la carrure athlétique – quatre Noirs et un Indien âgés d'une quinzaine d'années – investirent la scène. Ils n'avaient pas d'instruments, mais portaient un uniforme composé d'une marinière, d'un pantalon de toile et d'une paire de mocassins.

— Ils ont braqué un magasin Gap ou quoi ? sourit Salman.

— Bande de losers, grogna Jay.

Le leader du groupe, un individu à la stature de basketteur, se planta devant le micro.

— Yo, les mecs ! lança-t-il.

Il s'efforçait d'afficher une attitude détachée, mais son regard trahissait une extrême nervosité.

— Nous sommes le groupe Womb 101, du lycée George Orwell. Nous allons vous interpréter une chanson de One Direction. Ça s'appelle *What Makes You Beautiful*.

De maigres applaudissements saluèrent cette introduction. Les quatre membres de Brontobyte, eux, échangèrent un regard abattu. En une phrase, Alfie résuma leur état d'esprit.

— Franchement, je préférerais me prendre un coup de genou dans les parties que jouer une daube pareille.

Le leader de Womb 101 adressa un clin d'œil à son professeur de musique, un homme rondouillard qui se tenait près de la sono. Ce dernier enfonça la touche *play* d'un lecteur CD. Dès que les premières notes du play-back se firent entendre, les membres du groupe entamèrent un pas de danse parfaitement synchronisé, puis quatre d'entre eux reculèrent pour laisser le chanteur principal seul sur l'avant-scène, devant le pied du micro.

La voix du leader surprit l'auditoire. Elle était plus haut perchée que ne le suggérait sa stature, mais son interprétation était convaincante, comme s'il brûlait réellement d'amour pour la fille jolie mais timide évoquée par les paroles. Ses camarades se joignirent à lui sur le refrain, produisant une harmonie à quatre voix sans perdre le fil de leur chorégraphie.

Tandis que Womb 101 poursuivait sa prestation, Mr Currie, le prof de Jay, s'approcha des membres de Brontobyte. La moitié des filles de Carleton Road craquaient pour ce jeune enseignant au visage viril et au corps sculpté par des séances de gonflette.

— Pas mal, non ? lança-t-il à l'adresse de ses poulains.

Les quatre garçons affichèrent une moue dégoûtée.

— Les boys bands devraient être interdits, et leurs membres fusillés sans jugement, répondit Alfie. Sans déconner, ils chantent sur une bande préenregistrée. Ça n'a rien à voir avec de la musique.

— Le pire, c'est qu'ils risquent de gagner, ajouta Tristan. Leur prof a copiné avec les jurés pendant le déjeuner.

Mr Currie haussa le ton.

— Si ces types remportent le concours, ce sera grâce à leur talent. Vous n'imaginez pas à quel point il est difficile de chanter et danser en même temps.

Tandis que les choristes interprétaient le dernier refrain, le leader recula vers le fond de scène, effectua un saut périlleux arrière et se réceptionna bras largement écartés, deux de ses camarades agenouillés à ses côtés.

— Merci, lança-t-il en direction de l'assistance, le front perlé de sueur.

Le public était trop clairsemé pour que l'on puisse parler d'un tonnerre d'applaudissements, mais la quasi-totalité des spectateurs manifesta bruyamment son enthousiasme.

— Super jeu de jambes, Andrew ! cria une femme.

Alfie et Tristan placèrent deux doigts dans leur bouche puis firent mine de vomir. Mr Currie lâcha un soupir agacé puis tourna les talons.

— Il a raison sur un point, dit Jay. Ces types sont des merdeux, mais ils chantent super bien, et ils doivent avoir répété pendant des semaines pour obtenir ce résultat.

Tristan leva les yeux au ciel.

— C'est marrant, tu es *toujours* d'accord avec Mr Currie. Je crois que tu craques pour lui, comme les filles de la classe.

— C'était nul ! cria Alfie lorsque les membres de Womb 101 sautèrent de la scène pour se diriger vers la table où étaient servis les rafraîchissements.

Deux d'entre eux changèrent brutalement de direction puis, bousculant des chaises sur leur passage, se dirigèrent vers celui qui venait de les prendre à partie. Ils n'avaient plus rien des garçons proprets qui avaient interprété une chanson vantant la douceur des cheveux d'une lycéenne. Ils n'étaient plus que deux athlètes de seize ans issus d'un des établissements les plus violents de Londres.

L'Indien au torse musculeux regarda Alfie droit dans les yeux.

— Qu'est-ce que tu as dit, merdeux ? demanda-t-il en jouant des pectoraux.

Frappé de mutisme, Alfie baissa les yeux et contempla la pointe de ses baskets.

— Si je te croise dans la rue, je te conseille de courir vite, très vite, gronda l'autre membre de Womb 101 en faisant glisser l'ongle du pouce sur sa gorge.

Alfie retint sa respiration jusqu'à ce que les deux brutes se dirigent vers le buffet.

— T'es complètement malade ? chuchota Tristan en lui portant un violent coup de poing à l'épaule. Ces types viennent de la cité de Melon Lane. C'est tous des déglingués, là-bas.

Mr Currie avait manqué l'altercation avec les chanteurs de Womb 101, mais il avait été témoin du geste violent de Tristan à l'égard de son frère.

— Eh, ça suffit, vous quatre ! rugit-il en se précipitant à leur rencontre, un gobelet de café à la main. Franchement, votre attitude négative commence à me fatiguer. Ça va bientôt être à vous, alors vous feriez mieux de rejoindre les coulisses et de préparer votre matériel.

Le groupe suivant était composé de trois filles. Elles massacrèrent un morceau de Panamore et, en parfaite contradiction avec leur look punk, réussirent le prodige de le faire sonner comme une chanson de Madonna.

Lorsqu'elles eurent quitté la scène, les membres de Brontobyte entreprirent d'installer la batterie de Tristan. L'opération prenant un temps infini, la femme coiffée d'un turban consulta sa montre. Comble de malchance, la courroie de la basse d'Alfie se rompit, et ils durent la bricoler en urgence avant de pouvoir s'aligner devant le jury.

— Bonsoir à tous, lança Salman dans le micro. Nous sommes le groupe Brontobyte, de Carleton Road, et nous allons vous interpréter une de nos compos intitulée *Christine*.

Une de mes compos, rectifia mentalement Jay.

Il prit une profonde inspiration et positionna les doigts sur le manche de sa guitare.

Ils patientaient dans la salle des fêtes depuis dix heures du matin, et tout allait se jouer en trois minutes.